# Sissi

Der Schicksalsweg einer Kaiserin

Band 2

Roman von Marie Blank-Eismann

*Umwelthinweis:*
Dieses Buch wurde auf chlorfrei gebleichtem
Papier gedruckt.

Ungekürzte Lizenzausgabe des 1952 im Titania Verlag
erschienenen Originals
bei SUBITO! in der Baumhaus Verlag GmbH
Frankfurt am Main
ISBN 978-3-8339-4614-1



Einbandgestaltung: Götz Rohloff unter Verwendung eines Fotos
von Botti/STILLS/GAMMA/EYEDEA/laif
Satz: Buch-Werkstatt GmbH, Bad Aibling

Printed in Germany 2007

Gesamtverzeichnis schickt gern:

SUBITO!
Juliusstr. 12, D-60487 Frankfurt am Main
www.subito-verlag.de

5 4 3 2 1 07 08 09 10 2011

Silberhochzeit im österreichischen Kaiserhause! Fröhliche Festtagsstimmung lag über ganz Wien. Doch für das hohe Paar selbst gab es an diesem Tage keine rechte Feierstunde. Die Repräsentationspflichten stellten wieder einmal höchste Anforderungen an Kaiser Franz Joseph und Kaiserin Elisabeth.

Nach der Einsegnung in der Kirche fand großer Empfang statt, und die Gratulationscour wollte kein Ende nehmen. Doch trotz aller Huldigungen sehnte sich Elisabeth aus diesem lauten Treiben fort. – Heute, wie damals vor 25 Jahren, war ihr der höfische Zwang eine Last. – Aber der Wunsch des Volkes, das Kaiserpaar zu feiern – in einem lauten, lärmenden Fest zu feiern –, ging dem der Kaiserin vor. – Herrscherschicksal!

Im Galawagen fuhren sie durch die festlich geschmückte und illuminierte Stadt.

Mit huldvollen Grüßen erwiderten sie nach allen Seiten die begeisterten Ovationen, die ihnen überall, wohin sie kamen, bereitet wurden.

Doch plötzlich – sie bogen in die Ringstraße ein, wo sich die Menge so sehr staute, daß der Galawagen nur im Schritt vorwärts kam, umfaßte Elisabeth die Hand des Gatten und rief:

»Dort – in dem Fenster des Delikatessengeschäftes – siehst du ihn? Ist das nicht Erzherzog Johann Salvator?«

Ringsum brandeten die jubelnden Hochrufe auf. Elisabeth aber vergaß für kurze Zeit das Danken.

»Es war doch Erzherzog Johann Salvator, der dort an dem Fenster stand, nicht wahr?«

Der Kaiser nickte ernst.

»Er war es, Sissi!«

»Aber warum ist er dann nicht in die Hofburg zu den Festlichkeiten gekommen?«

»Er hat sich, wie ich dir bereits heute im Laufe des Tages mitteilte, mit einer plötzlichen Erkrankung entschuldigen lassen.«

»Dabei ist er nicht krank, denn sonst könnte er ja nicht auf der Straße stehen und sich unsere Ausfahrt ansehen.«

»Wahrscheinlich hat er ein Zusammensein mit seinem kleinen Mädel vorgezogen.«

Elisabeth horchte auf.

»Johann Salvator hat –«

»– sein Herz an ein kleines Ballettmädel verloren«, vollendete der Kaiser. »Schon lange Zeit unterhält er diese Liebschaft. Allerdings soll die Kleine, so hat man mir, berichtet, nicht ahnen, daß ihr Liebster ein Erzherzog ist. Sie hält ihn für einen Bürgerlichen, einen Ingenieur oder so etwas ähnliches, und da Johann Salvator wohl gefürchtet hat, von ihr bei der Ausfahrt als Erzherzog gesehen und erkannt zu werden, hat er sich mit ihr unter das Volk gemischt, um sein Glück nicht zu gefährden.«

Der Kaiser lächelte ein wenig und fügte noch hinzu: »Ja, ja, Sissi, es gibt auch in unseren Tagen noch ein wenig Romantik.«

Verwundert schüttelte Elisabeth den Kopf.

»Ich habe gar nicht gewußt, daß Johann Salvator ein solcher Schwärmer und Träumer ist. Ich glaubte, er sei mit Leib und Seele Soldat. Wirst du ihn zur Rede stellen, Franzl?«

Franz Joseph wehrte leicht ab. »Ich bin heute zu froh gestimmt, Sissi, um mich dadurch verärgern zu lassen. Solange Johann Salvator nicht die Dummheit begeht, das Mädel vom Ballett zu heiraten, mag er mit ihr selig sein.«

»Ach, die Liebe! Wieviel Freude, aber auch wieviel Leid kommt doch durch sie in die Welt!«

Franz Joseph umfaßte zärtlich die Hände der geliebten Frau und strich leise darüber hin.

»Wie nüchtern und trostlos wäre unser Leben geworden, wenn wir einander nicht liebgehabt hätten.«

Elisabeth kam nicht dazu, dem Gatten eine Antwort zu geben, denn der Wagen hielt vor dem Rathause, und ein weißgekleidetes, entzückendes kleines Mädchen trat vor sie hin, deklamierte mit zitternder Stimme ein Huldigungsgedicht und reichte dem Kaiserpaar einen Frühlingsstrauß.

Lächelnd zog Elisabeth die Kleine in ihre Arme und küßte sie auf beide Wangen.

Da brach ein orkanartiger Jubel der Menge los, und ringsum schrien die Menschen immer wieder: »Vivat Elisabeth! – Vivat Franz Joseph!«

Und die Begeisterung der Menge ebbte erst ab, als das Kaiserpaar mit seinen Gästen in das Schloß zurückgekehrt war und die Feier mit einer großen Festtafel, an der unzählige Reden auf das Silberhochzeitspaar gehalten wurden, ihren Abschluß fand.

In der Stadt aber herrschte noch die ganze Nacht hindurch reges Leben.

Milly Stubel und Johann Salvator ließen sich im Strom der Menge treiben, ohne ein rechtes Ziel zu haben.

Doch während Milly von dem Ereignis begeistert war, während ihre Freude keine Grenzen kannte, daß ihr Geliebter endlich wieder einmal in Wien war, blieb Erzherzog Johann Salvator still und nachdenklich, weil der Kaiser und die Kaiserin ihn gesehen hatten.

Nur mit halbem Ohr hörte er hin, was sein blondes Lieb alles erzählte.

»Weißt du, Johann, das muß ja wunderschön sein, in einem

solch feinen Galawagen zu sitzen und solch kostbares Kleid und Pelz zu tragen! – Aber tauschen möchte ich mit der Kaiserin oder gar mit einer der Erzherzoginnen nicht. Die dürfen nie so ausgelassen und froh sein wie wir zwei, gelt? Wie schön wäre es, wenn du immer da sein könntest, Johann, wenn du nicht wieder fortzugehen brauchtest!«

Er nickte ihr lächelnd zu.

»Ja, Kind, das wünschte ich mir auch, aber leider –«

»Seid ihr denn noch immer nicht mit den Arbeiten dort unten fertig, Johann?«

»Bald werde ich wieder zurückkommen, Liebes«, tröstete er. »Habe nur noch kurze Zeit Geduld.«

»Ich verliere schon nicht die Geduld, aber –« sie stockte und schaute verlegen zur Seite.

»Quält dich die Mutter mal wieder, Milly?«

»Du kennst sie ja, Johann. – Böse meint sie es bestimmt nicht. Im Gegenteil, sie will ihre Tochter nur glücklich sehen, und da dauert ihr unser Brautstand zu lange.«

»Und dir, Milly?«

»Ich sagte es dir ja schon, Lieber, daß ich mich mit dem Warten abgefunden habe. Ich lasse die Mutter reden, was sie will, mich kann sie doch nicht an dir irremachen.«

»Wirst du immer so tapfer bleiben, Milly?« fragte er besorgt und schaute ihr dabei tief in die Augen, als wollte er auf dem Grund ihrer Seele lesen.

Sie schaute ihn verwundert an.

»Hast du wirklich kein Geheimnis vor mir, Johann? Manchmal ist mir, als bedrücke dich etwas, das du dir wohl gern von der Seele reden möchtest, aber es doch nicht zu sagen wagst.«

Erzherzog Johann Salvator erschrak. Aber dann zwang er sich zu einem harmlosen Lachen und meinte:

»Zerbrich dir doch nicht über solch unnötige Dinge den

Kopf. Ich denke, wir beide haben heute an Besseres zu denken, als uns gegenseitig das Herz schwerzumachen. Was kommen soll, das können wir doch nicht aufhalten! Aber heute wollen wir den Tag ein wenig genießen – und dein Backhendl oder was du sonst Gutes haben möchtest, sollst du auch bekommen.«

Und als sie dann in einer Nische eines kleinen, gemütlichen Weinlokales saßen und sich zulächelten, riß Millys Fröhlichkeit den Erzherzog mit fort, so daß er den kleinen Zwischenfall bei der Vorbeifahrt des kaiserlichen Silberhochzeitspaares völlig vergaß.

— — — — — — — —

Der Kaiser aber erinnerte sich sofort wieder an die Begegnung mit Johann Salvator, als er bei seiner Rückkehr ins Schloß mit seinem Vetter Erzherzog Albrecht über die Rundfahrt sprach.

»Hast du Johann Salvator auch bemerkt?« erkundigte er sich.

Erzherzog Albrecht schaute überrascht auf.

»Johann Salvator war auf der Straße?«

»Ja, er hat auch zugesehen.«

»Tatsächlich? – Hast du dich auch nicht von einer Ähnlichkeit täuschen lassen?«

»Bewahre! Frage nur Sissi. Auch sie hat ihn gesehen.«

»Ich denke, er ist krank?«

Franz Joseph lächelte nachsichtig.

»Ja – liebeskrank, und da hat er sich wohl die beste Medizin verordnet, indem er mit einem kleinen Mädel auf den Bummel gegangen ist.«

»Das ist ja toll!«

»Hm! Mehr als toll!« pflichtete der Kaiser bei und stieß dabei ein paar Rauchringe aus seiner geliebten Virginia in die Luft.

»Natürlich wirst du ihn exemplarisch bestrafen!«

»Ich weiß nicht, ob es ratsam ist, einen solchen Eisenkopf wie Johann Salvator mit Gewalt zur Raison zu bringen. Mir wäre es lieber, die ganze Angelegenheit könnte ohne jedes Aufsehen und ohne jede erregende Auseinandersetzung erledigt werden. Gerade weil sich Johann Salvator in Bosnien so tapfer gehalten hat –« In diesem Augenblick sah der Kaiser, daß Rudolf seine Mutter zum Tanz geholt hatte. Über sein Gesicht huschte ein glückliches und stolzes Lächeln.

»Wie fabelhaft Sissi noch tanzt«, sagte er bewundernd.

»Ja, wenn man sie so mit Rudolf tanzen sieht, könnte man sie eher für seine Schwester als für seine Mutter halten.«

»Und weil sich Sissi diese Jugendlichkeit bewahrt hat, ist sie auch Rudolfs beste Kameradin. Bleibt Sissi jetzt in Wien, dann habe ich um Rudolf keine Bange mehr, denn sie – die Mutter und Freundin – hat den besten und größten Einfluß auf den leichtsinnigen Schmetterling.«

»Glaubst du denn, daß Sissi wieder nur kurze Zeit in Wien bleiben wird?«

»Ich weiß es nicht, Albrecht. Sissi hat noch nicht darüber gesprochen. Doch ich fürchte, wenn jetzt der Frühling mit Macht ins Land kommt, werden wieder Ruhelosigkeit und Reiselust über sie kommen. Dann muß sie ihrer Sehnsucht folgen und in die Welt fliegen.«

»Und du bist dann wieder allein, Franz!«

»Es ist mein Schicksal, Albrecht«, entgegnete er leise, doch dem feinen Ohr des Vertrauten entging nicht der bittere Unterton, der in seinen Worten lag. Eine Weile zögerte er, dann trat er ganz nahe vor den Kaiser hin, legte ihm freundschaftlich die Hand auf die Schulter und fragte:

»Soll ich einmal mit Sissi sprechen, Franz? – Soll ich ihr

sagen, wie sehr du dich freuen würdest, wenn sie endlich seßhaft würde?«

»Nein, nein, Albrecht! Ich danke dir für deine Hilfsbereitschaft, aber ich kann sie nicht annehmen, denn ich will nicht, daß auf Sissi irgendein Zwang ausgeübt wird. Sie soll in ihrem Tun und Lassen ganz frei sein, da auch ich mir ja meine Freiheit bewahren muß. Ich kann nicht, wie Sissi es immer und immer wieder wünscht, die Regierungsgeschäfte an zweite Stelle schieben. Ich bin von dem Allerhöchsten auf diesen Platz berufen worden und muß zuerst meinem Volk, muß dem Staat dienen, ehe ich an mich selbst denken kann. – Reden wir also von etwas anderem.«

»Aber es ist doch wichtig, die Geschichte mit Johann Salvator ins reine zu bringen.«

»Mir ist soeben ein guter Gedanke gekommen, Albrecht. Höre zu! Wie wäre es, wenn wir Johann Salvators Mutter ins Vertrauen ziehen würden? Da sie von ihrem Sohn ebenso abgöttisch geliebt wird, wie mein Rudolf seine Mutter liebt, so ist es wohl möglich, daß die Großherzogin den besten Einfluß auf ihn haben wird und schließlich erreicht, daß er seine Beziehungen zu dieser Ballettänzerin löst.«

»Der Plan ist wirklich gut und verspricht Erfolg.«

»Also gut! Dann werden wir morgen sofort einen Kurier nach Gmunden zur Großherzogin von Toskana senden und ihr in einem Handschreiben alle unsere Wünsche unterbreiten.«

»Und auf Umwegen hoffentlich zum Ziel kommen«, fügte Erzherzog Albrecht noch hinzu und lächelte siegesgewiß.

* *
*

Erzherzog Johann Salvators Befürchtungen, daß ein Strafgericht über ihn hereinbrechen würde, erfüllten sich nicht. Er wurde am nächsten Tage nicht zum Kaiser befohlen.

Vielleicht hatte er sich doch getäuscht? Oder wollte der Kaiser gar in einer großzügigen Anwandlung über den Streich hinweggehen?

Doch eines Tages traf ein Brief seiner Mutter ein, in dem sie ihn dringend bat, zu ihr zu kommen. Beim Lesen dieser Zeilen pfiff Johann Salvator wiederholt leise durch die Zähne.

Dann lachte er ärgerlich auf.

»Das ist schlau ersonnen, sehr schlau«, murmelte er vor sich hin, »aber kleinkriegen werdet ihr mich trotzdem nicht.«

Doch zu seiner Mutter mußte er fahren. Urlaub wurde ihm bereitwilligst erteilt.

Während der Bahnfahrt überlegte er sich in allen Einzelheiten, was er der Mutter sagen, wie er ihr klarmachen wollte, daß er von Milly nicht mehr lassen könne.

Er würde schon die rechten Worte finden, um ein beredter Anwalt für sein Lieb zu sein.

Als er dann freilich vor seiner geliebten alten Mutter stand und deren verweintes Gesicht sah, da war ihm die Kehle wie zugeschnürt.

Bisher hatte sie ihn stets mit offenen Armen empfangen, heute aber schaute sie ihn mit einem traurigen Blick an, und vorwurfsvoll kam es nach längerem, quälendem Schweigen über ihre Lippen:

»Johann, warum tust du mir das an?«

Da trotzte er leidenschaftlich auf.

»Was ist denn Schlimmes geschehen, Mutting?« fragte er zurück. »Ich –«

»Du brauchst dich gar nicht zu entrüsten, Johann. Schlimm genug ist es, daß du dir deines Unrechtes nicht bewußt zu sein scheinst. Ich wage nicht auszusprechen, daß die Zeitungen diese Schreckensnachricht, die ich von meinem lieben Freunde am Hofe erhalten habe, als Sensation bringen. Der Erzherzog Johann Salvator hat eine Liebschaft mit einem Ballettmädel und verspricht ihr die Heirat! Unser Name würde in der ganzen Welt durch den Schmutz gezogen werden. Mein Sohn, mein Einziger – und im Mittelpunkt einer skandalösen Liebesaffäre! – Johann, wenn du mich nur ein wenig liebhast, dann wirst du sofort alle Beziehungen zu diesem Mädchen lösen und Sorge dafür tragen, daß jedem Klatsch der Boden entzogen wird.«

Johann Salvator war ans Fenster getreten. Mit finster zusammengeschobenen Augenbrauen stand er dort und starrte auf den See hinaus.

»Johann, gib mir doch Antwort! Oder willst du mir trotzen? Willst du mich umsonst bitten lassen, von diesem Mädchen abzulassen, das du doch niemals heiraten kannst, wenn du nicht alles verlieren willst, was dir, einem Toskana, gehört.«

Johann Salvator riß sich zusammen.

Er mußte reden! Es mußte Klarheit werden, denn jetzt war die Stunde da, die er schon oft in banger Vorahnung der Geschehnisse durchlebt hatte.

Stolz und aufrecht ging er auf seine Mutter zu und nahm an ihrer Seite Platz. Sein markantes, energisches Gesicht trug einen entschlossenen Ausdruck.

Zart umfaßte er ihre feinen, schlanken Hände.

»Du hast mich doch lieb, Mutter, nicht wahr? Sehr lieb?«

»Was soll diese Frage, Johann?«

»Ich möchte bestätigt haben, daß eine Mutter in ihrer Liebe zu ihrem Kinde nur dessen Glück will.«

»Das weißt du, Johann.«

»Gewiß! Und es war bisher meine größte Freude, eine Mutter zu haben, die nur daran denkt, ihrem Jungen das Leben schön zu gestalten. Aber mir scheint, als hätte ein einziger Brief es fertiggebracht, das Herz meiner Mutter, die stets für die großen und kleinen Schwächen ihres Sohnes soviel Verständnis hatte, umzustimmen.«

Erregt fuhr die Großherzogin auf:

»Das ist nicht wahr, Johann –!«

Mit leisem Lächeln unterbrach er sie:

»Und es ist doch wahr, Mutting. Hättest du dich von dem Brief, mag er gekommen sein, von wem er will, nicht beeinflussen lassen, dann säßen wir uns jetzt nicht so gegenüber.«

»In einer so ernsten Angelegenheit, wo so unendlich viel auf dem Spiele steht, muß ich doch mit dir sprechen, Johann.«

Johann Salvator schaute seine Mutter ernst an.

»Ist dir denn nie der Gedanke gekommen, Mutting, daß ich mich dir, wenn es zur Entscheidung drängt, anvertrauen, daß ich dir alles beichten würde, bevor ich –«

»Und warum hast du es noch nicht getan, Johann?«

»Darüber bin ich mir selbst nicht klar, Mutter! Vielleicht geschah es, weil die Heimlichkeit dieser Liebe so märchenhaft schön ist. Du weißt, ich bin immer ein Schwärmer, ein Träumer gewesen. Und da ich dich zur Mutter habe – dich, eine so verständige, liebe, herzensgute Frau, wünschte ich mir zur Weggefährtin eine, die dir gleicht, denn nur dann kann ich glücklich werden. Ich habe mir von frühester Jugend an von der Liebe und der Frau, der ich einmal mein ganzes Herz schenken wollte, ein Idealbild geschaffen. Immer bin ich auf der Suche nach diesem Ideal gewesen. Freilich –« unterbrach er sich mit einem spöttischen Lächeln, »die meisten wissen nichts davon, wie oft meine Gedanken ausfliegen in das ferne Märchenland, wo das Glück wohnt. Die meisten kennen nur den Soldaten, den Brigadeführer Erzherzog Johann Salvator von Toskana, der sich jetzt fast ein ganzes Jahr in Bosnien herumgeschlagen hat und von dem man sich erzählt, daß er ein Draufgänger sei und sich nicht vor Gott und dem Teufel, aber noch viel weniger vor den Revolutionären fürchte. – Siehst du, Mutter, und weil ich im Dienst keinen Anlaß zu einer Klage gebe, weil der Kaiser in mir einen zuverlässigen Offizier hat, der bis ins kleinste seine Pflicht erfüllt, deshalb sollten sie sich bei Hofe nicht um meine Privatangelegenheiten kümmern.«

»Vielleicht würde man es auch nicht getan haben, Johann, wenn es nicht bekannt geworden wäre, daß du dich mit ernsten Heiratsplänen trägst. Jenes Mädchen soll überall erzählen, daß sie bald von der Bühne abgehen werde. Aber du kannst doch nicht so eine heiraten, Johann! Das ist völlig ausgeschlossen.«

Unwillig schob Johann Salvator seine Stirn in Falten.

»Milly ist nicht ›so eine‹, Mutter! Lerne Milly kennen, und du wirst mit mir einer Meinung sein.«

»Nein, nein, ich will sie nicht sehen, Johann. In deinen Augen mag sie als eine Ausnahme erscheinen, doch sie gehört sicher zu jenen, die den Männern so den Kopf verdrehen, daß sie nicht wieder von dieser Liebe loskommen, und einen Erzherzog bekommt ja ein Mädel vom Theater auch nicht alle Tage.«

»Aber Milly Stubel weiß ja gar nicht, daß ich ein Erzherzog bin. Sie hat keine Ahnung, daß uns Standesunterschiede trennen.« Johann Salvator umfaßte aufs neue die Hände seiner Mutter, seine Augen begannen zu leuchten, und nun, da endlich der Bann gebrochen war, begann er alle Einzelheiten der ersten Begegnung und der darauffolgenden Zeit zu erzählen.

»Begreifst du nun, Mutter«, schloß er seine Beichte, »daß dieses Glück hoch, hoch über dem Alltag steht, und daß ich es nicht verlieren, sondern noch fester – ja, daß ich es unlösbar an mich binden möchte?«

Ewigkeitslang wurden die Minuten des Schweigens.

Dann sagte die Großherzogin mit veränderter Stimme: »Das wußte ich nicht, daß sie dich um deiner selbst willen liebt, Johann. Das habe ich nicht erwartet.«

Der Sohn beugte sich zu ihr, legte in aufwallender Zärtlichkeit einen Arm um ihre Schultern und zog sie mit sanfter

Gewalt an sich. Eifrig fuhr er fort: »Mutter, ich kann dir nicht beschreiben, welch ein Hochgefühl das Bewußtsein in mir auslöst, um meiner selbst willen geliebt zu werden. Das ist ja so wenigen von uns Fürstlichkeiten beschieden, denn wir können nie beurteilen, was eine Frau an uns mehr liebt – den Menschen – oder den Namen, Stand und Reichtum –!«

»Und du bist ganz sicher, Johann, daß diese Milly Stubel keine Ahnung hat, wer du bist?«

»Dafür lege ich meine Hand ins Feuer, Mutting! Sie hält mich trotz unserer langen Bekanntschaft noch immer für den Staatsingenieur Johann Orth. Freilich wird es immer schwerer für mich, dieses Versteckspiel aufrechtzuerhalten. Wäre ich in letzter Zeit nicht monatelang in Bosnien gewesen, dann hätte wohl mein Inkognito kein Geheimnis bleiben können.«

Und nun zögerte er ein wenig.

»Doch wirst du nun, nachdem du die Geschichte meiner Liebe erfahren hast, mir mein Glück von ganzem Herzen gönnen und dich mit mir darüber freuen?«

»Aber, Johann, wie kannst du das nur glauben. Du mußt wissen, daß ich mit solch einer Ehe niemals einverstanden sein werde. Es kann dein Ernst nicht sein, daß du das Mädchen heiraten willst. – Meinethalben mag sie noch länger deine Geliebte bleiben. Ich will die letzte sein, die dir dieses heimliche Glück zerstört. Nur darfst du keine Torheiten begehen. Oder hast du es darauf abgesehen, bei dem Kaiser in Ungnade zu fallen?«

Trotzig warf Johann Salvator den Kopf in den Nacken: »Mir ist alles gleich, Mutter. Ich frage nicht danach, was werden soll. Ich weiß nur, daß ich auf Milly nie verzichten werde.« Es klang sehr scharf und so bestimmt, daß die Großherzogin wußte, jeder Widerspruch würde vergeblich sein.

Schwer seufzte die alte Dame auf.

»Mein Gott, was soll ich nun dem Kaiser antworten?«

»Schreibe ihm, daß er mit dem tüchtigen, pflichtgetreuen Soldaten, den er an mir hat, zufrieden sein und mich in meinen Privatangelegenheiten in Ruhe lassen soll.«

»Glaubst du, daß sich der Kaiser mit einer solchen Antwort begnügen wird?«

»Es wird ihm nichts anderes übrigbleiben! In meiner Herzenssache lasse ich mir vom Kaiser nichts befehlen.«

Erschrocken wehrte die Erzherzogin ab.

»Johann«, rief sie mit tränenerstickter Stimme, »laß dich nicht von deinem Trotz hinreißen! Überlege alles genau, ehe du einen Schritt unternimmst, den du vielleicht einmal bitter bereuen mußt. Beweise mir, daß du mich liebhast, und versprich mir, noch ein Jahr zu warten. Gar oft hält man für Liebe, was in Wirklichkeit nur ein Sinnenrausch ist. Du brauchst nicht so spöttisch zu lächeln, mein Sohn – ich kenne das Leben besser als du und habe die Wahrheit meiner Worte oft bestätigt erhalten. Sicherlich ist diese Milly Stubel schön –«

»Bildschön!«

»Das habe ich als selbstverständlich angenommen. Doch gerade deshalb muß deine Liebe ernstlich geprüft werden. Wenn der Rausch vorüber ist und es ist kein geistiges Band da, bricht die größte Liebe zusammen. – Darum bitte ich dich, Johann, dieses Mädchen noch ein Jahr zu prüfen! Stehst du dann noch auf dem gleichen Standpunkt wie heute, sagst du mir auch dann wieder, daß du ohne sie nicht leben kannst, dann will ich mich damit abfinden, daß du eben andere Wege gehst, als ein Toskana sie gehen sollte.«

Johann Salvator schwieg eine Weile und schaute nachdenklich vor sich hin.

Da er sichtlich mit sich rang, legte seine Mutter ihm die Hände auf die Schultern und bat noch einmal:

»Johann, geh nicht im Trotz von mir fort! Laß uns auch weiterhin die besten Freunde bleiben. Erfülle du mir meine

Bitte – und ich will dafür Sorge tragen, daß sich während der freiwillig übernommenen Prüfungszeit niemand mehr in deine Angelegenheiten mischt, daß man dich und das Mädchen in Ruhe läßt.«

Johann Salvator streckte versöhnt seiner Mutter beide Hände entgegen.

»Was könnte ich dir schon abschlagen, Mutting, wenn du so bittest? Also gut, ich werde tun, was du verlangst. Bist du nun zufrieden?«

Bewegt schloß ihn die Großherzogin in die Arme und drückte ihn an ihr Herz.

Am Abend schrieb sie einen ausführlichen Brief an den Kaiser, schilderte den Verlauf der Unterredung und bat mit inständigen Worten, die Prüfungszeit abzuwarten, ehe weitere Schritte unternommen würden.

»Zeit gewinnen – heißt vielleicht alles gewinnen!« schloß sie in der Hoffnung, die Aufregung am Kaiserhof über ihres Sohnes Liebe zu einem kleinen Ballettmädel zu beschwichtigen.

Aber weder der Kaiser noch Erzherzog Albrecht waren mit diesem Resultat zufrieden.

»Die Großherzogin Margarethe ist in ihrer Liebe zu ihrem Einzigen blind«, erklärte Erzherzog Albrecht, »sonst hätte sie unmöglich diese Konzession machen können.«

Zustimmend nickte der Kaiser.

»Zeit gewinnen – heißt alles gewinnen! Das wird auch Johann Salvator denken und alles vorbereiten, damit uns zum Schluß jede Möglichkeit genommen ist, ihm einen Strich durch die Rechnung zu machen.«

»Es wird dir also nichts anderes übrigbleiben, als selbst mit ihm zu sprechen und ihm deinen Standpunkt klarzumachen.«

»Gerade das wollte ich gern vermeiden, denn Johann Salvator ist ein Brausekopf, der am liebsten das tut, was ihm verboten ist.«

In diesem Augenblick kam Kaiserin Elisabeth in das Arbeitszimmer ihres Gatten.

Der Zufall wollte es, daß sie die letzten Worte noch hörte, so daß sie sich interessiert erkundigte, was mit Johann Salvator geschehen sollte.

Da sie wiederholt über ihre Beobachtungen während der Rundfahrt an ihrem Silberhochzeitstag mit ihrem Gatten gesprochen und über die Liebesangelegenheit Johann Salvators unterrichtet war, erzählte ihr Franz Joseph von seinem diplomatischen Vorgehen, das allerdings nicht den gewünschten Erfolg hatte.

Aufmerksam hörte sie zu. Doch kaum schwieg er, da erklärte sie sehr bestimmt:

»Ich halte den Vorschlag der Großherzogin für den allerbesten, Franzl, und du tust bestimmt gut daran, ihn zu befolgen. Sieht Johann Salvator, daß von seiten des Hofes aus nichts gegen seine Liebschaft unternommen wird, sondern daß man die Augen zudrückt und sie duldet, dann verliert die Sache vielleicht den Reiz des Verbotenen und beginnt langweilig für ihn zu werden.

Dadurch erreicht ihr sicherlich schneller eine Loslösung von diesem Mädchen, als wenn ihr ihn jetzt durch irgendwelche Druckmittel zum Verzicht zwingen wollt.«

Die beiden Herren schauten sich an.

»Vielleicht haben Frauen in einer solch heiklen Sache doch das richtigere Empfinden für den besten Weg«, meinte Franz Joseph.

»Der gleiche Gedanke ist mir auch gekommen, als ich Elisabeths Meinung hörte«, pflichtete Erzherzog Albrecht dem Kaiser bei.

»Dann wollen wir also die Dinge zunächst ruhen lassen und nichts gegen Johann Salvator unternehmen.«

»Wie du befiehlst, Franz!«

»Ja, ihr müßt ihm die zugebilligte Prüfungszeit lassen, ihr werdet sehen, daß Johann Salvator sich bald von diesem Mädchen abkehrt und eine standesgemäße Heirat schließt«, ereiferte sich die Kaiserin.

»Und wenn nicht?« fragte der Kaiser. »Was soll dann geschehen?«

Elisabeth wehrte flüchtig ab.

»Dann ist es immer noch Zeit, irgendwie einzugreifen und ihn zur Vernunft zu bringen. Er wird sicherlich nicht wagen, in aller Heimlichkeit oder etwa im Ausland sich trauen zu lassen und uns vor eine vollendete Tatsache zu stellen.«

Erzherzog Albrecht lächelte spöttisch.

»Zuzutrauen wäre es ihm!«

Doch wieder nahm die Kaiserin für Erzherzog Johann Salvator Partei.

»Nein, nein, das glaube ich nicht. Ich halte ihn für durchaus vernünftig und besonnen.«

»Das Allerschlimmste befürchte ich auch nicht«, fiel der Kaiser ein. »Einen Gewaltstreich wird er nicht riskieren. Auf jeden Fall wollen wir ihn und das Mädel in der nächsten Zeit etwas im Auge behalten. Er wird ja nun auch wieder in Wien Dienst tun und öfter Gelegenheit haben, mit dieser Stubel zusammenzusein.«

»Ich werde sofort Auftrag geben«, erklärte Erzherzog Albrecht, »daß die beiden beobachtet werden und, sobald etwas Verdächtiges vor sich geht, Bericht erstattet wird.«

*   *
*

Ruhige Wochen kamen – wurden zu Monaten.

Die Kaiserin hatte ihre im Trubel der Festtage gefaßten Pläne, Wien bald wieder zu verlassen, aufgegeben. Eine neue Idee nahm sie wieder ganz und gar gefangen.

Da es ihr weder in der Hofburg, noch in Schönbrunn oder auf einem der anderen kaiserlichen Schlösser so recht behagte, beschloß sie, sich ein eigenes Schloß, ganz nach ihren Plänen und ihrem Geschmack, bauen zu lassen.

Lächelnd gewährte ihr der Kaiser diese Bitte.

Heimlich hoffte er ja, daß sie dadurch in Wien seßhaft würde.

Für dieses Jahr war das nun auch der Fall.

Elisabeth dachte nicht ans Reisen. Sie suchte zunächst nach einem geeigneten Bauplatz, fuhr wochenlang in der Umgebung Wiens umher und besichtigte die ihr vorgeschlagenen Gelände.

In dieser Zeit empfand sie bitter schwer, daß ihr die Ärzte strengstens verboten hatten, wieder ein Pferd zu besteigen. Dieser Verzicht auf den geliebten Reitsport bedeutete ein großes Opfer für sie. Anfangs glaubte sie, sich nicht damit abfinden zu können, aber als sie nach Übertretung des Verbotes so heftige Schmerzen in der Hüfte und im Knie bekam, daß sie wieder längere Zeit das Bett hüten mußte, da versprach sie Franz Joseph, in Zukunft vernünftig zu sein.

Doch das Spazierenfahren im Wagen war ihr zu langweilig, so daß sie es vorzog, viel zu Fuß zu gehen. So kam es, daß die Wiener auf größeren Ausflügen gar oft ihrer schönen Kaiserin begegneten. Zumeist war Mutzerl dabei. Es war ein liebliches Bild, die schöne Kaiserin mit der kleinen Prinzessin zu sehen.

Doch während sie mit ihren Bauplänen für ihr Schloß »Waldesruh« beschäftigt war, das sie im Tiergarten von Lainz bei Hietzingen errichten lassen wollte, während sie mit den Baumeistern, Architekten und Handwerkern persönlich unterhandelte und unzählige Besprechungen hatte, sorgte sich der Kaiser mehr als je zuvor um den Kronprinzen.

Wenn dieser auch in seinen Liebesabenteuern ein wenig vorsichtiger geworden war, so fehlte es ihm doch an dem rechten Ernst für seine zukünftige Stellung. Er lebte leichtsinnig in den Tag hinein, verbrachte die Abende und Nächte in Künstlerkreisen und kümmerte sich wenig um seinen Ruf.

Das alles veranlaßte den Kaiser, seinen Sohn mit allem Nachdruck darauf aufmerksam zu machen, daß er an seine Pflichten denken müsse.

Rudolf wußte, was das bedeutete, und fügte sich dem Wunsche des Vaters.

Er ging auf Brautschau.

Nach Dresden, an den sächsischen Hof. Die Prinzessin Mathilde, Tochter des Prinzen Georg von Sachsen, war in die engere Wahl für die zukünftige Kronprinzessin von Österreich gekommen.

Aber schon nach kurzer Zeit kehrte Rudolf nach Wien zurück. Begeistert schwärmte er im Familienkreise von dem herzlichen Empfang, der ihm am sächsischen Hof bereitet worden wäre, und erzählte von den herrlichen Ausflügen, die er mit den Prinzen nach der Sächsischen Schweiz, nach Moritzburg und nach Pillnitz gemacht hatte.

»Und wie gefällt dir die Prinzessin Mathilde, Rudolf?« fragte der Kaiser.

Der Kronprinz lächelte ein wenig und schaute den Rauchringen seiner Zigarette nach. Absichtlich schwieg er ein Weilchen, um die Spannung zu erhöhen, dann sagte er: »Weißt du, Papa, die Prinzessin ist eine reizende Frau, von entzückender Natürlichkeit. Ich habe mich gut mit ihr verstanden, nur –«

Unwillig schob Franz Joseph die Augenbrauen zusammen. »Du wirst sie also nicht heiraten?«

Rudolf schüttelte langsam den Kopf.

»Nein – ich – werde sie nicht heiraten. Ich möchte mir erst noch die anderen Prinzessinnen ansehen, die ihr für mich ausgewählt habt.«

»Und was hast du an der Prinzessin Mathilde auszusetzen?« forschte sein Vater, der sehr gern eine Verbindung mit dem sächsischen Hofe gesehen hätte, verärgert weiter. »Du erklärst, sie sei eine reizende Frau –«

»Gewiß, Papa, das ist sie auch – nur leider nicht mein Geschmack. Weißt du – ich schwärme nun einmal für schlanke Frauen – und die Prinzessin Mathilde neigt schon jetzt in ihrer Jugend zur Fülle – und da fürchte ich –« Er stockte, schaute wie hilfesuchend zu seiner Mutter, die ihn auch sofort verstand und lächelnd erklärte:

»Nun, wenn sie dir nicht gefällt, Rudolf, dann werden weder Papa noch ich dich zwingen, um die Prinzessin von Sachsen zu werben.«

»Dann muß eben die nächste Anwärterin an die Reihe kommen«, erklärte Kaiser Franz Joseph.

Rudolf lachte unwillig.

»Wie häßlich doch eine solche Prinzenheirat ist!«

»Rudolf –« mahnte die Mutter leise.

»Ich bin schon still! Es ist doch alles zwecklos. Weil es das Hausgesetz vorschreibt, daß nur eine ebenbürtige Frau, mag sie noch so häßlich und noch so dumm sein, würdig ist, die Krone des Landes zu tragen, muß ich irgendeine der Prinzessinnen heiraten, die mir vom hohen Rat bestimmt sind. Groß ist die Wahl nicht, die ihr mir laßt, doch selbstverständlich tue ich euch den Gefallen und besichtige auch die zweite Anwärterin.«

Erregt fuhr der Kaiser ihn an.

»Du brauchst dich gar nicht so sehr als Märtyrer deiner Geburt aufzuspielen. Oder glaubst du, dadurch unser Mitleid zu erwecken? Willst du vielleicht erreichen, daß wir die Heiratspläne aufschieben? Da irrst du dich sehr, mein Sohn! Das Volk verlangt nach einer Kronprinzessin. Bist du verheiratet, dann werden Mama und ich einen großen Teil der anstrengenden

Repräsentationspflichten auf eure jungen Schultern legen können, dann könnte ich mit Mama Reisen unternehmen, dann brauchte ich mir nicht so oft zu versagen, Mama begleiten zu können. – Nein, nein, Rudolf, deine Heirat ist beschlossene Tatsache und bleibt es. Du fährst in den nächsten Tagen nach Madrid.«

Rudolf fuhr also nach Madrid und kehrte in bester Stimmung nach Wien zurück. Wieder wurde er mit der gleichen Erwartung wie nach seinem Besuch in Dresden empfangen.

Abermals erklärte Rudolf:

»Nein, die Infantin ist keine Frau für mich, Vater. Sie ist so entsetzlich häßlich, daß ich Mühe gehabt habe, ihr einige freundliche Worte zu sagen.«

»Aber ihre Bilder –«

»– sind so verlogen«, fiel Rudolf erregt ein, »daß man den Maler und den Photographen wegen grober Fälschung zur Rechenschaft ziehen müßte.«

Der Kaiser wechselte mit seiner Gattin einen sorgenvollen Blick.

»Nun bleibt nur noch die Belgierin übrig«, sagte er ernst.

Da aber wehrte die Kaiserin hastig ab.

»Nein, nein, Franzl, die Tochter des belgischen Königs, der in denkbar schlechtem Ruf wegen seiner Sittenlosigkeit steht, möchte ich nicht zur Schwiegertochter haben.«

»Sissi, du weißt genau, daß Rudolf endlich mit dem Heiraten Ernst machen muß. Da er zwei günstige Verbindungen ausgeschlagen hat, bleibt nun keine andere, als die dritte und letzte. Wir machen uns ja in den Augen der ganzen Welt lächerlich, wenn Rudolf von jeder Brautfahrt unverlobt zurückkommt.«

»Aber gerade die Stephanie wünsche ich mir am wenigsten als Schwiegertochter, Franzl. Sie könnte ich nicht von ganzem Herzen willkommen heißen – und das soll doch der Fall sein, denn Rudolfs Frau soll uns lieb und wert sein wie ein eigenes Kind.«

»Lerne die Prinzessin erst kennen, Sissi, laß dich nicht durch ein Vorurteil beeinflussen. Stephanie soll – das ist uns von Brüssel ausdrücklich berichtet worden – in ihren Charakterveranlagungen mehr nach der Mutter als nach dem Vater geartet sein, Sissi. Außerdem ist die Prinzessin Stephanie noch sehr jung, kaum sechzehn Jahr, wird also leicht zu leiten sein.«

»Meinst du?« fragte Elisabeth leise, und ihre Gedanken gingen weit zurück in die Vergangenheit. Bilder der Erinnerung wurden überwach.

Auch Franz Josephs Gedanken schienen die gleichen Wege zu nehmen. Auch sein Gesicht wurde ernst.

Rudolf schaute erwartungsvoll seine Eltern an.

Vielleicht gönnte man ihm noch für ein paar Jahre die goldene Freiheit.

Es schien, als hätte der Kaiser seine Gedanken erraten, denn er zeigte plötzlich ein hartes und strenges Gesicht und erklärte:

»Rudolf muß heiraten, Sissi! Das Land muß eine Kronprinzessin, und will's Gott, auch bald einen weiteren Erben des Throns bekommen, damit die Krone unserer Linie erhalten bleibt.«

Rudolf lächelte ironisch.

»Also auf nach Brüssel!« spottete er.

Franz Joseph zuckte zusammen und sah den Sohn mit strafendem Blick an.

»Ich verbiete dir, in unserer Gegenwart solch abfällige Bemerkungen über eine höchst ernste Angelegenheit zu machen.«

Gleichgültig zuckte der Kronprinz die Schultern.

»Ich werde also nach Brüssel fahren und mir die Prinzessin ansehen, na – und dann werde ich eben um sie anhalten.«

»Du würdest mir und dem Land eine große Freude bereiten,

Rudolf, wenn du uns endlich deine Verlobung anzeigtest. Das Volk wartet darauf, eine Kronprinzessin zu bekommen.«

»Wenn nun aber der Fall einträte, Papa, daß ich der Prinzessin nicht gefalle, daß sie meine Werbung nicht annimmt? Was dann?«

Kaiser Franz Joseph lachte hell auf.

»Diese Sorge brauchst du dir nicht zu machen, mein Sohn. Ich bin sogar überzeugt, daß es von deiner Brautwerbung in Brüssel heißen wird: Er kam – sah – und siegte!«

Rudolf horchte auf. »So sicher bist du der Sache?«

Auch die Kaiserin schaute ihren Gatten überrascht an.

Franz Joseph nickte zu Rudolfs Frage und bestätigte:

»Ja, so sicher bin ich meiner Sache, Rudolf, denn die Diplomaten haben mir vertraulich mitgeteilt, daß die Prinzessin Stephanie von deinen Bildern ganz begeistert gewesen sei, ja, daß sie sich sogar eines ausgebeten und in ihrem Zimmer aufgestellt habe.«

»Also, wann soll ich reisen?«

»Ende dieser Woche –« entschied der Kaiser rasch. »Ich werde sofort alles veranlassen und deinen Besuch in Brüssel anmelden.«

Die Zeit drängte, denn inzwischen war die Stunde der täglichen Audienzen herangekommen. Franz Joseph mußte die Unterredung abbrechen und sich verabschieden.

Er nahm die Hände der geliebten Frau fest in die seinen und umschloß sie mit einem so betonten Druck, daß Elisabeth, als sie in seine Augen schaute, wußte und fühlte, was er ihr durch diese stumme Bewegung sagen wollte: Hilf mir, damit sich meine Pläne endlich erfüllen!

Sie nickte ihm mit einem müden Lächeln zu. Im Laufe der Unterhaltung hatte sie ja erkannt, daß es für Rudolf kein Zurück gab, daß er sich endlich entscheiden mußte.

Elisabeth und Rudolf waren allein.

Rudolf stand am Fenster, rauchte nervös und starrte in den Park hinunter, wo sich sein Schwesterchen Mutzerl beim Reifenspiel tummelte.

Zärtlich legte Elisabeth ihm die Hände auf die Schultern.

»Lieber!« sagte sie leise.

Jäh wandte er sich um. Ganz nahe standen sie sich. Er umfaßte die Mutter zart und innig und zog sie an sich.

Eine Weile standen sie schweigend da und hielten stumme Zwiesprache miteinander.

Dann seufzte Rudolf auf und sagte:

»Eine Frau wie dich finden, das wäre ein Geschenk des Himmels, Mama.«

»Sage das nicht, Rudolf! Auch ich habe Schwächen und Launen, habe deinem Vater in den ersten Jahren unserer Ehe das Leben nicht leichtgemacht. – Schau, Rudolf, wenn zwei so junge Menschen, wie dein Vater und ich es waren, plötzlich Weggefährten werden, da ist es eigentlich selbstverständlich, daß jeder überzeugt ist, seine Meinung sei die richtige. Aber im Alltag schleifen sich die Gegensätze ab, und wenn jeder für seinen Teil etwas nachgibt – und das müssen wir alle, Rudolf, denn sonst ist eben keine gute Ehe möglich –, dann wird das Zusammenleben ganz erträglich.«

»Das glaube ich gern, Mama! Und ich sehe ein, daß ich bei der Wahl meiner Lebensgefährtin Rücksicht darauf nehmen muß, ob sie auch allen Anforderungen des Hausgesetzes entspricht, doch Sympathie muß ich unbedingt zu der Auserwählten haben, sonst fürchte ich, daß wir beide – die Prinzessin und ich – sehr unglücklich werden.«

»Vielleicht meint es das Schicksal gut mit dir, mein Sohn, und du findest in Stephanie die Frau, die so ganz nach deinem Herzen ist.«

»An soviel Glück glaube ich nicht, Mama!«

»Es wird schon alles gutgehen, Rudi! Und dann hast du ja

noch mich. Wir zwei bleiben doch, mag kommen, was da will, die alten!«

»Ja, ja, Mama«, stammelte er, »wir zwei dürfen uns nicht verlieren. In unserer Liebe und Kameradschaft zueinander darf sich nichts ändern.«

Elisabeth tröstete:

»Ich werde für dein Glück beten, Rudi, damit der Himmel ein Einsehen hat und dein Schicksal erträglich gestaltet. Laß also den Kopf nicht hängen. Nimm dein Schicksal nicht zu schwer, nicht zu tragisch! – Laß dir von deiner Mutter sagen, daß auch im Leben eines Kaisers und Königs frohe und glückliche Tage kommen. Also nochmals, Rudi, sei tapfer! – Das Glück wird dich schon nicht ganz verlassen.«

— — — — — — — —

Es war ein paar Tage nach Rudolfs Abreise nach Brüssel, als Franz Joseph seinen Ratgeber in außenpolitischen Angelegenheiten begrüßte.

»Was gibt es denn, daß Sie mich so eilig sprechen müssen?« fragte er.

»Eine Intervention Preußens, Majestät.«

Der Kaiser sah ihn groß an.

»Was will denn Preußen von uns?«

Der Minister öffnete seine Aktentasche, entnahm ihr eine Broschüre und zugleich ein Schriftstück. Die Broschüre dem Kaiser reichend, fragte er:

»Kennen Euer Majestät diese Schrift?«

Franz Joseph las den Titel:

»Betrachtungen über die österreichische Artillerie.«

»Mir scheint es eine militärwissenschaftliche Abhandlung zu sein.«

»Das ist nur der Deckmantel. Es ist eine Hetzschrift gegen

Preußen, und der Bevollmächtigte hat im Namen seiner Regierung dagegen interveniert.«

Das Gesicht des Kaisers verfinsterte sich.

»Wer hat die Broschüre verfaßt?«

»Die Broschüre ist unter einem Pseudonym herausgegeben worden. Ich ließ mir den Verleger kommen und fragte ihn nach dem Namen des Autors. Der Verfasser ist der Erzherzog Johann Salvator!«

Der Kaiser sprang auf.

»Das ist unerhört! Wie darf er sich erdreisten, eine solche Schrift herauszugeben?«

Mit Franz Joseph hatte sich der Minister erhoben.

»Den antipreußisch eingestellten Österreichern Wasser auf ihre Mühlen zu geben! Er will wohl denen die Augen schärfen, die in Preußen unseren Erbfeind sehen.«

»Dann handelt er direkt und bewußt gegen die Interessen unseres Landes!«

»Das ist zweifellos der Fall! Die Intervention ist auch gleich sehr scharf ausgesprochen worden.«

Der Kaiser ging ein paarmal im Kabinett auf und nieder, wie um sich zu sammeln und zu überlegen, dann blieb er dicht vor dem Minister stehen und fragte:

»Was sollen wir da tun?«

»Ich habe dem preußischen Vertreter zugesichert, daß die in der Broschüre enthaltene Hetze nicht im Sinne Euer Majestät und Euer Majestät Regierung sei, daß unsererseits eine solche Tendenz abgelehnt werde. Weiter habe ich zugesagt, daß die Schrift sogleich beschlagnahmt würde.«

»Hat sich die preußische Regierung damit zufriedengegeben?«

»Nein, sie forderte die Maßregelung des Autors.«

»Wußte sie denn, daß der Erzherzog Johann Salvator der Verfasser ist?«

»Der preußische Vertreter hat ihn nicht genannt, hat aber durchblicken lassen, daß er es wüßte.«

»Haben Sie ihm die Maßregelung zugesagt?«

»Nein, das wollte ich nicht tun. Ich wollte die Entscheidung Euer Majestät überlassen.«

»Auf meine Verwandtschaft mit dem Erzherzog hätten Sie keine Rücksicht zu nehmen brauchen. Ich sehe nicht die Person an und werde keine Nachsicht walten lassen. Wer den Interessen des Reiches zuwiderhandelt, wird unnachsichtig von mir bestraft werden!«

»Darf ich das der preußischen Regierung mitteilen?«

»Tun Sie das, bitte, und versichern Sie ihr, daß wir in Preußen nicht unsern Feind sehen, sondern unseren befreundeten Nachbar, mit dem uns größte Sympathie verbindet. Die Maßregelung des Erzherzogs wird noch heute erfolgen.« Er nickte dem Minister zu. »Ich danke Ihnen, Exzellenz.«

— — — — — — — —

»Zum Kaiser!« Dieser Befehl kam dem Erzherzog Johann ganz überraschend.

Als er das Arbeitszimmer des Kaisers betrat, musterte ihn Franz Joseph mit finsterem Blick, und er wußte sofort, daß für ihn eine böse Stunde kommen würde.

Doch furchtlos sah er den Kaiser an und wartete auf die Anrede.

Franz Joseph nahm die Broschüre, die vor ihm lag, hielt sie hoch, so daß er sie sehen konnte, und fragte:

»Sie bekennen sich wohl dazu, diese Schrift verfaßt zu haben?«

Johann Salvator überlief es kalt. Der Kaiser redete ihn mit »Sie« an? Dann stand es schlimm um seine Sache.

Er zögerte mit der Antwort.

Da fuhr Franz Joseph fort:

»Ich will Ihnen ersparen, mich zu belügen, ich weiß, daß Sie der Verfasser sind, Ihr Verleger hat es zugegeben.«

Dieser Kerl! dachte Johann, nun hat er mich doch verraten.

Er richtete sich straff auf.

»Jawohl, Majestät, ich habe die Broschüre geschrieben.«

»Was haben Sie sich dabei gedacht, als Sie dieses Machwerk fabrizierten?«

»Es ist eine militärwissenschaftliche Abhandlung.«

»Die Militärwissenschaft ist doch nur der Deckmantel für eine Hetze gegen Preußen, die Sie durch diese Schrift betreiben wollten.«

»Ich gebe zu, daß ich kein Freund Preußens bin, wie viele andere gute Patrioten auch; ich dächte, wir hätten wenig Grund, für Preußen freundschaftliche Gefühle zu hegen.«

»Dummes Gewäsch! Geradezu staatsverbrecherisch ist es, durch solche Schmierfaxereien –« er warf die Broschüre verächtlich auf den Tisch, »das augenblicklich gute Verhältnis Österreichs mit Preußen zu trüben. Preußen hat wegen der Hetzschrift interveniert. Ich werde und muß den Verfasser empfindlich maßregeln.«

»Weil Preußen es wünscht?« fragte Johann herausfordernd.

»Ja, und weil ich es für richtig halte, daß diese Forderung gestellt wird, werde ich ein Exempel statuieren. Oder glauben Sie, ich werde mich Ihretwegen mit meinem Nachbar überwerfen? Sie sind noch sehr naiv!«

Der Erzherzog verneigte sich leicht. »Ich bin bereit, die Maßregelung über mich ergehen zu lassen. Obgleich ich mich ungerecht davon betroffen fühle, denn ich habe die Schrift nicht als österreichischer Erzherzog, sondern als Privatmann verfaßt.«

Beißender Spott klang aus seinen Worten.

Franz Joseph wollte diesen Spott nicht heraushören, er

wollte nicht gleich allzu schroff gegen Johann Salvator vorgehen – Herrgott, es gab nach dem letzten Kriege in Österreich sehr viele Patrioten, die Preußen nicht verzeihen konnten, daß es gesiegt hatte, und es darum glühend haßten.

»Ich will Ihnen Gelegenheit geben, in Ruhe über Ihren Fehler nachzudenken!« erklärte der Kaiser nach einigem Stillschweigen. »Wien ist nicht der geeignete Ort dazu. Darum versetze ich Sie zur Infanterie, und zwar kommandiere ich Sie nach Linz. Sie werden schon morgen Wien verlassen und sich unversäumt in Linz melden.«

Johann verneigte sich.

»Wie Euer Majestät befehlen.«

»Ein Jahr Linz oder auch länger wird Sie von dem Drang kurieren, solche Schriften zu verfassen. Sie brauchen sich von mir nicht noch besonders zu verabschieden, ich verabschiede Sie hiermit.«

Johann Salvator biß sich auf die Lippen.

Er grüßte, wartete, daß Franz Joseph ihm die Hand zum Abschied reichen würde, der Kaiser aber nickte ihm nur zu. Also schwer in Ungnade gefallen.

* *
*

Man sah in Brüssel dem Brautbesuch des Kronprinzen Rudolf sehr gespannt entgegen, und das kleine Herz der kaum sechzehnjährigen Stephanie klopfte in fieberhafter Erwartung.

Sie wußte, daß Rudolf bereits in Sachsen und in Spanien auf Brautschau gewesen und unverlobt nach Wien zurückgekehrt war.

Würde sie ihm gefallen?

Würde er sich um sie bewerben? War es ihr bestimmt, Kronprinzessin von Österreich zu werden?

Ihre Mutter und ihre Tante, die österreichische Erzherzogin

Elisabeth, erzählten ihr viel von Wien und seinen Schönheiten, so daß die kleine Stephanie Sehnsucht danach bekam, das alles einmal ihre zweite Heimat nennen zu können.

Sie dachte vor Rudolfs Besuchen nichts anderes mehr als an ihn, sie stand stundenlang vor dem Spiegel und probte Kleider, um sich zu vergewissern, in welchem sie wohl am vorteilhaftesten aussah. Aber Stephanie war in diesen Tagen sehr schwer zufriedenzustellen.

Und so kam es, daß sie bei der Vorstellung regelrechtes Lampenfieber hatte. Sie sah nicht nur blaß und dadurch sehr unvorteilhaft aus, sondern war auch so eckig in ihren Bewegungen, daß sie einem Vergleich mit all den graziösen und lebensprühenden Wienerinnen, die bisher Rudolfs Auge entzückt hatten, nicht standhalten konnte.

Rudolf war entgeistert, als er Stephanie sah und sprach.

Er wütete im stillen gegen jene, die das Heiratsprojekt aufgebracht hatten.

Schon in der ersten Stunde merkte er, daß er sich niemals für dieses kleine, unscheinbare Prinzeßchen begeistern würde.

Er bekam schon jetzt Mitleid mit ihr, wenn er sie sich an seiner Seite dachte. Sie würden ganz und gar nicht zusammenpassen – er, der leichtlebige, in Liebesabenteuern erfahrene Mann – und sie – das Kind.

Vielleicht würde die kleine Stephanie in ein paar Jahren eine hübsche Frau werden. Aber jetzt war sie so reizlos, daß er sich zwingen mußte, ihr ein paar liebenswürdige Worte zu sagen.

Er war sichtlich froh, als die Empfangsfeierlichkeiten vorüber waren und er sich wieder in seinem Palais befand, das er als Gast des Königs bewohnte.

Doch es war ihm nicht wohl zumute.

Was sollte er tun? Er mußte sich irgendwie aus dieser Schlinge ziehen.

Er mußte alles daransetzen, um von Stephanie einen Korb zu bekommen, dann konnte er mit gutem Gewissen nach Wien zurückkehren und sicherte sich noch auf einige Zeit seine Freiheit.

Lange überlegte er hin und her – bis er plötzlich, von einem Gedanken erfaßt, zufrieden vor sich hinlachte, das Kognakglas ergriff und scherzend seinem Spiegelbild zutrank.

»Prost, Rudi, sollst leben! Wirst es schon schaffen!«

Und ruhig und gelassen sah er den weiteren Begegnungen mit der ihm zugedachten Braut entgegen.

* *
*

Wieder hieß es für Erzherzog Johann Salvator Abschied nehmen – Abschied von Milly, Abschied von seinem geliebten Wien.

Milly war sehr traurig, als er ihr mitteilte, daß er auf unbestimmte Zeit nach Linz müsse.

»Ich komme, sooft ich Urlaub erhalten kann, nach Wien, Milly, und dann werden wir recht frohe Stunden des Wiedersehens verleben«, so tröstete er.

Sie sprachen an diesem Abend wenig zusammen. Abschiedsweh machte ihnen die Herzen schwer.

Und wieder, wie schon oft, irrten Johann Salvators Gedanken zu dem einen Ziel, Milly ganz an sich zu binden, zu wissen, daß er sie daheim traf, wenn er müde und abgespannt vom Dienst nach Hause zurückkehrte, sich von ihren Händen die Sorgenfalten vom Gesicht streicheln, sich von ihrem Lachen das Leben schön und froh machen zu lassen.

Aber noch war das Jahr, das seine Mutter als Prüfungszeit gefordert hatte, nicht um. Noch durfte er nicht zu Milly von all dem sprechen, was ihn quälte und beunruhigte.

Und so fuhr er nach Linz, ohne sich mit Milly ausgesprochen zu haben. Daheim aber hatte die Ärmste nun wieder viel zu leiden. Mutter und Schwester waren voller Mißtrauen gegen den »Herrn Staatsingenieur«.

»Er meint es bestimmt nicht ehrlich mit dir«, so sagten sie wieder und wieder. Trotzdem verteidigte sie ihn.

»Nein, nein, Johann würde mich niemals belügen.«

»Weil du eben blind bist in deiner Liebe«, ereiferte sich Lori. »Du glaubst alles, was er dir vorerzählt – ich an deiner Stelle würde ihm ein wenig auf die Finger sehen.«

»Was meinst du damit?«

Lori zuckte die Achseln. Frau Stubel wiegte bedächtig den Kopf hin und her und entgegnete langsam, jedes Wort dabei betonend:

»Anfangs habe ich ihm auch alles geglaubt, was er sagt, aber seit er immer und immer wieder tausenderlei Ausreden erfindet, um die Veröffentlichung der Verlobung hinauszuschieben – traue ich ihm nicht mehr. Ich habe das sichere Gefühl, daß er uns irgend etwas verheimlicht, und um dich vor bitteren Enttäuschungen zu bewahren, mein Kind, werden wir dem Herrn Staatsingenieur doch einmal einen unverhofften Besuch in Linz machen.«

Da aber brauste Milly erregt auf:

»Nein, das werden wir nicht tun! Ich verbiete dir und Lori, euch in meine Angelegenheiten zu mischen. Ich habe zu Johann vollstes Vertrauen und glaube nicht, daß er mich irgendwie betrügt. Und wenn er wirklich ein Geheimnis haben sollte, so spricht er sicherlich nur deshalb nicht darüber, weil er mir Kummer ersparen will.«

Lori lachte.

»Na, ja, Kummer und Herzeleid würdest du wohl erfahren, wenn du plötzlich entdeckst, daß er gebunden ist und dich nicht heiraten kann. Gestehe nur ehrlich ein, es kränkt dich schon lange, daß der Herr Staatsingenieur keine Anstalten zum Heiraten macht. Eines Tages wirst du schon noch bereuen, unsere wohlgemeinten Warnungen in den Wind geschlagen zu haben.«

»Wohlgemeinte Warnungen?« wiederholte Milly erregt. »In Wirklichkeit gönnt ihr mir nur mein Glück nicht.«

»Pah – von mir aus kannst du mit deinem Johann glücklich werden«, spottete Lori, »aber bis du unter die Haube kommst, wirst du wohl graue Haare kriegen.«

Wütend über diese gehässigen Anspielungen, wollte Milly auf Lori zueilen. Ihre kleinen Hände waren drohend geballt.

In diesem Augenblick betrat der Vater das Wohnzimmer und schaute überrascht seine beiden Töchter und dann seine Gattin an.

»Was ist denn hier los?« fragte er und setzte sich in die Sofaecke, denn er war vom Treppensteigen stets sehr erschöpft, hustete dann viel und bekam schwer Atem.

»Ach, Lori und Milly streiten sich wieder einmal wegen des Orth«, erklärte ihm seine Gattin.

»Immer das alte Lied!« murmelte er hüstelnd. »Könnt ihr euch denn nicht vertragen?«

»Lori hat angefangen!« klagte Milly und wischte sich die Tränen aus den Augen.

»Die Mutter hat angefangen«, erklärte Lori, sich verteidigend, »und ganz recht hat die Mutter, wenn sie mißtrauisch ist.«

»Und eine Mutter wird wohl noch das Recht haben, sich um das Glück ihrer Kinder kümmern zu können«, ereiferte sich Frau Stubel aufs neue. »Ich meine es doch nur gut mit ihr.«

»Wenn du Mißtrauen zwischen mich und Johann streust, so nennst du das gutmeinen?«

Verzweifelt hielt sich Herr Stubel die Ohren zu und stöhnte:

»Nun hört endlich mit diesem Zanken und Streiten auf. Ich möchte Ruhe haben, wenn ich nach Hause komme!«

Lori wandte sich naserümpfend ab, auch Frau Stubel setzte

eine beleidigte Miene auf, Milly aber eilte zu ihrem Vater, legte ihre Arme um seinen Hals und bettelte:

»Hilf mir, Vater, sage doch Mutter und Lori, daß sie endlich aufhören sollen, mich immer zu bedrängen, damit ich Johann nachspioniere.«

Alois Stubel drückte seinen Liebling fest an sich und streichelte zärtlich dessen tränenüberströmtes Gesicht.

»Weine nicht, Mädel«, tröstete er. »Wenn du Vertrauen zu Johann Orth hast, dann Kopf hoch.«

Und zu seiner Frau und Lori gewendet erklärte er sehr energisch:

»Laßt das Mädel in Ruhe. Der Orth ist ein Ehrenmann! – Das sieht man ihm auf den ersten Blick an. Ich habe schließlich auch Augen im Kopf und bin ein welterfahrener Mann.«

Frau Stubel antwortete nicht, sondern beugte sich tiefer über ihren Strickstrumpf.

Lori aber murrte:

»Natürlich, weil der Herr Staatsingenieur sich für Musik interessiert und stundenlang mit dir darüber spricht, bist du ebenso taub und blind gegen ihn wie Milly in ihrer krankhaften Verliebtheit. Aber eines Tages wird es euch schon wie Schuppen von den Augen fallen –«

»Nichts wird uns von den Augen fallen. Aber nun bringe mich in die Kammer, Milly«, bat er leise und stützte sich auf deren Arm. »Ich möchte mich ein wenig niederlegen, denn ich bin von der Probe reichlich müde.«

Zärtlich umfaßte Milly den Vater, der heute wieder einmal einen sehr leidenden Eindruck machte, und führte ihn in das angrenzende Schlafzimmer. Sie schaute dabei nicht nach der Mutter und der Schwester und bemerkte deshalb nicht, daß ihr beide mit bösem Blick nachsahen. Kaum hatte sich die Türe hinter Milly und dem Vater geschlossen, da warf Lori trotzig den Kopf in den Nacken und flüsterte ihrer Mutter zu:

»Nun spioniere ich dem Orth erst recht nach! Und ich bin überzeugt, daß wir nichts Günstiges über ihn erfahren werden.«

Erschrocken wehrte Frau Stubel ab: »Still, still, Lori, daß Vater davon nichts hört! Er würde sich sonst nur noch mehr aufregen, und das könnte ihm schaden. Ich weiß nicht, wenn ich ihn so wie heute sehe und immerfort husten höre, dann wird mir recht angst um ihn.«

»Du siehst zu schwarz, Mutter. Vater hat doch, solange ich denken kann, diesen Husten gehabt.«

»Ja, ja, aber jetzt ist es besonders schlimm, und so müde und abgespannt, so völlig erschöpft wie in den letzten Tagen ist Vater nie nach Hause gekommen. – Wir wollen deshalb allen Ärger von ihm fernhalten und nicht wieder von Orth sprechen.«

»Aber nachspionieren tue ich ihm doch!« trumpfte Lori auf. »Ich muß sehen, wer recht behält – Milly oder ich.«

* *
*

Die entscheidende Stunde war gekommen.

Rudolf lächelte im stillen ingrimmig, als er bemerkte, daß sich die übrige Hofgesellschaft absonderte und ihn und die Prinzessin im Wintergarten allein ließ. Allzu deutlich gab man ihnen Gelegenheit, sich zu finden.

Mit einem kalten Lächeln sah Rudolf auf die ängstliche kleine Prinzessin nieder, die in nervöser Erregung und gespannter Erwartung all der Dinge, die nun kommen sollten, ihren kleinen, seidenen Fächer auf- und zuklappte.

Immerfort wiederholte sie dieses Spiel, so daß Rudolf nervös wurde.

»Hoheit«, so begann er kühl, fast geschäftsmäßig. »Sie wissen, weshalb ich an den Hof Ihres Vaters geschickt worden bin.«

Stephanies Herz klopfte bis zum Hals hinauf. Ihre Schläfen hämmerten wie im Fieber. Krampfhaft hielt sie den Blick gesenkt und wagte nicht, Rudolf anzusehen.

Der Kronprinz blieb gelassen vor ihr stehen und fuhr gleichgültig fort:

»Die hohe Diplomatie hat herausgefunden, daß eine Verbindung zwischen uns für beide königliche Familien eine Ehre bedeutet. Ich möchte Sie nicht im unklaren lassen, daß ich also meine Wahl nicht nach dem Herzen, sondern einzig und allein im Interesse unserer Länder treffe. Heiraten muß ich. Die Thronfolge Österreichs muß gesichert werden. Also geht der Schrei nach der Kronprinzessin. Da das Haus Habsburg katholisch ist, muß ich eine katholische Prinzessin zur Frau nehmen. Ähnliches hat man Ihnen sicher auch gesagt, Hoheit, nicht wahr?«

Stephanie nickte nur und blieb wieder stumm, aber sie klappte den kleinen seidenen Fächer immer erregter zwischen ihren zitternden Händen auf und nieder.

»Es dürfte Ihnen also auch nicht unbekannt sein, daß mich der gleiche Anlaß, der mich hierher nach Brüssel geführt, auch nach Dresden und Madrid geführt hat. Da ich die sächsische Prinzessin und die Infantin von Spanien nicht erwählt habe – bleiben nur Sie übrig. Ich bitte Sie also um die Erlaubnis, bei Ihrem Vater um Ihre Hand anhalten zu dürfen.«

Stephanie wurde rot und schaute mit glücklichem Lächeln zu Rudolf auf.

Er würde also sie – sie als Kronprinzessin heimführen!

Unwillkürlich neigte sie sich zu Rudolf vor, um ihm zu verstehen zu geben, daß sie nur darauf warte, von ihm in die Arme genommen und geküßt zu werden.

Doch Rudolf stand stocksteif vor ihr und erklärte, als er ihre nicht mißzuverstehende Bewegung sah:

»Große Liebeserklärungen und Zärtlichkeiten dürfen Sie

jedoch nicht erwarten, Hoheit. Wer wie wir zusammengezwungen wird, der weiß ja genau, daß unsere Ehe nur geschlossen wird, um dem Lande einen Thronerben zu schenken. Sonst aber soll jedes von uns seine eigenen Wege weitergehen können. Ich hoffe, daß Sie mir in diesem Punkt zustimmen. Dann wird sich ja unsere Gemeinschaft und unser Zusammenleben, das wir nicht freiwillig auf uns nehmen, wohl erträglich gestalten.«

Stephanie hatte den Blick zu ihm erhoben und starrte ihn aus weit offenen Augen an.

Schreck und höchste Verwunderung spiegelten sich in ihrem Gesicht wider.

Rudolf, der ihr entgeistertes Gesicht sah, lächelte überlegen, verbeugte sich erneut vor ihr und bemerkte:

»Ich fühlte mich zu diesem offenen Geständnis verpflichtet, Hoheit, da es wohl kaum in unserem beiderseitigen Interesse liegen dürfte, wenn wir vielleicht durch konventionelle Lügen Hoffnungen oder Illusionen erwecken, die sich in dem alltäglichen Leben nicht erfüllen lassen. Auf der vorhin geschilderten Basis und nicht anders denke ich mir unsere uns aufgezwungene Ehe. Sind Sie gewillt, unter diesen Bedingungen meine Bewerbung anzunehmen, so kann unsere Verlobung bekanntgegeben werden, andernfalls –«

Rudolf kam nicht mehr dazu, seinen Satz zu vollenden, denn Stephanie schluchzte auf, ließ den Fächer fallen und lief weinend von ihm fort.

Zufrieden sah Rudolf ihr nach.

Nun würde er erreichen, was er erreichen wollte.

Er würde sich bei dieser kleinen belgischen Prinzessin einen Korb holen, dann konnte man ihm in Wien keinerlei Vorwürfe machen, denn er hatte ja den guten Willen zur Heirat gezeigt.

Langsam bückte er sich und hob den Fächer auf.

Da eilte auch schon König Leopold herbei und sah ihn bestürzt an.

»Um Himmels willen, Rudolf, was ist geschehen?« fragte er. »Warum weint Stephanie?«

Gelassen zuckte Rudolf die Schultern.

»Ich weiß es nicht, Majestät«, entgegnete er ruhig.

»Stephanie ist ihrer Mutter schluchzend in die Arme gesunken. Was ist der Grund zu solcher Aufregung gewesen?«

»Ich habe die Prinzessin gefragt, ob sie mir die Erlaubnis gibt, um ihre Hand anhalten zu dürfen, Majestät –«

»Und da läuft Stephanie in unbegreiflicher Aufregung fort, anstatt Ihnen in die Arme zu sinken?« fiel ihm der König ins Wort und schüttelte in höchstem Erstaunen den Kopf.

Rudolf schwieg, denn er verspürte wenig Lust, Stephanies Vater etwas von dem zu verraten, was zwischen ihm und der Prinzessin gesprochen worden war.

Der König lächelte und schob vertraulich seinen Arm unter den Rudolfs, zwang ihn auf diese Weise mit sanfter Gewalt, neben ihm her tiefer in den Wintergarten zu gehen.

»Machen Sie sich keine Gedanken darüber«, versuchte der König zu trösten, der von der irrigen Voraussetzung ausging, daß Rudolf über das Gebaren Stephanies vielleicht ungehalten sein könnte. »Die Kleine ist noch ein halbes Kind und sehr verschüchtert. Sie ahnen nicht, wie sehr Stephanie Sie liebt. Gestern abend, als Sie das Schloß verlassen hatten, sagte sie mit glückstrahlendem Lächeln: Kronprinz Rudolf – oder gar keinen Mann! Stephanie gehört zu jenen Naturen, die lange prüfen und sich schwer entschließen. Sie haben das Herz der Kleinen im Sturm erobert.«

Rudolf erinnerte sich in diesem Augenblick an die Worte seines Vaters, der ihm gesagt hatte: Er kam – sah – und siegte!

Aber er wollte gar nicht siegen! Frei wollte er bleiben – nur nicht an eine ungeliebte Frau gefesselt werden.

Das war Anfang und Ende all seiner Gedanken.

Und es bereitete ihm deshalb wenig Vergnügen, als er den König sagen hörte:

»Noch heute abend werden wir die Verlobung proklamieren, junger Freund, und auf das Glück des Hauses Habsburg anstoßen.«

— — — — — — — —

Die kleine Stephanie war außer sich. Weinend schmiegte sie sich in die Arme ihrer Mutter und bettete ihren Kopf an deren Brust.

»Schicke alle fort!« bat sie mit erstickter Stimme. »Keiner soll hierbleiben. Ich will mit dir allein sein, ganz allein.«

Die Königin, die fassungslos darüber war, daß ihre Tochter so aufgeregt war, gab sofort allen Umstehenden einen Wink, den Wunsch Stephanies zu erfüllen.

Knicksend entfernten sich die Hofdamen und Dienerinnen. Mutter und Tochter waren allein.

Zärtlich strich Königin Henriette über das verstörte Gesicht ihres Kindes und fragte mit mütterlicher Besorgnis:

»Mein armer Liebling! Was ist nur geschehen? Warum hast du dich so erregt – warum so geweint?«

Erneut brach die kleine Prinzessin in Tränen aus, und es dauerte lange, ehe sie berichtet hatte, was Rudolf im Wintergarten mit ihr gesprochen hatte.

»Ich will ihn nicht wiedersehen«, schloß sie. »Papa soll ihn sofort abweisen und sagen, daß ich seine Werbung nicht annehme. Ich würde ja todunglücklich an der Seite eines solchen Mannes werden.«

Königin Henriette schloß die Augen. Das Herz tat ihr weh, denn das, was ihr Kind vorausahnte, hatte sie in ihrer Ehe mit allen Bitterkeiten durchlebt und durchlitten. Sie war sehr unglücklich an der Seite ihres Mannes, dem sie nicht mehr bedeutete als die ihm aufgezwungene Frau, die Repräsentantin des Thrones.

Stephanie richtete sich auf, umklammerte die Hände ihrer Mutter und bettelte abermals mit erstickter, verzweifelter Stimme:

»Nicht wahr, Mama, ihr werdet mich nicht zwingen, diesen Mann zu heiraten? Nicht wahr, ihr werdet mich nicht ins Unglück jagen?«

Noch fester drückte die Königin die Weinende an ihre Brust und tröstete:

»Sei ganz ruhig, mein Liebling, weine nicht mehr, sondern lege dich in die Kissen zurück und versuche zu ruhen – zu schlafen. Dann wirst du all das Häßliche vergessen, was du erleben mußtest. Ängstige dich nicht länger! – Ich werde sofort mit Papa sprechen, damit er dem Kronprinzen Rudolf erklärt, daß du ihm deine Hand verweigerst.«

Stephanie nickte eifrig.

»Ja, sage ihm das – sage ihm auch, daß ich ihn gar nicht liebe, kein bißchen liebe, hörst du?«

Aber ihre Worte erstickten in einem neuen Schluchzen, so daß sich die Königin wieder zu ihrem Kind beugte und beruhigend über das wie im Fieber glühende Gesicht strich.

Sie wußte ja, was ihre arme kleine Stephanie in dieser Stunde litt, denn gestern und die vorangegangenen Tage hatte sie gelacht und von Rudolf von Österreich geschwärmt – geschwärmt, wie es junge Mädchen in erster Liebe tun. Nun war eine so grausame und häßliche Ernüchterung gekommen! Warum hatte man sie dem Kind nicht ersparen können?

Nach kurzer Zeit hatte sich Stephanie in den Schlaf geweint. Die Königin verließ leise das Gemach und kehrte zur Gesellschaft zurück. Sie trat zu ihrem Gatten und streifte den Kronprinzen mit einem vernichtenden Blick.

Sich mühsam beherrschend, erklärte sie:

»Wir müssen das Fest wohl für heute abbrechen, Leopold. Stephanie fühlt sich nicht wohl. Sie kann unmöglich noch einmal zur Gesellschaft zurückkehren.«

Der König war bestürzt und sah verwundert seine Frau an.

»Was bedeutet das alles nur?« fragte er in höchstem Erstaunen. Die Königin schaute ihn mit bedeutsamen Blicken an und entgegnete:

»Ich werde dir später alles erklären.«

Es blieb nichts anderes übrig, als die Gäste zu verabschieden. Auch Rudolf ging, doch er gestand sich offen ein, daß ihm wenig behaglich zumute war.

Vielleicht hätte er doch etwas zarter mit der kleinen Prinzessin umgehen müssen.

* *
*

Unruhig ging Kaiserin Elisabeth in ihrem Zimmer auf und ab, ihr Gesicht sah blaß und erregt aus, ihr Mund zuckte nervös, und ihre Hände zerrten an den zarten Spitzen ihres Taschentuches.

Besorgt schaute Baronin Marianka von F., ihre Vertraute unter den Hofdamen, zu ihrer Herrin.

Plötzlich hielt die Kaiserin in ihrer Wanderung inne, trat an den Schreibtisch und griff nach einem Bild, das ihren Liebling Rudolf zeigte.

»Mir ist so angst um ihn, Marianka!«

»Weil er auf Brautschau ist?« fragte die Baronin leise zurück. »Fürchten Sie, daß er keine gute Wahl treffen und nicht glücklich werden wird, Majestät?«

Elisabeth behielt das Bild Rudolfs in der Hand und trat damit zu ihrer Hofdame.

»Sehen Sie sich ihn doch an, liebste Marianka, sieht er nicht aus wie einer, der ewig ruhelos dem Glück nachjagen wird? Ich fürchte, daß Rudolf einmal sehr unglücklich werden wird, wenn er sich in Brüssel verlobt. Wenn ich doch die Möglichkeit hätte, ihn zu warnen! Aber sicher ist es schon zu spät! Sicherlich hat er schon das entscheidende Wort gesprochen. Sein Vater hat ihm ja so energisch zugeredet, daß er es nicht wagen wird, unverlobt zurückzukehren. – Mein Gott, wenn er unglücklich wird, dann sind wir mitschuldig – wir, seine Eltern, die mit den Ministern nur an die Interessen des Staates denken, ohne danach zu fragen, ob auch Rudolfs Herz spricht.« Elisabeth hielt in ihrer Wanderung inne, trat nahe vor die Baronin Marianka hin und klagte: »Was soll ich nur tun? Raten Sie mir, helfen Sie mir, Marianka!«

»Ich weiß keinen Rat, sehe keinen Ausweg, Majestät. Es sei denn, Sie hätten den Mut, nach Brüssel zu fahren und Ihren Sohn zu warnen.«

»Den Mut habe ich eben nicht, liebste Marianka. Wenn ich diesen Schritt unternehmen würde, wenn ich es wagte, in dieser Weise in das Rad des Schicksals einzugreifen, dann würde mir der Kaiser wohl sehr zürnen. – Und sehen Sie, Marianka, vor einem Konflikt mit Franzl, vor einer neuen Entfremdung, vor Auseinandersetzungen mit ihm, der immer gut und nachsichtig zu mir ist, der mir immer und immer wieder seine große Liebe zeigt, habe ich ebensoviel Angst wie vor dem Unglück, das ich für meinen Rudolf vorausahne. Ich weiß nicht mehr ein noch aus!«

»Aber vielleicht wäre es das beste, Majestät, Sie würden sich mit dem Kaiser aussprechen.«

»Das wollte ich schon gestern, das wollte ich heute morgen – aber der Kaiser hat jetzt keine Zeit für Familienangelegenheiten. Es herrscht wieder einmal Sturm in den diplomatischen Kreisen. Sie haben doch auch schon von Erzherzog Salvators Broschüre gehört, um derentwillen dieser kaltgestellt ist?«

Marianka nickte zustimmend.

»Es ist ja jetzt das wichtigste Thema, um das sich der Hofklatsch dreht.«

»Ja, das wichtigste Thema, an das der Kaiser zur Zeit mehr denkt als an seine Familie.«

»Wollen wir ausfahren, Majestät, damit Sie Zerstreuung finden, sich ablenken von Ihren Sorgen?« warf die Baronin hastig ein.

»Ausfahren! – Still in einem Wagen sitzen! – Wie ich das hasse! – Ja, könnte ich mich jetzt in den Sattel schwingen – könnte ich reiten – reiten, bis Körper und Seele müde werden – dann würde es mir vielleicht gelingen, alle die quälenden, Herz und Hirn marternden Gedanken abzuschütteln – aber ruhig in den Polstern eines Wagens sitzen, immer nur den vorgeschriebenen Weg fahren – nicht nach Lust und Laune über Wiesen und Felder, über Stock und Stein zu jagen – nein, nein, das ist nichts für mich, Marianka, denn da fühle ich doppelt, daß ich alt werde. Und nichts quält mich mehr als der Gedanke an das Altwerden – lieber möchte ich jetzt schon sterben – in Schönheit sterben – nur nicht altern, nur nicht welken und verblühen!«

Die Kaiserin schwieg und starrte in den großen Spiegel, der zwischen den Fenstern in die Wand eingelassen war. Aber auch Baronin Marianka schwieg. Ihre Herrin war heute in solch zerrissener Stimmung, daß nichts sie aufmuntern, nichts sie trösten konnte.

Ein kurzes Anklopfen an der Türe. Ohne erst einen Zuruf abzuwarten, trat der Kaiser über die Schwelle. Auf den ersten Blick war an seinem freudig erregten Gesicht zu erkennen, daß er eine besondere Nachricht mitbrachte. Er hielt das Telegramm in den Händen und schwenkte es in der Luft.

»Sissi, eine Freudenbotschaft!« rief er, ohne dabei auf die Gegenwart der Hofdame zu achten.

Diese erhob sich rasch und zog sich mit einem tiefen Knicks zurück.

Sie ahnte, daß der Kaiser Nachricht aus Brüssel erhalten hatte, und hielt es für besser, wenn das Kaiserpaar in diesem bedeutsamen Augenblick allein war.

Elisabeth saß wie erstarrt, während ihr Blick an dem Telegramm hing. Sie war unfähig, danach zu fassen, unfähig, ein Wort zu sprechen.

Verwundert schaute Franzl sie an.

Der freudige Ausdruck seines Gesichts verschwand, und in leisem, ein wenig vorwurfsvollem Tone sagte er:

»Sissi – errätst du denn nicht, welche Nachrichten ich dir bringe? – Freust du dich denn nicht darauf, endlich aus der quälenden Ungewißheit der letzten Tage erlöst zu werden?«

Elisabeth war erblaßt, und mühsam brachte sie die Worte hervor:

»Rudi! Er – hat – hat – sich – verlobt?«

Franz Josephs Augen leuchteten auf.

»Ja, Sissi – Rudi bringt uns die Stephanie als Braut und, will es Gott, bald als seine Gattin heim.«

Elisabeth schloß die Augen. Wieder sah sie mit visionärer Überdeutlichkeit ein nahendes Unglück voraus.

Doch als sie die Augen aufschlug und in das glückstrahlende Gesicht ihres Gatten blickte, da wagte sie es nicht, seine Freude zu trüben.

Sie zwang sich zu einem Lächeln, zwang sich, ihrer Stimme Festigkeit zu verleihen, als sie sagte:

»Gebe der Himmel, daß die beiden glücklich werden, Franzl!«

Aber es kostete sie viel Kraft, ihn glauben zu machen, daß sie sich mit ihm über die Verlobung des Sohnes freute.

* *
*

Zur gleichen Stunde herrschten in Brüssel eitel Freude und Glück.

Die Verlobung der Prinzessin Stephanie mit dem Kronprinzen Rudolf von Österreich war bekanntgegeben worden, und nun drängte sich eine riesige neugierige Menge vor dem Schloß und verlangte das Brautpaar zu sehen, um es zu feiern und zu beglückwünschen.

Mit bleichem, doch lächelndem Gesicht stand die kleine Prinzessin am Arm ihres Bräutigams auf dem Balkon und dankte für die Ovationen, die ihnen gebracht wurden.

Auch Rudolf sah blaß aus. Er war noch ganz benommen von dem, was so plötzlich auf ihn eingestürmt war, daß er die Situation gar nicht voll erfassen konnte.

In der zuversichtlichen Hoffnung, sich bei der Prinzessin Stephanie einen Korb zu holen, war er zur üblichen Besuchsstunde ins Schloß gekommen.

Der König hatte ihn im Beisein der Königin und der Minister sehr feierlich empfangen und ihm mitgeteilt, daß seine Tochter die Werbung annehme.

Ehe Rudolf sich von seinem Erstaunen erholt hatte und etwas erwidern konnte, war Stephanie gekommen, der König hatte ihm diese zugeführt, er hatte der kleinen, zitternden Prinzessin den Brautkuß gegeben, ohne recht zu wissen, was er eigentlich tat.

Erst als er zur Besinnung kam – und das geschah nach der Tafel, da er dem Sekt reichlich zugesprochen hatte –, faßte er sich und begann mit Stephanie zu reden.

»Sie haben viel Mut, Stephanie, da Sie es mit mir wagen wollen.«

Die kleine Prinzessin lächelte verschüchtert und sah ihn hilflos an.

»Bitte, sprechen Sie nicht wieder solche Dinge wie vorgestern, Rudolf. Sie erschrecken mich sonst damit.«

»War es denn so schlimm?«

»Das fragen Sie noch? Zu einem Mädchen, das man heiraten will, sagt man doch nicht –«

»– die Wahrheit?« fiel Rudolf rasch ein. »Ich bin der Ansicht, daß es richtiger ist, die volle Wahrheit vor der Ehe zu sagen.«

»Die anderen haben mir aber gesagt, daß Sie es bestimmt nicht so ernst mit diesen Worten gemeint haben, wie ich es aufgefaßt habe. Und Papa sagte, in unseren Kreisen gäbe es keine Liebe auf den ersten Blick – die käme erst in der Ehe, und da – da wollte ich Sie nicht mit einem ›Nein‹ fortschicken.«

Rudolf lachte verbissen und hatte eine harte Antwort auf den Lippen. Aber als er in Stephanies ängstliches Gesicht schaute, schwieg er, denn sie tat ihm leid, und er wollte ihr nicht wieder wehe tun.

Er hob sein Glas und neigte es ihr zu.

»Wollen wir also hoffen, daß alles gutgeht.«

Da leuchteten die Augen der kleinen Prinzessin beglückt auf. Sie war ja so froh, daß er lächelte.

Eine glühende Röte stieg in ihr blasses, schmales Gesicht, und ihre Hände zitterten in freudiger Erregung, als sie ihr Glas an das ihres Verlobten klingen ließ.

»Auf daß alles gutgeht!« hauchte sie und schaute Rudolf in die Augen.

* *
*

Kronprinz Rudolf war wieder nach Wien zurückgekehrt, doch seine Mutter hatte seine Heimkehr nicht abgewartet, sondern war nach Miramare gefahren, um dort ihr seelisches Gleichgewicht wiederzufinden.

Und Rudolf nahm sofort sein altes Leben wieder auf, bummelte viel, trieb aber auch ernsthafte Studien – kurz, es zeigte sich immer deutlicher, daß zwei Seelen in seiner Brust wohnten.

Welche den Sieg über ihn gewinnen würde, ließ sich noch nicht voraussagen. – –

In der gleichen Zeit tat Erzherzog Johann Salvator in Linz seinen Dienst. Es ärgerte ihn maßlos, daß er kaltgestellt worden war. Auf Befehl des Kaisers erhielt er in den ersten Wochen keinen Urlaub, sondern mußte strengen Dienst tun.

Immer wieder vertröstete er Milly von einer Woche auf die andere und hatte Mühe, sie von Linz fernzuhalten. Sie deutete wiederholt in ihren Briefen an, daß sie zu ihm kommen wolle, wenn er nach Wien keinen Urlaub erhalte.

Diese wiederholten Absagen von ihm bestärkten Millys Schwester Lori in dem Entschluß, Johann der Untreue zu überführen.

Sie ärgerte sich über das bedingungslose Vertrauen Millys zu diesem Johann Orth, wollte der Schwester die Augen öffnen und fuhr eines Tages nach Linz.

Triumphierend und ganz aufgeregt kehrte sie wieder nach Wien zurück.

»Recht habe ich gehabt!« trumpfte sie auf. »Ein Schwindler ist dein Johann Orth! In ganz Linz kennt ihn niemand, weder auf dem Polizeiamt, noch bei dem staatlichen Baubureau – und der Postbeamte, wohin der saubere Herr sich deine Briefe schicken läßt, hat mir erklärt, die Briefe würden immer von einem alten Mann abgeholt, der aussähe wie ein herrschaftlicher Diener. Ein jüngerer Herr, auf den meine Beschreibung von Johann Orth passe, sei noch nie auf dem Postamt gewesen.«

Milly saß wie erstarrt.

»Niemand kennt ihn in Linz?« sagte sie tonlos. »Niemand?« Doch leidenschaftlich beteuerte sie dann: »Nein, nein, ich kann es nicht glauben, Johann kann mich nicht betrogen haben.«

»Dann denkst du wohl, ich belüge dich? Fahre doch selbst nach Linz. Du wirst die gleichen Auskünfte erhalten wie ich.«

Milly richtete sich aus ihrer zusammengesunkenen Haltung auf.

»Ja, du hast recht, ich werde nach Linz fahren, noch heute –«

»Heute geht es nicht, du hast doch Dienst.«

Milly antwortete nicht, sondern erhob sich und machte Miene, nach ihrem Zimmer zu gehen. Frau Stubel trat ihr in den Weg, legte ihr die Hände auf die Schultern und sagte voll Mitleid:

»Arme Kleine! Nun wirst du deine Vertrauensseligkeit bitter büßen müssen.«

»Laßt mich!«

Das Herz tat ihr weh, denn wenn sie auch ihren Johann der Mutter und Schwester gegenüber verteidigte – ganz vermochte sie die jäh erwachten Zweifel an ihn doch nicht mehr zu bannen.

Sie mußte Gewißheit haben, mußte Johann in Linz aufsuchen.

Hastig kleidete sie sich an und traf die notwendigen Reisevorbereitungen. Aber auch Frau Stubel machte sich zur Reise fertig. Sie wollte Milly auf keinen Fall allein reisen lassen.

Während sie sich ankleidete, redete sie auf Lori ein.

»Du wirst Milly bei der Direktion entschuldigen, Lori, du wirst erklären, sie habe plötzlich Fieber bekommen und könne nicht auftreten. Für heute abend wird sie schon einmal vom Dienst dispensiert werden können – und morgen ist Milly ja dienstfrei, außerdem werden wir ja auch bis dahin wieder zurück sein.«

Lori versprach, alles zu tun, was die Mutter befahl.

Ehe Herr Stubel aus der Probe heimkehrte, hatten Milly und ihre Mutter das Haus verlassen.

Es gab vorher noch eine heftige Szene, denn Milly wünschte die Begleitung ihrer Mutter nicht. Frau Stubel ließ sich aber nicht abweisen, und so blieb Milly nichts anderes übrig, als sich zu fügen.

Auf der Fahrt nach Linz sprach sie kaum ein Wort mit ihrer Mutter. Alle ihre Gedanken waren bei dem Geliebten.

Würde sie Johann wiederfinden?

Und wenn sie ihm gegenüberstand, würde sie dann die bittere Erfahrung machen müssen, daß er sie getäuscht, daß er mit ihr ein grausames Spiel getrieben hatte? Würde sie bestätigt finden, was Lori und die Mutter prophezeiten, daß Johann bereits einer anderen Frau gehörte, daß er gar nicht daran denken konnte, sie zu heiraten?

Sie wußte sich später nicht mehr daran zu erinnern, wie die Stunden der Fahrt vergangen waren. In ihr war jeder Nerv in Aufruhr, als sie in Linz ankam.

Wohin sich nun wenden?

Eine Adresse wußte sie nicht, denn sie hatte stets nur postlagernd geschrieben, da Johann ihr erklärte, daß er es nicht liebe, wenn seine Briefe in die Hände einer neugierigen Wirtin kämen.

Sie hatte deshalb keinerlei Mißtrauen gehabt, daß ihr Johann seine Adresse nicht mitgeteilt hatte.

Doch nun war guter Rat teuer.

Schweigend gingen sie eine Weile durch die Straßen. Dann sagte Milly:

»Wir wollen dort in das Café gehen und nach Johann fragen. Er hat mir einmal davon geschrieben, daß er dort manchmal zur Jause ist.«

Zustimmend nickte Frau Stubel.

»Gut, gehen wir, ich habe ohnedies Appetit nach einer Tasse Kaffee.«

Sie saßen an einem der kleinen Marmortische des sehr besetzten Lokals und gaben dem diensteifrig herbeieilenden Kellner ihre Bestellung auf.

Aufmerksam schaute Milly umher, aber sie konnte den Gesuchten nirgends entdecken.

Es wäre ja auch ein zu großer Glücksfall gewesen, wenn sie ihm gleich in der ersten Stunde ihres Hierseins begegnet wäre.

Frau Stubel erriet ihre Gedanken, sagte aber kein Wort, um Milly nicht noch mehr aufzuregen. An dem nervösen Zucken der Mundwinkel und an den feuchtschimmernden Augen erkannte sie ja, wie sehr Milly litt.

Sie hätte ihr das alles gern ersparen mögen, aber schließlich mußte ja einmal Klarheit über Orth werden, und da hieß es eben, auch diese bitteren Stunden durchzukosten.

Als der Kellner servierte, faßte sich Milly Mut und fragte:

»Verzeihung, Herr Ober, kommt ein Herr Johann Orth manchmal hierher?«

Der Kellner schüttelte den Kopf.

»Bedaure, meine Gnädigste, aber diesen Namen höre ich heute zum erstenmal.«

»Der Herr ist Staatsingenieur«, ergänzte Frau Stubel.

»Ein Zivilist also. Es verkehren sehr wenig Zivilisten bei uns, das heißt, die Herren Offiziere, die ja Stammgäste unseres Lokals sind, kommen ab und zu in Zivil, aber sonst – nein, ich könnte mich nicht erinnern, einen Herrn – wie war doch gleich der Name?«

»Johann Orth.«

Wieder schüttelte der Kellner den Kopf.

»Noch nie gehört – nein, gänzlich unbekannt! Aber da drüben sitzt ein Herr, der sehr gut mit allen Herren von der Regierung bekannt ist, der also einen Herrn Staatsingenieur kennen müßte – den werde ich gleich einmal fragen. Ich bin sofort wieder hier.«

Schon eilte er zu einem entfernt stehenden Tisch und sprach dort mit einem älteren Herrn.

Dann brachte er den Bescheid, daß ein Johann Orth nicht als Ingenieur bei der Regierung tätig sei. Die beiden Damen dankten ihm, und nachdem er sich entfernt hatte, sagte Frau Stubel mit einem schweren Seufzer:

»Lori wird schon recht behalten. Du bist an einen Schwindler geraten.«

Milly preßte die Lippen fest aufeinander, um nicht laut aufzuschluchzen. Dann bat sie ihre Mutter, mit ihr fortzugehen.

Sie verließen das Kaffeehaus und nahmen ihren Weg durch die Stadt wieder auf.

Sie waren ungefähr eine halbe Stunde ohne Ziel durch die Straßen geschlendert, als sie plötzlich näherkommende Regimentsmusik hörten.

Lachend sagte dicht in ihrer Nähe ein junges Mädel zu einem anderen:

»Die Soldaten kommen! Laß uns stehenbleiben und dem Erzherzog Johann Salvator einen Gruß zuwinken. Er ist der fescheste von allen Offizieren, die wir jemals hier in der Garnison gehabt haben.«

Unwillkürlich hemmten auch Milly und ihre Mutter die Schritte, traten an den Rand des Fußsteiges und schauten dem näherkommenden Regiment entgegen.

Plötzlich erinnerte sich Milly Stubel daran, daß eine ihrer Kolleginnen Johann Orth gegenüber einmal behauptet hatte, er sähe dem Erzherzog Johann Salvator ähnlich.

Ihre Mutter hatte den gleichen Gedanken und meinte:

»Ich bin neugierig, wie der Erzherzog Johann aussieht. Glücklich soll er nicht darüber sein, daß man ihn nach Linz versetzt hat.«

»Im Theater wird gerade jetzt wieder viel von Johann Salvator erzählt, so daß ich mir schon oft gewünscht habe, diesen interessanten Mann einmal von Angesicht zu Angesicht zu sehen.«

Näher und näher kam die Musik.

Schon schwenkte das Regiment um die untere Straßenbiegung. Voran die Offiziere zu Pferd.

»Dort – der zweite von links – das ist er – der Johann Salvator«, hörte Milly das kleine Linzer Mädel neben sich sagen.

Auch Frau Stubel hatte die Worte vernommen.

Beide schauten sie nun schärfer hin.

Plötzlich umklammerte Milly krampfhaft den Arm der Mutter.

Frau Stubel erschrak und wandte sich ihr zu.

Doch die Frage erstarb auf ihren Lippen, denn sie sah, daß Milly leichenblaß war. Stützend umfaßte sie die Tochter, ohne eine Erklärung dafür zu finden, weshalb sie plötzlich so maßlos erregt war.

Milly aber stöhnte qualvoll auf.

»Johann – dort – er –!«

Frau Stubel blickte auf – schaute sich um –, und in diesem Augenblick erkannte auch sie in dem näherkommenden Erzherzog Millys Geliebten.

Eisiger Schreck durchfuhr ihre Glieder. Ihr war es, als ob sich ringsum alles in einem tollen Kreise drehe.

Der Erzherzog – und Johann Orth – ein und dieselbe Person!

Nun wurde ihr alles klar.

Nun wußte sie, warum er tausend Ausflüchte erfunden hatte, um die Verlobung geheimzuhalten, um die Heirat hinauszuschieben – nun wußte sie, warum ihre Tochter nicht nach Linz kommen sollte.

Doch nur für den Bruchteil von Sekunden war sie von dieser Überraschung wie betäubt. Dann wandte sie sich Milly zu, und als sie ihr Wanken sah, riß sie sich zusammen, überwand mit eiserner Energie, wie sie eben nur ein liebendes Mutterherz besitzt, die Schwäche und fing Milly in ihren Armen auf.

»Kind – Kind!« stöhnte sie sorgenvoll.

Doch Milly hörte die Mutter nicht mehr. Die Anstrengungen der Fahrt, die Angst und Aufregung der letzten Tage und nun diese Erkenntnis, daß ihr Johann ein Erzherzog war! – brachten die Ärmste um die letzte Kraft. Sie lehnte ohnmächtig in den Armen der Mutter, die die ungewohnte Last kaum zu halten vermochte.

Neugierige drängten sich um die beiden Damen.

Fragen schwirrten durcheinander. Niemand wußte eine Antwort zu geben.

Trug einer der Offiziere, die näher und näher gekommen waren und verwundert auf den Menschenauflauf schauten, die Schuld daran?

Da hatte Erzherzog Johann Salvator die Gruppe entdeckt und ritt heran, um zu helfen.

Erschrocken zuckte er zusammen, als er Milly und deren Mutter erkannte.

»Was tun Sie hier?« stieß er betroffen hervor.

Stumm zuckte Frau Stubel die Schultern.

Johann Salvator wartete auf keine Antwort, keine Aufklärung. Ihm war es nur darum zu tun, Milly so rasch als möglich der Neugier Fremder zu entziehen.

Hastig winkte er einem Kutscher, der mit einem Fiaker in der Nähe hielt.

»Fahren Sie die beiden Damen nach meinem Palais«, befahl er ihm.

Der Alte salutierte, sprang rasch vom Kutschbock ab, half Frau Stubel, die Ohnmächtige in die Polster betten, und als die beiden Damen Platz genommen hatten, fuhr er im Trab davon.

Erzherzog Johann aber warf sein Pferd herum und ritt wieder an die Spitze seines Regiments, um es zur Kaserne zu führen.

Während er seinen Dienst beendete und voller nervöser Ungeduld darauf wartete, heimeilen zu können, war Frau Stubel mit ihrer ohnmächtigen Tochter im erzherzoglichen Palais angelangt.

Bestürzt eilte der Kammerdiener herbei und starrte die beiden Damen an.

Da aber Erzherzog Johann Salvator seit langem die Bilder Millys in seinen Zimmern stehen hatte, erkannte sie der Kammerdiener sofort und stammelte:

»Mein Gott, das gnädige Fräulein!«

Ohne viel Worte zu verlieren, hob er Milly auf seine Arme und trug sie in das Palais.

Im Arbeitszimmer seines Herrn bettete er sie auf das Sofa und erklärte, zu Frau Stubel gewendet:

»Ich hole sofort kalte Kompressen und Essenzen herbei, damit werden wir das gnädige Fräulein zum Bewußtsein zurückrufen.«

Frau Stubel nickte nur.

Noch ehe sie irgendeinen Entschluß fassen konnte, erschien der alte Diener wieder und brachte eine Schüssel mit kaltem Wasser, in dem ein Leinentuch lag. Auch mehrere Flaschen Essenzen trug er in seinem Arm.

Geistesgegenwärtig legte er rasch das kalte, nasse Tuch auf die Stirn der Ohnmächtigen und meinte:

»Das mußte ja einmal kommen, das habe ich schon lange vorausgesehen, gnädige Frau!«

»Sie wußten also –?« stammelte Frau Stubel.

Der Alte nickte zustimmend.

»Ja, ich wußte um alles! Ich habe doch immer die Briefe des gnädigen Fräuleins an Seine Hoheit abgeholt.«

In diesem Augenblick bewegte sich Milly und schlug langsam die Augen auf.

»Wo bin ich?« fragte sie leise.

Frau Stubel und der Diener wichen ihrem forschenden Blick aus.

Doch plötzlich schien sie sich aller Einzelheiten des schicksalsschweren Erlebnisses zu erinnern, richtete sich hastig auf und rief:

»Es ist also Wahrheit, Mutter, daß ich Johann gesehen habe?«

Besorgt beugte sich Frau Stubel zu ihr und strich ihr beruhigend über das blasse Gesicht.

Doch Milly schob mit einer heftigen Bewegung die streichelnde Mutterhand fort, starrte den Diener an und drängte:

»Herrgott, so redet doch! Ich ertrage ja die Ungewißheit nicht mehr länger! – Sagt mir, ob mein Verlobter der Erzherzog Johann Salvator ist.«

Ihre Mutter und auch der Diener wendeten sich ab und wurden verlegen.

»Es ist also Wahrheit!« stöhnte Milly qualvoll auf und ließ sich in die Kissen zurücksinken.

Um ihre Mundwinkel zuckte es herb.

»Er hat mich belogen! Alles ist Lüge gewesen – und ich habe ihm geglaubt –«

Sie stand mühsam auf, faßte den Arm der Mutter und drängte: »Komm – komm! Wir wollen gehen – wollen nach Wien zurück – ich mag ihn nicht sehen, ihm nicht begegnen – es ist ja alles aus und vorbei –«

Der alte Diener erschrak und bat:

»Nein, nein, das dürfen Sie meinem Herrn nicht antun. Sie müssen bleiben, müssen warten, bis er kommt.«

»Ich kann nicht bleiben!« schluchzte Milly verzweifelt auf. »Ich will ihn nicht sehen!«

Aber in diesem Augenblick wurde die Türe aufgerissen, und Erzherzog Johann Salvator trat über die Schwelle. Er hatte Millys Worte noch gehört und eilte zu ihr.

»Nein, nein, du darfst nicht fortgehen! Du mußt bleiben, Milly, mußt mich anhören.«

Beschwörend schaute Johann Salvator Frau Stubel und seinen Diener an.

»Laßt mich mit ihr allein, ich muß jetzt mit ihr allein sein.«

Frau Stubel wollte aufbrausen, wollte ihn zur Rede stellen, aber als sie sein verstörtes Gesicht sah, hatte sie Mitleid mit ihm und ging mit dem Diener aus dem Zimmer.

Johann Salvator hielt das geliebte Mädchen an seinem Herzen fest, aber Milly schluchzte verzweifelt auf:

»Kaiserliche Hoheit- du – Sie – ein Erzherzog.«

Mehr brachte sie nicht über die Lippen.

Abwehrend schüttelte Johann Salvator den Kopf:

»Milly, Liebling, Einzige, du – für dich bin und bleibe ich dein Johann –«

»Das ist nicht möglich – das kann es ja nicht geben«, schluchzte sie.

Johann Salvator war von dem klagenden Ton in Millys Stimme tief erschüttert.

Er zog sie in seine Arme und hielt sie fest.

»Milly, ich habe dich lieb! Ich habe dir gesagt, daß du meine Frau werden sollst – und was Johann Orth dir versprochen hat, das wird der Erzherzog Johann Salvator von Toskana halten. Mein Wort darauf, Milly!« Ungläubig starrte sie ihn an.

»Das ist unmöglich, Johann!«

»Warum, Kind?«

»Der Kaiser wird niemals einwilligen! Niemals! – Du – ein Erzherzog – und ich eine Bürgerliche? – Nein – nein –«

»Unsere Liebe wird siegen!«

Sie hob den Blick und schaute ihn lange, lange an.

»Hast du mich denn wirklich so lieb, Johann«, fragte sie leise und mit zitternder Stimme, »daß du um meinetwillen einen solchen Kampf aufnehmen willst?«

»Kleine, süße, liebe Milly, du ahnst ja nicht, wie maßlos ich dich liebe! Mein Leben würde mir nichts bedeuten, wenn ich dich nicht mehr hätte. Es läßt sich nicht mit Worten sagen, Milly, wie glücklich mich das Bewußtsein gemacht hat, daß du mich um meiner selbst willen liebst. Deshalb hatte ich ja solche namenlose Angst vor dem Augenblick, der heute gekommen ist. Und wenn deine Liebe zu mir wirklich so groß ist, wie du es mich bisher hast glauben lassen, dann wirst du sie mir auch fernerhin beweisen, indem du treu und unentwegt zu mir hältst und mit mir den Kampf um unser Glück aufnimmst. – Meine Mutter ist auf unserer Seite, Milly –«

»Deine Mutter? Aber sie kennt mich ja gar nicht, Johann!«

Er lächelte versonnen.

»Sie kennt mich, ihren einzigen Sohn, Milly, und weiß genau, daß ich keine schlechte Wahl getroffen habe. Sie wird für uns beim Kaiser zur Fürsprecherin werden.«

»Dann willst du mich wirklich heiraten, Johann?«

»Ich kann mir nichts Schöneres denken, Liebling! Allerdings, viel Geduld wird dazu gehören, meinen Willen durchzusetzen. Aber eines Tages werden wir siegen.«

Da huschte ein seliges Lächeln um ihren Mund. Ihre Augen leuchteten auf.

Zärtlich schmiegte sie sich an ihn und flüsterte:

»Mag kommen, was will. Keine Macht der Erde soll uns trennen können.«

»Keine Macht der Erde!« wiederholte er ernst und feierlich und küßte sie.

Lange, lange hielten sie sich fest.

Frau Stubel aber saß mit zitterndem, bangendem Herzen

im Nebenzimmer und dachte immerfort nur das eine: Ein Erzherzog war in ihrem Hause Gast gewesen! Ein Erzherzog hatte ihre Milly lieb.

Sie überhörte, wie sich die Tür öffnete und Milly und der Erzherzog eintraten.

Erst als die beiden dicht vor ihr standen, schaute sie auf. Sie traute ihren Augen nicht, als sie Milly glückstrahlend Arm in Arm mit dem Erzherzog vor sich sah.

»Ich hoffe, verehrteste, liebste Mama«, begann Johann Salvator, »daß Sie sich von dem großen Schreck erholen und mir ebensowenig über mein Versteckspielen böse sind, wie es Milly ist.«

»Kaiserliche Hoheit – ich weiß nicht –«

Johann Salvator wehrte lächelnd ab.

»Ich bitte Sie, Mama, daß Sie mich auch für alle Zukunft Johann nennen – und mir auch weiterhin die Erlaubnis geben, mich um Milly bewerben zu dürfen, denn ich habe sie lieb und will sie heiraten.«

Frau Stubel war fassungslos.

Doch Milly umarmte sie, küßte sie und jubelte:

»Ich bin trotz allem sehr, sehr glücklich, Mama – alles, alles wird noch gut werden, denn Johann hat mich lieb!«

* *
*

Kronprinz Rudolf wurde wieder einmal zu seinem Vater befohlen.

Er lag noch im Bett, als ihm der Kammerdiener die Meldung brachte.

In einer dringenden Angelegenheit – so sagte Loschek, der sich alle Mühe gab, seinen kaiserlichen Herrn aus den Federn zu bekommen.

Rudolf war erst gegen Morgen heimgekommen.

Es war also kein Wunder, daß er wenig Lust hatte, sich im Schlaf stören zu lassen. Er drehte sich brummend auf die andere Seite und machte keinerlei Anstalten, der Aufforderung seines Vaters Folge zu leisten.

Doch Loschek durfte es wagen, gegen seinen Herrn energisch zu werden. Er nahm ja eine Art Vertrauensstellung ein.

Loschek ließ deshalb in seinen Bemühungen, seinen kaiserlichen Herrn aus dem Bett zu bringen, nicht nach. Zuerst rüttelte er ihn an den Schultern und wiederholte seine Meldung, und als das nichts half, holte er aus dem Badezimmer einen nassen Schwamm und drückte ihn über dem Gesicht des Kronprinzen aus.

Zornig sprang er aus dem Bett und schrie den Alten an: »Bist du verrückt geworden, was?«

Loschek blieb seelenruhig und entgegnete:

»Kaiserliche Hoheit haben befohlen, jedes Mittel anzuwenden, um Kaiserliche Hoheit wachzukriegen. Und da alles vergeblich war, blieb nur der nasse Schwamm übrig –«

Rudolf lachte, strich sich über das nasse Gesicht und meinte: »Na ja, recht hast du ja – also los – das Bad.«

»Ist schon bereitet, Kaiserliche Hoheit!«

Loschek kannte die Gewohnheiten seines Herrn genau und hielt ihm eine Dose mit Zigaretten und eine brennende Kerze hin.

Rudolf nahm die Zigarette, zündete sie an und rauchte ein paar Züge.

Dann hellte sich sein verärgertes Gesicht auf, und während er dem Diener nachfolgte, der die Badezimmertür vor ihm öffnete, fragte er:

»Was gibt es drüben?«

Loschek wußte, daß der Kronprinz mit »drüben« das Arbeitszimmer seines Vaters meinte, und zuckte ausweichend die Schultern.

»Gewitterstimmung?« forschte Rudolf weiter.

»Ich glaube schon, Kaiserliche Hoheit!«

»Schrecklich! – Nicht wahr, Loschek?«

»Wird alles einmal anders, Kaiserliche Hoheit.«

»Meinst du?«

»Jedes Gewitter zieht vorüber.«

»Hast recht! – Aber es gibt in der letzten Zeit zu viel Gewitter, Loschek!«

»Kaiserliche Hoheit müssen eben bald heiraten!«

Rudolf lachte hell auf.

»Ist das dein Ernst, Alter?«

»Sehr wohl, Kaiserliche Hoheit!«

»Na, dann kannst du mir mit deinem Rat gestohlen bleiben, denn mir graut vor der Ehe genauso wie vor dem Tod.«

»Das sagen so viele, Kaiserliche Hoheit, die zur Heirat gezwungen werden, aber wenn sie dann in einer Ehe leben, finden sie zumeist, daß es sehr angenehm ist.«

»Rede keinen Unsinn, Alter! – Hast dich wohl von meinem Vater bestechen lassen.«

»Kaiserliche Hoheit – ich schwöre –«

»Laß nur – du sollst deshalb keinen Meineid leisten. Aber rede von etwas anderem, nur nicht vom Heiraten.«

»Ist es denn so schlimm, Kaiserliche Hoheit?«

»Na, du wirst ja die Belgierin noch beizeiten kennenlernen, mein Lieber.«

Besorgt schüttelte der Alte den Kopf.

Während dieser Unterhaltung, in der Rudolf seinen alten Kammerdiener wie schon oft ins Vertrauen zog, hatte er das Bad vollendet und kleidete sich dann an.

Loschek war ihm behilflich, sorgte auch dafür, daß sein junger Herr erst eine Tasse starken Kaffee trank, ehe er sich zur Audienz zum Kaiser begab, der bereits zum zweiten Male nach seinem Sohne geschickt hatte.

Besorgt schaute er dem Kronprinzen nach, als dieser das Zimmer verließ.

»Wenn das nur alles ein gutes Ende nimmt«, murmelte er vor sich hin und schüttelte bedenklich seinen Kopf. »Er gefällt mir in der letzten Zeit gar nicht mehr.«

Die gleiche Sorge schien der Kaiser zu haben, denn auch er schaute seinen Sohn forschend an und erklärte:

»Du bist in den letzten Wochen ein ganz anderer geworden, Rudi. Dein Wesen hat etwas Unruhiges, etwas Fahriges bekommen. Man gewinnt den Eindruck, daß du dich betäuben willst. Wozu das – Du stehst doch am Anbeginn einer glücklichen Epoche deines Lebens?«

Rudolf antwortete nicht, sondern betrachtete, während der Kaiser zu ihm sprach, angelegentlich seine gepflegten, schlanken Hände.

Als ein peinliches Schweigen eintrat, unterbrach er es rasch mit der Frage:

»Du hast mich zu dir befohlen, Papa, darf ich erfahren, was du von mir wünschst?«

Der Kaiser ging im Zimmer auf und ab. Seine Brauen waren finster zusammengeschoben, und das nervöse Zucken seiner Lider und Schläfen verriet deutlich, daß ihn keine guten Gedanken beschäftigten.

Plötzlich hielt er in seiner Wanderung inne, sah den Sohn scharf an und fragte:

»Sag' mal, Rudi, hast du gar keine Sehnsucht danach, deine Braut einmal wiederzusehen?«

Rudolf lächelte spöttisch.

»Ich liebe sie nicht, ich werde sie nie lieben lernen –«

Unwillig wehrte der Kaiser ab.

»Du sollst dir nicht solche Torheiten einreden, sondern dich bemühen, dich mit deinem Schicksal abzufinden.«

»Das tue ich ja auch, Papa, du hast wirklich keinen Grund,

mir irgendwelche Vorwürfe zu machen! Du und deine Minister, ihr habt beschlossen, daß ich mich mit Stephanie verloben soll, das habe ich pflichtschuldig getan. Was verlangt ihr also noch von mir?«

»Daß du dich auch etwas um deine Braut kümmerst.«

»Gehört das auch zum Programm?«

»Laß deine frivolen Reden! Du weißt genau, daß Stephanie sich in dich verliebt hat.«

»Leider – leider!«

Diesmal überhörte der Kaiser den Zwischenruf und fuhr erregt fort:

»Man legt es in Brüssel übel aus, daß du es nicht für notwendig hältst, öfter an deine Braut zu schreiben und ihr, wie es unter Brautleuten üblich ist, wieder einmal einen Besuch abzustatten. Auch hast du dich noch nicht darüber geäußert, wann die Hochzeit stattfinden wird.«

Gleichgültig zuckte Rudolf die Schultern.

»Was soll ich Stephanie schreiben, Papa? – Wenn man eine Frau nicht liebt, dann hat man ihr auch nichts zu sagen. – Aus diesem Grunde fahre ich auch nicht nach Brüssel. Wir werden uns später in der Ehe noch genug miteinander langweilen.«

»Rudolf, ich verbiete dir solche Bemerkungen«, schrie ihn der Kaiser zornig an.

Doch der Kronprinz ließ sich nicht beirren, sondern erklärte: »Wir sind unter vier Augen, Papa, da werde ich wohl so reden können, wie mir zumute ist. Wem soll ich sonst mein Herz ausschütten, wenn nicht dir und Mama? Wohl ist mir bei dem Gedanken, in kurzer Zeit an eine ungeliebte Frau gebunden zu sein, wahrhaftig nicht, und wenn du dich nur ein wenig in meine Lage versetzen kannst, Papa, dann wirst du begreifen, daß ich den Tag der Hochzeit noch für lange Zeit hinausschieben möchte.«

Der Kaiser hatte sich wieder vor seinen Schreibtisch niedergelassen, griff nach einem Federmesser und spielte nervös. Es war ihm nicht wohl zumute. Der Gedanke an die Ehe Rudolfs mit Stephanie bedrückte ihn.

Doch es gab kein Zurück mehr.

Rudolf mußte Stephanie heiraten, sonst würden sie sich in den Augen der ganzen Welt lächerlich machen. Aus dieser Schlußfolgerung heraus erklärte der Kaiser streng:

»Ich habe jetzt keine Zeit mehr, mich noch länger mit dir über dieses Thema zu unterhalten. Du wirst morgen auf einige Tage nach Brüssel reisen und deine Braut besuchen. Willst du mir eine besondere Freude bereiten, dann bringe mir bei deiner Rückkehr die Nachricht mit, daß der Hochzeitstag festgesetzt ist und deine Vermählung mit Stephanie in aller Kürze stattfindet.«

Er trat dann auf den Sohn zu, zog diesen an sich, klopfte ihm in väterlichem Wohlwollen auf die Schulter und fügte noch hinzu:

»Glaube mir, Rudi, daß dann für uns alle Ruhe und Frieden werden wird, wenn du eine Frau hast.«

Obwohl Rudolf eine abweisende Antwort auf den Lippen hatte, bezwang er sich, denn im letzten Augenblick tat es ihm leid, seinem Vater weh zu tun.

Er nickte nur mechanisch und entgegnete:

»Ich will sehen, ob ich mit Stephanie einig werde, Papa, und euch die Freude bereiten kann, sie bald nach Wien mitzubringen.«

Dann ging er.

In zerrissener Stimmung kam er in seinen Zimmern an. Eine Weile ging er dort ruhelos auf und ab, dann hob er, wie von einem jähen Gedanken erfaßt, den Kopf und lächelte vor sich hin.

Kurze Zeit darauf befand er sich auf dem Weg zu der kleinen, reizenden Wohnung, die er Helene von F., seiner jetzigen

Geliebten, eingerichtet hatte. Kaum hatte er sie begrüßt, da erklärte er:

»Du mußt sofort deine Koffer packen, Helene! Wir reisen noch heute abend ab.«

»Reisen? – Noch heute abreisen?«

Rudolf nickte, rauchte nervös von der ihm angebotenen Zigarette, die Frau Helene der Einfachheit halber aus ihrem Mund in den seinen geschoben hatte.

»Ja, du mußt mitkommen, sonst streike ich.«

»Wohin soll es denn gehen?«

»Wie kannst du fragen? Nach Brüssel, natürlich.«

»Zu deiner Braut?«

»Du hörst es ja!«

»Sei nicht so schrecklich nervös, Rudi! – Ich werde doch noch fragen dürfen!«

»Es wäre viel besser, du würdest nicht soviel reden, sondern einfach deine Koffer packen.«

»Erlaube, mein Lieber. Schließlich bin ich nicht irgendein kleines Mädel, sondern eine Frau, die ihren eigenen Willen – sogar sehr ihren eigenen Willen – hat. Und wenn du auch der Kronprinz Rudolf bist, also nach deinem Vater der höchste Mann im Reich, so imponiert mir das gar nicht, und wenn ich tue, was du wünschst, so geschieht es nur, weil ich dir meine Liebe beweisen will.«

Rudolf warf ärgerlich die Zigarette in die Aschenschale zurück und hielt sich die Ohren zu.

Mit einem schweren Aufstöhnen sagte er:

»Nun fange du auch noch mit Moralpredigten an! – Herrgott, hat sich denn heute alles gegen mich verschworen! Ich wollte mir bei dir Trost holen, und du möchtest mich am liebsten abschütteln!«

Er griff nach seiner Mütze und Mantel und machte Anstalten, das Zimmer wieder zu verlassen.

Da trat ihm Helene von F. in den Weg und hielt ihn am Arme fest.

»Nun sage schon, was eigentlich los ist.«

»Nach Brüssel soll ich fahren! – Mein Vater hat es befohlen. Und ich darf nicht trotzen. Meine Braut hat sich über mich beschwert.«

Frau Helene lachte hell auf.

»Das würde ich an ihrer Stelle auch tun.«

Rudolf sah die schöne Frau mit einem verzehrenden Blick an, riß sie dann in seine Arme und stammelte:

»Wärst du Stephanie, sähe sie so aus wie du, dann würde sie sich bestimmt nicht über mich beklagen müssen. Aber ich mag sie nicht, möchte sie lieber heute als morgen wieder los sein.«

»Das geht nicht, Rudi!«

»Natürlich geht es nicht, das weiß ich ja auch und will ja heiraten. Ich sehe auch ein, daß ich mich wieder einmal in Brüssel sehen lassen muß. Um aber nun in diesen Tagen, da ich die Komödie eines Bräutigams spielen muß, wenigstens einigermaßen entschädigt zu werden, sollst du mitkommen.«

»Hast du gar keine Angst davor, daß man in Brüssel erfahren könnte, daß ich mit dort bin?«

»Daran habe ich noch gar nicht gedacht – und dann –« er lachte frivol und fuhr fort: »was liegt mir daran. – Meinethalben mag Stephanie es erfahren, dann kann sie es sich ja noch überlegen, ob sie meine Frau werden will oder nicht! – Ich werde bestimmt kein so treuer Ehemann sein, wie es mein Vater ist. Mein Leben wird unter einer anderen Parole stehen.«

Frau Helene von F. lächelte, als sie seine Worte hörte, legte schmeichelnd die Arme um seinen Hals und fragte:

»Und was bekomme ich, wenn ich deinen Wunsch erfülle und mitfahre?«

»Alles, was du dir wünschst, Helene.«

»Das Perlenkollier, das ich dir vorgestern zeigte?«

»Sollst du haben!«

»Und eines der schönsten Reitpferde aus Gödöllö?«

»Wird gemacht!«

»Und –«

Da schloß er ihr mit einem heißen Kuß den Mund, und es dauerte lange, ehe er sie wieder freigab. Als er es tat, sagte er gelassen:

»Also beeile dich, damit du nicht zu spät zum Zug kommst. Loschek ist verständigt, er wird dich in meinen Salonwagen einschmuggeln. Alles Weitere überlasse nur mir. Und sei versichert, daß ich es dir reichlich lohnen werde, wenn du mir auf dieser langweiligen Fahrt Gesellschaft leistest.«

Noch einmal zog der Kronprinz die Geliebte an sich, küßte sie, dann riß er sich los und verließ das Haus.

Jetzt erschien es ihm nicht mehr so gräßlich, zu Stephanie fahren zu müssen.

Ein zynisches Lächeln lag um seinen Mund, als er wieder in die Hofburg zurückkehrte.

Er gehörte eben nicht zu den Menschen, die sich in Ketten schmieden lassen, er würde stets Mittel und Wege finden und alle Hebel in Bewegung setzen, um nach seiner Fasson selig zu werden. Heißer denn je war der Trotz gegen den Vater und den höfischen Zwang erwacht.

* *
*

Gespannt und in banger Sorge zugleich sahen Lori und Herr Stubel der Rückkehr Millys und ihrer Mutter entgegen.

Während Lori immer wieder erklärte, daß es bestimmt die allerbitterste Enttäuschung für Milly geben würde, hoffte Herr Stubel, dessen Vertrauen zu Johann Orth unerschütterlich war, auf ein gutes Ende.

Endlich trafen die beiden Damen ein.

Kaum hatte Frau Stubel die Schwelle überschritten, da triumphierte sie:

»Ihr werdet staunen – jawohl, ihr werdet staunen, über das, was wir erlebt haben!«

Fragend starrte Lori die Schwester an, die mit einem versonnenen, glücklichen Lächeln ihren Vater begrüßte.

»Habt ihr Johann getroffen?« fragte er. »Ist er kein Schwindler, wie Lori meint?«

Frau Stubel nickte und entgegnete:

»Wir haben Johann getroffen – aber ein Schwindler ist er doch.«

Loris Augen blitzten auf. »Ich habe es ja gewußt!«

»Aber er ist kein gemeiner Schwindler, den man deshalb verachten müßte«, ereiferte sich Frau Stubel. »Nein – man kann ihm alles vergeben und verzeihen, nicht wahr, Milly?«

»Ja –«

Verwundert sah Lori die Mutter und Schwester an. »Wie soll ich das verstehen? – Ein Schwindler – und doch nehmt ihr Partei für ihn?«

Frau Stubel wandte sich ihrem Mann zu, beugte sich nahe zu ihm und fragte:

»Wer glaubst du wohl, daß Johann Orth in Wirklichkeit ist, Vater?«

»Keine Ahnung, Mutter!«

Absichtlich machte Frau Stubel eine Pause, reckte sich dann, als müsse sie Haltung annehmen, und sagte schließlich in die erwartungsvolle, fast feierliche Stille:

»Der Erzherzog Johann Salvator von Toskana!«

»Nicht möglich –!«

»Es ist die Wahrheit! – In unserem Hause war ein Erzherzog zu Gast.«

Besorgt schüttelte Herr Stubel den Kopf.

»Meiner Seel – was soll nun werden?«

»Alles bleibt, wie es war! Der Erzherzog liebt unsere Milly so sehr, daß er sich nicht von ihr trennen will.«

Da schoben sich Herrn Stubels Augenbrauen finster zusammen.

»Meine Tochter – und – eine Mätresse?«

Milly eilte rasch auf den Vater zu und gestand zwischen Lachen und Weinen:

»Das will ja Johann gar nicht, Papa, dazu hat er mich viel zu lieb. Ehrlich meint er es mit mir, Papa, heiraten will er mich, sobald der Kaiser seine Erlaubnis dazu gibt.«

Fassungslos starrte Herr Stubel seine Tochter an.

»Ein Erzherzog – heiraten – meine Tochter heiraten! – Aber das ist ja Wahnwitz –«

»Nein, nein, Alois«, unterbrach ihn Frau Stubel, »du darfst schon daran glauben. Der Erzherzog meint es ehrlich mit der Milly, ja, der Ärmste hat sogar seit Monaten Angst gehabt, daß sie ihn nicht mehr liebhaben könnte, wenn sie erfährt, daß er ein Erzherzog und nicht nur der einfache Staatsingenieur Johann Orth ist. Erzähle doch Papa selbst alle Einzelheiten«, drängte sie nun Milly, die lächelnd zu ihrem Vater aufschaute.

Langsam, anfangs nach Worten suchend, begann Milly zu berichten.

Aufmerksam und sichtlich erregt hörten ihr Vater und Lori zu. Beide vermochten sie alles, was sie vernahmen, nicht sofort zu fassen. Es klang wie ein Märchen.

Während Lori die Schwester brennend um diese Liebe Johann Salvators von Toskana beneidete, schaute Herr Stubel mitleidig auf sein Kind, schüttelte wiederholt besorgt den Kopf und murmelte, als Milly schwieg:

»Gebe der Himmel, daß euch allzu bittere Kämpfe erspart bleiben, denn darüber mußt du dir klar sein, Milly, daß eine solche Liebe nicht allein Glück, sondern auch schweres Leid bringen wird.«

Milly lächelte unter Tränen.

»Es ist mein Schicksal, Papa, daß ich mich mit Johann finden sollte – mag kommen, was will, ich fürchte mich vor nichts, solange Johann mich liebhat.« Eine starke Zuversicht, das Glück nach ihrem Willen zu zwingen, ließ sie mutig und tapfer sein.

Noch lange saß die Familie an diesem Tage zusammen und wurde nicht müde, über Millys Schicksal zu sprechen.

Aber das alles erregte Papa Stubel so sehr, daß er in der darauffolgenden Nacht erkrankte.

Er bekam einen Blutsturz, der ihn so schwächte, daß er am anderen Morgen ohne Besinnung war.

Frau Stubel und die Töchter waren fassungslos, und als sie das ernste, bedenkliche Gesicht des Arztes sahen, errieten sie, daß die Tage des geliebten Vaters gezählt waren.

*   *
*

Johann Salvator, der so froh war, daß er nun nicht mehr zu lügen brauchte, wartete sehnsüchtig auf den Brief, den Milly ihm sofort nach der Heimkehr zu schreiben versprochen hatte. Sie hielt auch Wort; der Brief kam an, aber – er enthielt keine Liebesworte. »Vater ist heftig erschrocken, als er die Wahrheit erfuhr«, stand da, »und ist sehr krank geworden. Komm her, Liebster, komm bald! Nur Du kannst hier helfen.«

Noch in der Nacht schrieb er ausführlich an Milly, daß er sich Urlaub verschaffen und zu ihr eilen würde.

Drei Tage später traf er in Wien bei den Stubels ein.

Der Kranke war noch sehr matt, befand sich jedoch auf dem Wege der Besserung, so daß die Frauen wieder Hoffnung auf Genesung hatten.

Johann Salvators erster Weg nach dem Besuch bei den Stubels galt dem Hausarzt der Familie. Er bat ihn, ihm ungeschminkt die Wahrheit über den Zustand des Kranken zu sagen.

Hilflos zuckte der Arzt die Schultern.

»Bei dem alten Herrn ist meine Kunst zu Ende. Ich gebe ihm nur noch eine kurze Frist zu leben. Gegen die Lungentuberkulose gibt es eben noch kein erfolgreiches Mittel. Einzig und allein ein längerer Aufenthalt im Süden könnte dem raschen Umsichgreifen der Krankheit Einhalt gebieten. Aber wie sollten die Stubels für ihren Kranken einen solchen Aufenthalt ermöglichen können?«

Johann Salvator war erschüttert von der trostlosen Nachricht.

»Ich werde die Mittel zu dieser Reise geben«, erbot er sich.

»Dafür wird Gott Sie belohnen«, sagte der alte Doktor herzlich.

Um den Angehörigen des Kranken nicht die letzte Hoffnung zu rauben, verschwieg er ihnen den furchtbaren Ernst der Lage und erklärte:

»Ein paar Wochen im sonnigen Süden werden die beste Medizin für unseren lieben Papa Stubel werden. Schon morgen fahre ich voraus und suche Quartier. Ich weiß in Nizza ein kleines, einsam gelegenes Landhaus, das für unseren Aufenthalt mit dem lieben Kranken wie geschaffen erscheint. Das werde ich für ein paar Monate mieten, und dort werden wir – so Gott es uns vergönnt – recht schöne und ruhige Tage verleben.«

Mit freudig erregter Stimme fragte Milly: »Wir – Johann? – Wir –? Soll das heißen?«

Er zog sie in seine Arme und flüsterte dicht an ihrem Ohr:

»Ja, Liebes, das soll heißen, daß du und ich deinen kranken Vater und deine Mutter, die es sich ja nicht nehmen lassen wird, ihren Gatten zu pflegen und zu betreuen, auf dieser Erholungsreise begleiten werden.«

Millys Augen leuchteten trotz aller schweren Sorgen, die ihr Herz bedrückten, selig auf.

»Oh, Johann – kann das – ist das – wirklich – dein Ernst?«

»Ja, Milly! Freust du dich darüber?«

»Wie kannst du fragen, Lieber? Ich wüßte nichts, was mich glücklicher machen könnte. Aber werde ich Urlaub erhalten? Man trägt mir noch immer nach, daß ich ohne Urlaub der letzten Vorstellung ferngeblieben bin.«

»Du wirst keinen Urlaub nehmen, Kind, sondern ich bitte dich, deinen Vertrag zu kündigen, und zwar mit sofortiger Wirkung.«

Erschrocken wehrte Milly ab. »Das ist unmöglich.«

»Nichts ist unmöglich, Milly«, unterbrach er sie. »Ich bezahle selbstverständlich die Konventionalstrafe. Da du weißt, wer ich in Wirklichkeit bin, wirst du wohl endlich verstehen, daß mir viel daran liegt, daß du nicht mehr Abend für Abend auf der Bühne stehst und von tausend neugierigen Augen begafft wirst. Du sollst nur noch mir gehören. Willst du?«

Lächelnd schmiegte sie sich an ihn. Er küßte sie innig.

»Also wären wir einig –«

»Aber ob Papa mit allem einverstanden sein wird?« bangte Frau Stubel.

»Lassen Sie mich mit ihm sprechen, liebste Mama, dann wird er bestimmt zu allem, was ich ihm vorschlage, ja und amen sagen.«

Da in diesem Augenblick der Kranke aus dem Nebenzimmer rief, fand die Unterredung eine rasche Unterbrechung. Johann ging allein zu ihm.

Deutlich vernahmen Milly und ihre Mutter Wort für Wort, was zwischen den beiden Männern gesprochen wurde.

»Es ist nicht recht, Kaiserliche Hoheit, daß Sie mein Mädel so ins Gerede bringen.«

»Fragt denn die Liebe nach Recht und Gesetz, Herr Stubel?

Sie ist da und läßt sich nicht bannen. Ich habe Milly so lieb, daß ich mich von ihr niemals mehr trennen werde.«

»Dann ist es Ihnen also wirklich ernst mit der Milly?«

»Mein Ehrenwort darauf, Herr Stubel.«

Dann sagte der Kranke mit zitternder Stimme:

»Ihr Ehrenwort, Kaiserliche Hoheit – das ist fast zuviel für einen so armen, bescheidenen Mann, wie ich es bin.«

»Ich werde mein Wort halten, Herr Stubel. Ich kann mir mein Leben und meine Zukunft ohne Milly nicht mehr denken. Damit Sie aber den Tag unserer Hochzeit gesund erleben, Herr Stubel, bin ich nach Wien gekommen, um Sie zu bitten, mit Milly, Ihrer Gattin und mir ein paar Wochen an die Riviera zu gehen, wo Sie sich sicherlich rasch von dem bösen Anfall erholen werden. Ich habe einen längeren Urlaub erhalten, Herr Stubel, und den möchte ich nicht in Wien verleben, wo ich auf Schritt und Tritt Bekannte treffe. Ich sehne mich nach ein paar Wochen Freiheit und Erholung. Da ich jedoch nicht mit Milly allein reisen möchte, bitte ich Sie, mitzukommen. Wenn Sie und Ihre Gattin sich in unserer Begleitung befinden, dann kann sich kein Klatsch an uns heranwagen.«

Alois Stubel faßte nach der Hand des Erzherzogs und fragte hastig:

»Glauben Sie wirklich, daß ich im Süden Heilung finden werde?«

»Ich hoffe es zuversichtlich, Herr Stubel.«

»Haben Sie schon über diesen Plan mit meiner Frau und Milly gesprochen, Hoheit?«

»Gewiß.«

»Und was sagen die beiden?«

»Sie wären glücklich, wenn Sie einwilligten!«

Alois Stubel atmete schwer. Sehnsüchtig blickten seine Augen durch das Fenster nach dem blauen Himmel, und ganz leise kam es über seine blassen Lippen:

»Ich möchte so gern noch leben – möchte noch lange mit den Meinen zusammenbleiben –«

»Also dann ist alles recht, Herr Stubel! Sobald Sie aufstehen können, reisen wir ab.«

Die Vorfreude auf die Reise belebte den Kranken, so daß schon nach wenigen Tagen die Fahrt nach dem Süden angetreten werden konnte.

* *
*

In guter Stimmung kam Rudolf in Brüssel an.

Seine schöne Begleiterin, Helene von F., hatte während der Fahrt durch ihre Koketterie mehr als Herz und Sinne des Kronprinzen betört. – Er war so sehr im Bann dieser schönen Frau, daß er sofort, als er mit seiner Braut zusammentraf, Vergleiche anstellte, und die fielen sehr zu ungunsten der schüchternen, jungmädchenhaften Prinzessin aus.

Die arme Stephanie ahnte nicht, weshalb ihr Verlobter oft so spöttisch lächelte, warum er sich stets nur mit einem konventionellen Handkuß begnügte.

Allerdings hätte sie sich nur seine Worte, die er ihr bei seiner Werbung gesagt hatte, ins Gedächtnis zurückzurufen brauchen, aber die wollte sie absichtlich vergessen, um nicht an die schrecklichste Stunde ihres jungen Lebens erinnert zu werden.

Doch sie klagte ihrer Schwester Luise von Coburg ihr Leid und erbat sich deren Rat, denn Luise war bereits verheiratet und hatte genug Erfahrungen, um die Gründe für das kühle Verhalten des Kronprinzen zu finden.

»Da steckt eine andere Frau dahinter«, erklärte sie. »Wenn ein Mann gegen seine Frau oder Braut gleichgültig ist, dann denkt er eben an eine andere. Übrigens mußt du dich damit abfinden, Kleines. Das tun die Männer unserer Kreise alle, und wir Frauen sind töricht, wenn wir uns nicht schadlos halten und Gleiches mit Gleichem vergelten.«

Stephanie schüttelte traurig den Kopf, und mit tränenerstickter Stimme sagte sie:

»Ich liebe Rudolf, das weißt du, Luise. Wie könnte ich da an einen anderen denken. – Ihn will ich haben – mir ganz allein soll er gehören! – Aber wie soll ich es anfangen, daß ich ihn für mich gewinne?«

»Zunächst ist es wohl wichtig, daß Rudolf endlich einmal erfährt, wie verschossen du in ihn bist. Und, mein Herzchen, wenn zwei sich ihre Liebe gestehen wollen, da gehört Alleinsein dazu, und das ist euch ja noch nicht vergönnt gewesen.«

»Rudolf liegt aber sicherlich nichts an einem Alleinsein. Sage doch einmal ehrlich, Luise, bin ich wirklich so reizlos, daß ich einem Mann wie Rudolf völlig gleichgültig bleibe.«

Luise musterte die Schwester.

»Mir gefällst du, Steffi – aber danach geht es ja nicht, denn die Männer haben einen anderen Geschmack. Und wie man hört, soll ja Kronprinz Rudolf sehr anspruchsvoll sein. Doch du bist noch sehr jung, Kleines – in zwei, drei Jahren bist du vielleicht zur Schönheit erblüht, dann kannst du es am Ende erleben, daß dein Mann überhaupt keine andere Frau ansieht, so wie es bei deinen zukünftigen Schwiegereltern der Fall ist.«

»Ach, wenn ich doch daran glauben könnte, Luise –«

»Kopf hoch, Kleines, die Zähne zusammenbeißen – und durchhalten!«

»Ich möchte es schon gerne, Luise, möchte ganz tapfer sein, aber es ist sehr schwer.«

»Sicherlich wird alles leichter, wenn du endlich in Wien bist und vielleicht bald ein süßes Kind in deinen Armen hältst. Weißt du, Steffi, ich glaube, daß ein Kind über alle Leiden und Schmerzen und Enttäuschungen hinwegzutrösten vermag.«

Stephanie schaute eine Weile nachdenklich vor sich hin, lächelte dann verträumt und sagte leise, mehr zu sich selbst, als zu ihrer Schwester Luise:

»Es müßte schön sein, von Rudolf ein Kind zu bekommen – – Ich werde gut werden, Luise, wenn Rudolf meine Neigung erwidert, wenn er mir sein Herz schenkt – doch erführe ich, daß er auf Abwegen geht, daß er mir untreu ist, dann werde ich ihm Gleiches mit Gleichem vergelten – werde ich ihm das Leben zur Hölle machen, damit er ebenso leidet wie ich.«

Besorgt schüttelte Luise von Coburg den Kopf.

»Ich muß gestehen, daß ich mir als Braut nicht solche Kopfzerbrechen gemacht habe wie du, Steffi! Beneidenswert bist du in deinem Seelenzustand wahrhaftig nicht.«

Stephanie klammerte sich an die Schwester an.

»Deshalb wollte ich doch deine Hilfe, deinen Rat, Luise, aber ich sehe ein, daß auch du mir nicht helfen kannst.«

Eine Weile hielten sich die Schwestern umschlungen, dann meinte Luise, von einem plötzlichen Gedanken begeistert:

»Wie wäre es, wenn wir Rudolf einmal gänzlich unverhofft einen Besuch in seinem Palais abstatteten, Steffi?«

Verwirrt schaute die Kleine sie an.

»Das schickt sich nicht, Luise!« wehrte sie ab.

Doch Luise lachte sorglos auf.

»Es braucht ja keiner davon zu erfahren, Steffi! Wir verschleiern uns, damit uns niemand erkennt, lassen uns von der Hofkutsche zum Markt fahren, steigen dort aus und gehen das kurze Stück bis zum Palais zu Fuß weiter.«

»Ob sich Rudolf über unseren unerwarteten Besuch freuen wird, Luise?«

»Das wollen wir ja erfahren, Steffi. Hat der Kronprinz dich nur ein klein wenig lieb, dann wird sein Gesicht strahlen, wenn er dich so unerwartet vor sich sieht – und in dem Palais findet sich auch sicherlich ein Plätzchen, wo ihr euch einmal ungestört aussprechen könnt.«

»Und wenn sich Rudolf nun nicht freut –? – Was dann?«

»Tja, mein liebes Kind, dann wirst du dich eben noch einmal ernstlich prüfen müssen, ob du unter diesen Umständen die Ehe mit Rudolf eingehen willst – oder nicht lieber die Verbindung mit ihm löst.«

»Wenn du meinst, Luise, daß ich das tun soll«, sagte sie zögernd, »gut –dann fahren wir zum Palais.«

»Ich wäre dafür, Steffi – es wird bestimmt sehr nett werden.«

»Du kommst also mit?«

»Natürlich!«

»Und übernimmst den Eltern gegenüber die Verantwortung?«

»Ganz selbstverständlich! Wir sagen einfach, wir wären auf einer Spazierfahrt zufällig an dem Palais vorbeigekommen, und Rudolf hätte uns vom Fenster aus gewinkt. Er wird uns sicherlich nicht verraten und ausplaudern, daß wir ihn heimlich überfallen haben.«

»Also komm – fahren wir!«

Kurze Zeit danach huschten die beiden Prinzessinnen aus dem Zimmer. Aber kaum waren sie den Korridor entlanggeeilt und im Treppenhaus angekommen, da trat ihnen eine der Hofdamen in den Weg.

Verwundert schaute sie die Prinzessinnen an und erkundigte sich, wohin sie gehen wollten.

Stephanie und Luise wechselten fragende Blicke miteinander, denn sie wollten ihren Plan nicht preisgeben. Doch die Hofdame schien zu erraten, daß die beiden Prinzessinnen etwas vorhatten, was das Königspaar sicherlich nicht billigen würde.

Rasch entschlossen erklärte sie deshalb:

»Es wäre unverantwortlich von mir, Sie allein ausfahren zu lassen, Königliche Hoheit – ich komme mit.«

Sie winkte einem vorüberkommenden Lakai, befahl diesem, ihr Hut und Mantel zu bringen, und wenige Minuten später saß sie mit Stephanie und Luise im Wagen.

Zunächst schien es, als sollten deren Pläne zu Wasser werden.

Plötzlich rief Luise von Coburg dem Kutscher zu, nach dem Palais zu fahren, das der Kronprinz von Österreich während seines Brüsseler Aufenthaltes bewohnte.

Entgeistert starrte die Hofdame die Prinzessin an.

»Aber –«

Luise unterbrach sie mit einem silberhellen Lachen.

»Regen Sie sich nicht auf, meine Teure, halten Sie uns keine Standpauke, weil sich etwa das, was wir vorhaben, für eine Prinzessin nicht schickt! – Ihr Übereifer wäre völlig zwecklos, denn wir tun, was wir wollen – nicht wahr, Steffi?«

Die Kleine nickte ängstlich und wiederholte wie mechanisch: »Ja, wir tun, was wir wollen!«

»Meine Schwester will ihrem Verlobten mit dem Besuch eine unverhoffte Freude bereiten, und wenn Sie in Ihrem Leben einmal recht verliebt gewesen sind, meine Teure, dann werden Sie den Wunsch einer Braut hoffentlich verstehen.«

Inzwischen war der Wagen vor dem Palais angekommen.

Ehe sich die Hofdame von ihrer Verblüffung erholt hatte, waren die beiden jungen Prinzessinnen aus dem Wagen gesprungen und eilten an der Wache vorbei ins Haus.

Bestürzt folgte ihnen die Hofdame nach. Sie vermochte kaum auszudenken, was wohl die Majestäten sagen würden, wenn sie von diesem Streich erfuhren.

Und Kronprinz Rudolf –?

Was würde er sagen, wenn seine Braut so unerwartet bei ihm zu Besuch erschien?

Würde er dann nicht erneut auf die lockeren Sitten am belgischen Hof schließen und sich schließlich ernstlich überlegen, ob er sich eine Frau aus dieser Atmosphäre holen sollte?

Kaum hatte die Hofdame den oberen Treppenabsatz erreicht, da hörte sie plötzlich einen halberstickten, schmerzlichen Aufschrei aus einem Frauenmund, sah, wie Prinzessin Stephanie wankte und sich in die Arme ihrer Schwester flüchtete.

Kronprinz Rudolf aber stand in legerem Hausanzug vor ihnen, war entgeistert beim Anblick der beiden Prinzessinnen vom Stuhl aufgesprungen und hatte sich wie schützend vor eine in ein verführerisches, mehr enthüllendes als verhüllendes Négligé gekleidete Frau gestellt, die am Frühstückstisch saß und im Palais wie zu Hause zu sein schien.

Peinliches Schweigen.

Dann überließ Luise von Coburg die Schwester der Hofdame, stellte sich dicht vor Rudolf hin und herrschte ihn an:

»Sie – Sie Don Juan –, machen Sie, daß Sie wieder von Brüssel fortkommen!«

Rudolf, der zunächst wie gelähmt dagestanden hatte, kam rasch wieder zu sich, verbeugte sich vor Luise und erklärte mit überlegenem Lächeln:

»Ihr Wunsch ist mir Befehl!«

Luise warf ihm einen empörten Blick zu, dann drängte sie die Hofdame nach dem Treppenhause und befahl:

»Kommen Sie! Nur rasch fort von hier!«

Wenige Minuten später raste der Wagen wieder dem Schlosse zu. – Rudolf aber stand noch auf der Türschwelle, als Loschek ins Haus zurückkehrte.

»Wie konnte das geschehen?« fragte er erregt. »Wie konnten die Damen ins Haus und ins Zimmer kommen?«

Loschek zuckte verzweifelt die Achseln.

»Es ist mir unerklärlich, Kaiserliche Hoheit! Ich war nur für kurze Zeit in die Küche gegangen, um dort die Wünsche Eurer

Kaiserlichen Hoheit für das zweite Frühstück zu bestellen, da sind die Damen ins Palais gekommen, haben dem Lakai, der sie empfing, erklärt, sie wollten Kaiserliche Hoheit überraschen – na, und das – das ist ja wohl geschehen!«

Rudolf ging ins Zimmer zurück und schlug krachend die Tür hinter sich zu.

Das reizte die Baronin Helene von F. zum Lachen.

Wütend brauste Rudolf auf:

»Was fällt dir ein? – Ich begreife nicht, wie du über diese Situation noch lachen kannst.«

»Und ich begreife nicht, wie du dich darüber aufregen kannst. Du hast dir doch immer gewünscht, die Stephanie wieder loszuwerden.«

»Meinst du, daß sie nun die Verlobung lösen wird?«

»Es ist doch kaum anders möglich.«

»Das wird viel Staub aufwirbeln.«

»Der legt sich auch wieder.«

»Hm – Was wird man in Wien sagen?«

»Nun, es wird einen Sturm geben – doch der geht vorüber, und dann hast du erreicht, was du dir wünschst: frei zu sein und dein Leben nach deinen Wünschen einzurichten.«

»So leicht, wie du dir das denkst, wird es nicht gehen. Mein alter Herr wird sehr ungemütlich werden.«

Ärgerlich schob die schöne Frau die Stirn in Falten und schmollte:

»Herrgott, dann hättest du mich eben nicht mitnehmen sollen. Geschehen ist geschehen – und du wirst dich mit den Folgen abfinden müssen.«

Schmeichelnd trat sie auf ihn zu und legte die Arme um seinen Hals.

»Sei nicht ängstlich, mein Schatz, ich werde dich schon trösten, damit du die Patsche, in der du jetzt sitzt, leichter erträgst.«

Ihre Zärtlichkeiten berauschten Rudolf sofort wieder, so daß er die schöne Frau fester an sich zog, sich zu ihr beugte und ihren Mund suchte.

»Du hast recht, Helene, ich will kein Narr sein und mir die schönen Tage verderben lassen! – Die Stephanie ist selbst schuld, daß ihr das widerfahren ist. Warum muß sie auf die Idee kommen, mich hier im Palais zu überfallen –?«

— — — — — — — —

Das gleiche, was Rudolf erklärte, sagte auch König Leopold, als er die sensationelle Nachricht erhielt, daß Stephanie ihren Verlobten in flagranti mit einer anderen Frau ertappt habe.

Er tobte und wütete und überschüttete seine beiden Töchter mit heftigen Vorwürfen.

»Ein Wahnsinn ist es gewesen, ohne Anmeldung zu Rudolf zu fahren. Selbst wenn er keine Frau im Palais gehabt hätte, schickt es sich für eine Prinzessin nicht, ihren Verlobten zu besuchen. Ganz recht ist es Stephanie geschehen, das sie das erlebt hat! Hoffentlich wird sie nun für alle Zukunft von solchen Torheiten geheilt sein und Rudolf nicht wieder überraschen wollen.«

»Ich werde ihn überhaupt nicht heiraten«, schluchzte die Prinzessin auf. »Du wirst ihm noch heute mitteilen, daß er meine Verlobung mit ihm als gelöst betrachten soll.«

Auch die Mutter Stephanies stimmte zu:

»Jawohl! Ich will mein Kind nicht ins Unglück laufen lassen – und unglücklich würde sie mit diesem Don Juan werden – ebenso unglücklich, wie ich es geworden bin.«

König Leopold wußte bei diesem versteckten Vorwurf nicht, was er antworten sollte. Nachdem alles Wettern und Toben und auch alles gute Zureden nichts half, blieb ihm nichts anderes übrig, als den weiteren Verlauf der Dinge abzuwarten.

Während er sich seinen wenig erfreulichen Gedanken hingab, versuchte die Königin zu trösten:

»Ich teile völlig Luises Meinung, mein Kind. Besser eine auseinandergegangene Verlobung, als eine unglückliche Ehe! – Du bist ja noch jung, du kannst mit einem anderen Mann dein Glück noch finden.«

»Ich wünschte, ich wäre gestorben und wüßte von all diesem Leid nichts mehr!« schluchzte Stephanie.

»Das habe ich mir auch oft gewünscht, Steffi«, meinte die Königin mit bitterem Lächeln. »An gebrochenem Herzen stirbt sich's aber nicht so rasch. – Außerdem habe ich mir später gesagt, die Männer sind es nicht wert, daß man um sie weint oder gar ihretwegen sich den Tod wünscht. Du magst in die regierenden Häuser hineinschauen, wohin du willst, Steffi, überall findest du den gleichen Jammer. Eine wirkliche Liebe und eine gute Ehe sind sehr, sehr selten.«

Langsam versiegten Stephanies Tränen, und mit nachdenklichem Gesicht starrte sie vor sich hin.

»Dann – dann hätte ich vielleicht gar keinen Grund, Rudolf so böse zu sein«, flüsterte sie. »Dann ist er ja nicht schlechter als andere –« Verwundert horchte die Königin auf. Darauf war sie nicht gefaßt gewesen. Sie wußte nicht sofort, was sie antworten sollte.

Stephanie fuhr leise fort:

»Vielleicht hätte ich mit einem überlegenen Lächeln über diese Situation hinweggehen sollen, Mama, dann –«

Sie kam nicht dazu, weiterzusprechen, denn ihre Schwester stürzte ins Zimmer.

»Soeben ist der Kronprinz vorgefahren. Wahrscheinlich kommt er, um seine Entschuldigungsvisite zu machen. Hoffentlich sagt ihm Papa ordentlich die Meinung.«

Die Königin lächelte und wehrte mit einer verächtlichen Handbewegung ab.

»Geh – Papa wird sich hüten, irgendeine Kritik an dem Verhalten des Kronprinzen zu üben. Da müßte eher ich mit dem Kronprinzen sprechen.«

Sie erhob sich und wollte das Zimmer verlassen, doch Stephanie hielt sie fest und bat: »Nein, nein, bleibe – gehe nicht zu ihm –«

Überrascht schaute die Königin ihre Tochter an.

»Ich glaube gar, Steffi, du bist schon auf dem Wege, diesem Sünder alles zu vergeben und zu verzeihen?«

Luise von Coburg lachte höhnisch auf.

»Das wäre ja toll! Ein solch starkes Stück, wie sich der Kronprinz geleistet hat, ist unverzeihlich.«

Stephanie wurde rot und begann wieder zu weinen.

»Ja, ja, es ist unverzeihlich! – Ich will ihn ja auch nicht wiedersehen! – Aber Mama soll jetzt nicht fortgehen, sie soll sich nicht aufregen. Papa mag die ganze Angelegenheit in Ordnung bringen.«

»Still, Steffi, weine nicht mehr – ich gehe nicht fort. Wenn du es wünschst, dann bleibe ich selbstverständlich bei dir, nur sei endlich ruhig. Du schadest ja sonst deiner Gesundheit.«

Da Stephanie infolge ihrer Bleichsucht sehr zu Ohnmachten neigte, lag sie wie tot in den Armen der Mutter, hielt ihre Augen geschlossen und sah entsetzlich elend aus.

Auch Luise war nähergekommen und unterstützte die Mutter in ihren Bemühungen um die arme Stephanie.

Eine Weile schwieg die kleine Prinzessin, dann sagte sie mit zitternder Stimme:

»Ob er wohl um Verzeihung bittet?«

»Der Form halber wird er es schon tun«, entgegnete die Königin.

»Ob er sehr zerknirscht ist?«

Luise beugte sich näher zu der Schwester, drohte ihr halb scherzend, halb ernsthaft mit dem Finger.

»Du hast noch sehr großes Interesse an dem schönen Rudolf, Schwesterherz!«

In diesem Augenblick war wieder das Kommando der Wache zu hören, so daß Luise ans Fenster stürzte, um nachzusehen, was vor dem Schloßportal vor sich ging.

»Rudolf geht schon wieder«, stieß sie betroffen hervor.

Da riß sich Stephanie aus den Armen der Mutter und eilte zu der Schwester. Mit starrem Blick schaute sie durchs Fenster, als sie sah, daß ihr Verlobter den Wagen bestieg und, ohne einen Blick nach den Fenstern des Schlosses zu werfen, wieder davonfuhr.

»Nun ist alles aus – alles aus!«

Sie wankte, so daß Luise sie stützen mußte und Mühe hatte, sie zu halten. Auch die Königin eilte herbei, gemeinsam führten sie Stephanie wieder nach dem Ruhebett zurück.

Bald erklang ein Klopfen an der Tür, und auf den Zuruf der Damen trat der König ein.

Kaum hatte er einen Blick auf seine weinende Tochter geworfen, da herrschte er diese ärgerlich an:

»Die Tränen hättest du dir ersparen können, wenn du keine solchen Torheiten begangen hättest. Aber ich will dir keine Vorwürfe machen. Jetzt handelt es sich darum, was ich Rudolf für eine Antwort geben soll.«

»Hast du denn das noch nicht getan?« fragte die Königin.

»Nein – ich habe mich zunächst verleugnen lassen. Schließlich denkt Stephanie morgen, wenn sie ruhiger geworden ist, anders über die ganze Angelegenheit und ist zum Verzeihen bereit.«

»Das wird niemals geschehen!« trumpfte Luise von Coburg auf.

Der König lächelte überlegen.

»Mein liebes Kind«, begann er in leicht spöttischem Ton, »Tausende von Frauen, die in ähnlicher Weise von ihrem Verlobten oder Ehegatten enttäuscht worden sind, haben schon dieses ›niemals‹ geschworen. Aber die meisten werden meineidig, wenn der Mann reumütig um Verzeihung bittet!«

Und zu Stephanie gewendet, erklärte er:

»Bis vor kurzem ist der Kronprinz noch frei gewesen, Kind, und da du einen schönen Mann haben wolltest, mußtest du dir denken können, daß es ihm leicht gewesen ist, Eroberungen bei dem schönen Geschlecht zu machen. Nun sind solche Frauen oft sehr anhänglich, wollen sich nicht abschütteln lassen. Möglich ist es, daß jene Frau, die ihr im Palais des Kronprinzen gesehen habt, Rudolf nachgereist ist und ihn hier mit ihrem Besuch überrascht hat. Solche Fälle sind nichts Seltenes. Er hat sie im Palais behalten, und da er niemals auf den Gedanken kommen konnte, daß du ihn mit deinem Besuch beehren würdest, ist er völlig sorglos gewesen und hat der Dame beim Frühstück Gesellschaft geleistet. Jedenfalls werde ich morgen Rudolf erst einmal anhören, ehe ich ihn verurteile und ehe ich ihm mitteile, daß du die Verlobung lösen wirst. Vielleicht denkst du über das, was ich dir gesagt habe, einmal in Ruhe nach und gibst mir morgen früh Bescheid, wie ich mich Rudolf gegenüber, wenn er abermals vorspricht, verhalten soll. Und eins will ich dir noch raten, Steffi – höre nicht darauf, was deine Mutter und Luise dir sagen – sondern laß dein Herz entscheiden, dann wirst du bestimmt den richtigen Weg wählen.«

Er wartete keine Antwort seiner Tochter ab, sondern verließ mit raschen Schritten das Zimmer.

Die Königin lachte zornig auf.

»Ein schlauer Schachzug!«

Luise nickte zustimmend.

Stephanie aber war völlig verzweifelt.

»Ich bin ja so unglücklich – doppelt unglücklich, weil ich nicht weiß, auf wessen Rat ich hören soll.«

»Auf die Stimme deines Herzens«, höhnte Luise, »so hat dir dein Vater geraten.«

»Nein, nein, Steffi, du mußt vernünftig sein, du darfst nicht in dein Unglück laufen«, mahnte die Mutter.

»Laßt mich in Ruhe – ich will nichts mehr hören! Ich will allein sein – will keinen mehr sehen!«

Beleidigt wandte sich die Königin ab.

»Ich dränge dir meinen Rat bestimmt nicht auf, Steffi!«

»Ich auch nicht!« echote Luise und ging an der Seite der Mutter aus dem Zimmer.

Stephanie starrte ihnen angstvoll nach. Sie überlegte, ob sie ihnen nacheilen und sie um Verzeihung bitten sollte. Dann aber fiel sie weinend in die Kissen zurück.

»Warum muß ich so leiden? – Was habe ich nur getan, daß mich das Glück vergißt?«

Ein Weinkrampf schüttelte ihre zarte, schlanke Gestalt.

Aber wie jeder große Schmerz sich austobt, so war es auch bei der Prinzessin der Fall. Langsam versiegten die Tränen, und schließlich schlief Stephanie tief und fest ein.

* *
*

Kronprinz Rudolf glaubte seinen Ohren nicht zu trauen, als er am anderen Tage durch König Leopold erfuhr, seine Braut Stephanie sei bereit, alles zu vergeben und zu verzeihen, wenn er für den peinlichen Zwischenfall um Entschuldigung bitten würde.

Vertraulich verständigte ihn König Leopold davon, wie er auf raschem Wege die Verzeihung erhalten könne.

»Machen Sie es, wie ich es schon oft getan habe, und stellen Sie sich als Opfer hin. Sagen Sie Stephanie, diese Person, mit der Sie gesehen worden sind, sei Ihnen nachgereist – nun, mehr brauche ich Sie wohl nicht zu instruieren –«

Da Stephanie bald danach erschien, blieb Rudolf gar nichts anderes übrig, als dem Ratschlag König Leopolds zu folgen.

Und es gelang ihm auch, Stephanie eine so rührende Geschichte zu erzählen, daß diese mit zitternder Stimme stammelte:

»Nicht ich habe Ihnen zu verzeihen, Rudi, sondern Sie mir. Durch meine Schuld ist der unliebsame Zwischenfall heraufbeschworen worden. Doch ich verspreche Ihnen, daß es nie wieder geschehen soll. – Wir wollen diese Geschichte begraben und uns wieder vertragen – einverstanden –?«

Rudolf lachte. Aber nicht vor Erleichterung, daß alles wieder ins Gleis gekommen war, sondern vor Zorn, weil er nun doch der Bräutigam Stephanies blieb und nicht, wie er gehofft, die lästigen Verpflichtungen loswurde.

Stephanie deutete dieses Lachen zu ihren Gunsten.

»Nicht wahr, ich bin recht dumm, daß ich mir törichte Gedanken gemacht und gar Tränen vergossen habe? – Wäre ich nicht auf den Einfall gekommen, Sie mit einem Besuch überraschen zu wollen, dann hätte ich von jener Person gar nichts gewußt. – Doch Sie versprechen mir, alle Beziehungen nunmehr zu lösen und mir nie mehr solchen Kummer zu bereiten. Ich bin«, – sie wurde glühendrot und schaute Rudolf unter den gesenkten Lidern hervor ängstlich an – »das habe ich gestern festgestellt, sehr eifersüchtig.«

Rudolf antwortete nicht.

Gemütlich würde also die Ehe mit Stephanie nicht werden, das sah er schon jetzt voraus. Sicherlich würde sie ihm manche Szene machen, wenn er sich ihr nicht so widmete, wie sie es sich wünschte.

Stephanie ärgerte sich über sein Schweigen, zumal sie erwartet hatte, daß er bei der Aussöhnung herzlicher sein würde.

»An was denken Sie jetzt, Rudi?«

»An Ihre Eifersucht, die keine gute Mitgift für die Ehe ist.«

»Sie brauchen mir ja nur treu zu sein.«

»Zur Treue gehört aber Liebe, Stephanie – und ich sagte Ihnen schon, daß ich –«

Die Prinzessin hielt sich die Ohren wieder zu. »Fangen Sie schon wieder davon an?«

»Ich will nur, daß völlige Klarheit zwischen uns beiden herrscht und Sie sich keinen Illusionen hingeben, Hoheit.«

Wieder war die Atmosphäre mit Gewitterschwüle geladen. Beide fühlten, daß es um Sein oder Nichtsein ihrer Verbindung ging.

In diesem entscheidenden Augenblick trat König Leopold zu ihnen, umfaßte mit dem rechten Arm seine Tochter, und mit dem linken zog er Rudolf zu sich heran, schaute die beiden an und fragte:

»Na, seid ihr wieder einig? – Wann wird nun die Hochzeit stattfinden? – Ich mache euch den Vorschlag, im Wonnemond Mai zu heiraten. Man sagt, er sei wie geschaffen, zwei Herzen glücklich zu machen. – Was meinen Sie dazu, Rudolf? Wollen wir für Mai die Hochzeitsfeierlichkeiten ansetzen?«

Sekundenlang herrschte Schweigen. König Leopold fühlte sofort, daß zwischen dem jungen Paar der Frieden noch lange nicht hergestellt war.

Doch da er in seiner Ehe unzählige Male ähnliche Differenzen hatte schlichten müssen, lächelte er überlegen und fuhr fort:

»Alles wird gut werden, wenn ihr ein bestimmtes Ziel vor Augen habt. Ihr habt euch die Hand zur Versöhnung gereicht und sollt nun diesmal nicht auseinandergehen, ohne den Zeitpunkt der Hochzeit festgesetzt zu haben. Einverstanden?«

Rudolfs Nervosität steigerte sich noch mehr.

»Ich überlasse es meiner Braut, Ihnen die Antwort auf Ihre Frage zu geben, Majestät«, sagte er kühl.

In Stephanies Gesicht stieg eine leise Röte. Die Worte ihres

Vaters schienen neue Hoffnungen und Wünsche in ihr wachzurufen.

»Wenn du es wünschst, Papa, daß wir im Mai heiraten, dann bin ich selbstverständlich damit einverstanden!«

Bis zur letzten Stunde hatte Rudolf gehofft, daß diese übereilte und erzwungene Verbindung nicht zustandekommen würde.

Nun war die Entscheidung gefallen!

Nach Stephanies Erklärung gab es für ihn kein Zurück mehr. Er verbeugte sich zeremoniell vor dem König und der Prinzessin und entgegnete:

»Ich schließe mich der Zustimmung meiner Braut an, Majestät.«

»Also setzen wir den zehnten Mai als Hochzeitstag fest«, stimmte König Leopold zu, um dem Brautpaar keine Zeit zu weiteren Überlegungen zu lassen. »Ich hoffe, daß uns das Einverständnis des Wiener Hofes sicher ist.«

Rudolf lächelte ironisch.

»Dessen dürfen wir gewiß sein, Majestät.«

Unwillkürlich dachte er daran, daß sein Vater mit ihm sehr zufrieden sein würde, wenn er mit dieser Nachricht heimkehrte.

König Leopold schien keine andere Antwort erwartet zu haben, er zog das Brautpaar mit sich in den Kreis der anderen Familienmitglieder, die alle gespannt auf das Ergebnis der Unterredung warteten. Zufrieden über das Ergebnis seiner Bemühungen teilte er mit, daß der Termin der Hochzeit auf den zehnten Mai festgesetzt worden war.

Stephanie wußte nicht, ob sie lachen oder weinen sollte. Und Rudolf widerte dieses Komödienspiel so sehr an, daß er froh war, als er Brüssel den Rücken kehren konnte.

*     *
*

Ganz anders als dem Kronprinzen erging es dem Erzherzog Johann Salvator.

Trotz der Sorge um Papa Stubel genoß er mit Milly das ungestörte Zusammensein und verlebte froh und glücklich unter der Sonne des Südens die ihm so unerwartet geschenkten Urlaubstage.

Der Himmel wollte dem jungen Paar sichtlich wohl. Kaum atmete Papa Stubel die milde, warme Luft, da besserte sich sein Zustand sehr rasch. Er lebte wieder auf und glaubte mit den Seinen an eine völlige Genesung.

Milly war überglücklich, wenn sie sah, wie wohl sich ihr Vater in dem behaglichen Lehnstuhl auf der Veranda des Hauses fühlte, wenn sie sein altes Lachen wieder vernahm und ihn von Zukunftsplänen reden hörte.

Dann geschah es immer wieder, daß sie dankerfüllt und tiefbewegt Johanns Hände drückte.

»Du Lieber, Guter, du – mit all meiner Liebe kann ich dir das nicht vergelten, was du für meinen Vater tust. Ohne dich und deine großzügige Hilfe hätten wir ihn vielleicht schon längst hergeben müssen, so aber wird er uns noch einmal aufs neue geschenkt werden –«

Zumeist kam Milly nicht dazu, mehr Dankesworte zu sprechen. Johann schloß ihr stets mit Küssen den Mund. Für ihn war es ja Glück genug, daß er jetzt täglich mit Milly zusammensein konnte.

Als er wieder einmal mit der Geliebten am Strande entlangwanderte und Luftschlösser baute, erklärte er:

»Sobald wir nach Wien zurückkehren, spreche ich mit dem Kaiser. Er weiß um meine Liebe zu dir. Geschwätzige Hofschranzen haben ihn längst davon unterrichtet. Er wird sich deshalb über meine Bitte nicht wundern, wird seine Einwilligung zu unserer Vermählung nicht versagen, zumal ich ja als Thronanwärter – selbst wenn durch irgendwelche Katastrophen die Thronfolge sich nicht mehr in direkter Linie weiter vererben sollte – nicht in Frage komme.«

Und dann schilderte er Milly, wie er sich die gemeinsame Zukunft dachte.

Aber allzu lange sollte ihnen das Idyll nicht vergönnt sein. Eines Tages erschien ein Geheimkurier des Kaisers und brachte dem Erzherzog den Befehl, unverzüglich nach Linz zu seinem Regiment zurückzukehren.

Tief erregt kam Johann Salvator zu Milly zurück.

»Wir müssen Abschied nehmen, Milly! Der Kaiser befiehlt, daß ich sofort zu meinem Regiment nach Linz zurückkehre, und als Soldat muß ich gehorchen.«

»Uns ist eben kein Glück vergönnt, Johann!«

Wie ein müdes Kind lehnte sie den Kopf an seine Schulter, strich die Tränen aus den Augen und versuchte zu lächeln.

Er drückte die Geliebte fest an sich.

»Ich komme bald wieder, Kind!«

Trotz aller Zärtlichkeiten ließ sich die Wehmut des Abschiedsschmerzes nicht bannen. Schweren Herzens trennten sie sich.

— — — — — — — —

Verbittert darüber, daß man ihm den bewilligten Urlaub kürzte, kehrte Johann Salvator zunächst nach Wien zurück, in der Absicht, den Kaiser um Audienz zu bitten, ihm von seiner großen Liebe zu Milly zu erzählen und die Einwilligung zur Heirat zu erlangen.

Er wurde aber vom Kaiser nicht empfangen, sondern erhielt den Bescheid, daß dieser außerordentlich mit Arbeit überlastet sei und keine Zeit zu Privataudienzen habe.

Da ließ sich Johann Salvator bei dem Kronprinzen Rudolf melden. Und der empfing ihn mit offenen Armen.

»Endlich sieht man dich einmal wieder, alter Junge!« rief er ihm zu und streckte ihm die Hände entgegen, die sie sich kräftig schüttelten. »Beneidenswerter!« sagte er dann und musterte den Vetter kritisch. »Siehst aus wie das verkörperte Glück!«

Johann Salvator lächelte stolz.

»Ich bin auch sehr glücklich, Rudolf, doch leider gönnt man mir das nicht!«

»Die alte Geschichte, Johann! Mach dir nichts daraus!«

»Ich will ja auch den Kampf aufnehmen, Rudi. Ich habe mir vorgenommen, alle Hindernisse zu überwinden, die Einwilligung des Kaisers zu meiner Heirat mit Milly Stubel –«

»Du willst die kleine Balletteuse heiraten?«

»Ja – denn ich liebe sie so, daß ich mir mein Leben ohne sie nicht mehr denken kann.«

»Niemals wird mein Vater seine Zustimmung geben, Johann!«

»Dann muß ich sie mir erzwingen!«

»Durch einen Skandal?«

»Über den Weg bin ich mir noch nicht klar. Doch ich rechne mit aller Bestimmtheit darauf, mich auf friedlicher Basis mit deinem Vater zu einigen.«

»Das wird dir kaum gelingen, Johann! Du weißt doch, dem Kaiser ist nichts verhaßter als eine Mesalliance, für die er nicht das geringste Verständnis hat.«

»Um so größeres Verständnis werde ich bei dir finden, Rudi. Du wirst meine Bitte bei deinem kaiserlichen Vater unterstützen! – Ja?«

Da lachte der Kronprinz hart auf.

»Da gibst du dich trügerischen Hoffnungen hin, mein lieber Freund. Meine Bitten würden dir eher schaden als nützen, zumal zur Zeit zwischen mir und meinem Vater ein sehr gespanntes – ja, ich möchte beinahe sagen, ein kriegerisches

Verhältnis herrscht. Ich mache am liebsten einen großen Bogen um meinen alten Herrn, und hätte ich die Möglichkeit, für einige Wochen oder Monate aus Wien fortzugehen, so würde ich es sofort tun. Aber da mein Vater zugleich mein Vorgesetzter ist, dessen Befehlen ich mich bedingungslos unterordnen muß, bleibt mir nichts anderes übrig, als auszuharren.«

»Um Gottes willen, was ist geschehen? Ich glaubte zwischen euch alles in bester Ordnung, da du dich doch verlobt hast.«

»Ich bin überhaupt kein Mensch mehr. Wie ein Gefangener werde ich bewacht, damit ich ja keinen Seitensprung mehr machen kann. Wenn das jetzt schon so ist, wie soll das erst später werden, wenn Stephanie meinem Vater womöglich mit eifersüchtigen Klagen in den Ohren liegt? Und sie wird immer und immer irgendeinen Grund zur Klage haben. Ach, weißt du, Johann, ich bin jetzt manchmal in einer Stimmung, daß ich mir am liebsten eine Kugel durch den Kopf schießen möchte.«

»Aber, Rudi, was sind das für Reden? Ich kenne dich ja gar nicht wieder! – Du, der tollste und übermütigste von uns allen, und lebensmüde? Nur weil es nun ernst mit dem Heiraten wird? – Geh, laß den Kopf nicht hängen, Rudi. Sicherlich kommt es nicht so schlimm, wie du es dir vorstellst.«

»Ein schlechter Trost, mein Lieber. Aber was nützen alle Klagen? – Wenn ich dir einen freundschaftlichen Rat geben darf, dann warte noch einige Zeit mit deiner Bitte. Jetzt würdest du bei dem Kaiser auf ein hartes Nein stoßen. Vielleicht ist er aber übers Jahr gnädiger gestimmt und gibt dir die Erlaubnis zu deiner Heirat.«

Trotz flammte in Johann Salvators Augen auf.

»Gibt sie der Kaiser nicht freiwillig, dann werde ich sie mir erzwingen. Auf keinen Fall verzichte ich auf Milly!«

»Und ich möchte so gern auf Stephanie verzichten«, meinte der Kronprinz, »aber davon will der Kaiser nichts hören. So ist das Leben, Johann! Unser Leben!«

Immerfort mußte Johann Salvator während der Fahrt nach Linz an diese Unterredung denken, und es drängte ihn, sofort nach seiner Ankunft an die Kaiserin zu schreiben und sie zu bitten, sich des Sohnes anzunehmen. Der bittere Galgenhumor des Kronprinzen hatte ihm gar nicht gefallen.

So kam zu den Sorgen um sein eigenes Glück und um Papa Stubels Gesundheit noch die Sorge um den Freund.

Nur Millys zärtliche Briefe waren ihm Trost in diesen dunklen Tagen.

* *
*

»Mama – du – du bist wieder zurück?«

Mit diesem freudig erregten Ruf eilte Rudolf auf die Mutter zu, als sie ihm unerwartet gegenübertrat.

Sie hatte ihr Kommen nicht gemeldet. Sie wollte keinen feierlichen Empfang, wollte kein Aufsehen.

Und da sich ihr Gatte auf der Jagd befand, ging sie sofort nach ihrer Ankunft zu Rudolf. Ihm galt ja ihre ganze Sorge, um seinetwillen kam sie heim.

»Rudi – mein Liebling!« stammelte sie unter Tränen und nahm ihn fest in ihre Arme.

»Endlich bist du wieder da! Endlich habe ich dich wieder!« entgegnete der Kronprinz aufatmend und lehnte seinen Kopf an die Schulter der Mutter.

Elisabeth strich mit zitternder Hand über seinen Kopf.

»Nun bin ich wieder bei dir, Rudi!« Eine Weile standen sie schweigend nebeneinander, dann zog Elisabeth den Sohn neben sich auf das Sofa. Seine Hand in der ihren haltend, gestand sie zögernd:

»Ich habe schwer und bang von dir geträumt und bin in großer Sorge um dich, mein Liebling. Willst du nicht dein Herz erleichtern?«

»Wozu, Mama? Soll ich dir mit Klagen und Stöhnen die Stunde des Wiedersehens trüben?«

»Du bist also nicht glücklich als Bräutigam?«

»Hast du das erwartet?«

»Nein!«

»Aber du sollst dir auch deshalb keine Sorge machen, Mama, ich werde mein Schicksal schon meistern.«

»Ich möchte dich so gern glücklich sehen, Rudi! Es ist mein heißester Wunsch –«

»Nicht alle unsere Wünsche können Erfüllung finden, Mama!«

»Leider nicht! Deshalb wünsche ich ja für mich selbst nichts mehr, aber meine Kinder –«

»Niemals wird dein Gebet solche Wunderkraft haben, daß es meine Abneigung gegen Stephanie in Liebe wandeln kann, Mama! – Doch ich werde nach außen die Form wahren. Ich fürchte nur, daß sich Stephanie damit nicht begnügen wird. Tritt dieser Fall ein, dann garantiere ich freilich für nichts. Unter keiner Bedingung lasse ich mir Fesseln anlegen. Ich werde auch nach der Eheschließung mir meine persönliche Freiheit nicht nehmen lassen.«

»So schlimm steht es?«

Ausweichend zuckte Rudolf die Schultern.

»Es ist Wahrheit, Mama – und die darf ich dir gegenüber wohl ungeschminkt aussprechen.«

»Abneigung?« wiederholte Elisabeth. »Abneigung gegen einen Menschen, mit dem man einen langen Lebensweg gemeinsam gehen soll? Das muß ja ein großes Unglück geben!«

»Das ist auch meine Überzeugung, Mama, aber in Brüssel und auch hier in Wien ist man der Meinung, daß sich in der Ehe alles einrenken wird. Die meisten Ehen in unseren Kreisen – so hat Papa mir erklärt – werden auf ähnlicher Basis geschlossen. Selten sei eine wirkliche Neigung vorhanden, und wenn beide Partner vernünftig wären, dann gäbe es doch ein ganz gutes Gespann. Das heißt also mit anderen Worten: Im Interesse des Staates muß das Glück des einzelnen geopfert werden.«

Elisabeth wehrte erregt ab.

»Ich werde mit Papa sprechen. Vielleicht ist es noch nicht zu spät, um ein Unglück zu verhüten.«

Hoffnungslos schüttelte Rudolf den Kopf.

»Es gibt kein Zurück mehr! Jede Bemühung darum ist vergebens.«

»Laß es mich versuchen, Rudi. Welche Mutter kämpft nicht um das Glück ihres Kindes?«

Rudolf schaute ihr tief in die Augen.

»Ich wünschte, mein Vater dächte wie du, Mama!«

»Auch dein Vater hat dich lieb, Rudolf«, verteidigte sie den Gatten. »Er will dein Bestes!«

»Leider habe ich davon noch nichts gespürt, Mama, besonders in der letzten Zeit nicht mehr, in der ich immer nur den Kaiser und nie mehr den Vater sprechen konnte.«

»Ich werde mit ihm reden, Rudi. Glaube mir, ich werde ein offenes Ohr bei ihm finden.«

Und entschlossen, den Kampf um Rudolfs Glück bis zum äußersten zu führen, bat sie den Gatten, nachdem die herzliche Begrüßung vorüber war, um eine Aussprache unter vier Augen. Lächelnd gewährte ihr Franz Joseph die Bitte und führte sie nach seinem Arbeitszimmer.

Strahlender Glanz lag auf seinem Gesicht, als er sich ihr gegenüber setzte und sie anschaute.

Da Elisabeth nicht sofort mit ihrem Anliegen begann, nahm er ein Bild von seinem Schreibtisch und reichte es ihr zu.

»Die neueste Aufnahme unserer Schwiegertochter«, sagte er stolz. »Rudi hat das Bild von seinem letzten Besuch in Brüssel mitgebracht. Es dürfte dich sicherlich interessieren, Sissi.«

Die Kaiserin nahm das Bild und schaute es nachdenklich an.

»Nun, wie findest du Stephanie?«

»Reizlos!« entgegnete Elisabeth kühl und reichte das Bild zurück. »Sie wird Rudolf nie fesseln.«

Kaiser Franz Joseph runzelte unwillig die Stirn.

»Willst du dich zum Echo unseres Sohnes machen«, fragte er ärgerlich.

»Willst du unseren Sohn unglücklich werden lassen, Franzl?«

»Er hat dich also zu Hilfe gerufen?«

»Nein – er nicht! Mein Herz sagte mir, daß mein Sohn mich braucht, und deshalb kam ich zurück. Und meine Ahnungen haben mich nicht getäuscht. Rudolf braucht Hilfe, braucht Beistand, wenn er nicht zugrunde gehen soll, und das wird er, wenn er diese Stephanie heiratet. Es war eine übereilte Wahl, Franzl, die für beide Teile zum Unglück werden wird. Ich weiß alles – weiß, wie es um Rudolf steht –, und ich werde niemals dulden, daß er eine solche Ehe schließt! Franzl –« ihre Stimme nahm einen beschwörenden Ton an, »Franzl, wir haben die Pflicht, über das Glück unseres Sohnes zu wachen. Er liebt Stephanie nicht – ja, er hat mir sogar gestanden, daß er eine Abneigung gegen sie hat. Das kann niemals ein gutes Zusammenleben ergeben. Und uns wird er anklagen, daß wir dieses Bündnis gestiftet haben. – Was willst du dann antworten, Franzl?«

Nervös erwiderte der Kaiser:

»Was ich ihm antworten werde? – Ich werde ihm sagen, daß er sein Lotterleben aufgeben und endlich an die ernsten Pflichten denken soll, die ihm durch seine Geburt auferlegt worden sind, dann wird er keine Zeit mehr haben, dummen, törichten Gedanken nachzuhangen.«

»Lotterleben?« wiederholte die Kaiserin und schaute den Gatten fragend an.

»Jawohl, unser Sohn führt ein Lotterleben, treibt sich Nacht um Nacht mit Frauen umher, die ihre Liebe um Geld verkaufen, und dann kommt er und klagt über Abneigung gegen die kleine Prinzessin und erklärt, sie nicht heiraten zu können, weil er an ihrer Seite todunglücklich werden würde. Nur weil er dieses leichtsinnige Leben weiterführen möchte! Aber damit bin ich unter keinen Umständen einverstanden! Das muß ein Ende haben! Rudolf muß endlich vernünftig werden! Deshalb bitte ich dich, Sissi, kein Wort weiter zu seinen Gunsten zu sprechen. Die Verlobung mit Stephanie wird von unserer Seite aus auf keinen Fall gelöst. Ich will Gott danken, wenn der Hochzeitstag ohne jeden unliebsamen Zwischenfall vorübergeht und Rudolf endlich Fesseln angelegt werden.«

»Ist das dein letztes Wort, Franzl?«

»Mein letztes!«

»Du wirst also ruhig zusehen, daß Rudolf in sein Unglück geht?«

»Es wird kein Unglück geben, Sissi! Stephanie ist sehr nachgiebig und wird unserem großen Jungen vieles verzeihen. Rudolf wird bald genug einsehen, daß er keine bessere und bequemere Frau finden konnte. Sie werden sich wie tausend andere Ehepaare nach Sturm- und Drangjahren einleben –«

»Nein, nein, das glaube ich niemals. Ich kenne Rudolf besser als du. Er gehört zu jenen Menschen, die bei der ersten Begegnung mit anderen sofort Sympathie oder Abneigung fühlen, und bei denen sich im Laufe der Zeit in ihren Empfindungen nichts ändert. Rudolf wird Stephanie nie liebgewinnen, und deshalb wäre es besser, sie trennen sich, ehe ein unerträgliches Zusammenleben sie seelisch zermürbt.«

Kaiser Franz Josephs Gesicht erhielt einen harten Zug, den Elisabeth bisher nie an ihm bemerkt hatte.

»Sprichst du im Auftrage Rudolfs zu mir, Sissi?« erkundigte er sich in gereiztem Ton.

»Ich spreche als Mutter zu dir, die sich für das Lebensglück ihres Kindes einsetzt.«

»Trotzdem du weißt, daß ich in dieser Verbindung das Glück sehe?«

»Du siehst es nicht mit Vateraugen, Franzl, sondern mit denen des Kaisers!«

»Halte doch zu mir, Sissi! Stelle dich auf meine Seite und werde nicht meine Gegnerin. Ich habe dir zu lange verschwiegen, wie Rudolf es treibt, du solltest dich nicht sorgen, solltest dich nicht ängstigen – doch jetzt ist es höchste Zeit, daß unser Sohn von dem Weg umkehrt, den er eingeschlagen hat. Nur die Heirat kann zur Rettung für ihn werden.«

»Das kann ich nicht glauben, Franzl! Davon wirst du mich nie überzeugen können. Ich fühle mit aller Gewißheit, daß diese Heirat das Unglück unseres Sohnes, vielleicht unseres ganzen Hauses werden wird.«

»Übers Jahr wirst du bestimmt anders urteilen, Sissi! Heute bist du von Rudolfs Klagen beeinflußt, und dein weiches Herz treibt dich dazu, seine Wünsche zu erfüllen. Aber bei all meiner großen Liebe zu dir, Sissi, muß ich deinen Bitten ein entschiedenes Nein entgegensetzen. Rudolfs Verlobung mit Stephanie bleibt bestehen; der Hochzeitstag ist festgesetzt. Im Mai hält die Kronprinzessin ihren Einzug in Wien.«

Jäh erhob sich Elisabeth. Ihr Gesicht war todblaß.

»Gut, ich werde dich nicht länger bitten, Franzl«, erklärte sie schroff. »Mag das Schicksal seinen Lauf nehmen! – Doch eins sage ich dir heute schon: Wird Rudolfs Ehe unglücklich, dann werde ich dich stets anklagen, dann wird zwischen uns alles zerbrechen. Heute lag unser und das Glück deines Sohnes in deiner Hand!«

»Sissi –«

Sie hörte ihn nicht mehr, denn mit eilenden Schritten hatte sie das Zimmer verlassen.

Sekundenlang schien es, als wollte ihr der Kaiser nachstürzen, dann ließ er müde die Schultern sinken, trat an seinen Schreibtisch zurück und nahm das Bild der belgischen Prinzessin in seine Hände.

Lange schaute er in das schmale, unbedeutende Jungmädchengesicht.

Würde die kleine Prinzessin Glück oder Unglück in sein Haus bringen?

* * *

Auch Maria, Gräfin Larisch, hatte mit ihrem Gatten eine Einladung zur Hochzeit des Kronprinzen Rudolf erhalten.

Noch ehe die Erregung über diese Einladung verebbt war, kehrte ihr Gatte von einem Morgenritt heim. Nach der flüchtigen Begrüßung bemerkte er sofort das kaiserliche Schreiben, nahm es zur Hand und überflog es.

Da es seiner Eitelkeit schmeichelte, durch seine Verheiratung mit Maria von Wallersee in nahe Verwandtschaft zum Kaiserhaus gekommen zu sein, wollte er bei einer solch großen Festlichkeit natürlich dabei sein und erklärte:

»Selbstverständlich fahren wir nach Wien und nehmen an der Hochzeit teil.«

Maria freute sich.

Sie würde Tante Sissi wiedersehen, würde wieder mit ihr plaudern dürfen.

Und nun begann sie mit ihrem Gatten eine Debatte über die Vorbereitungen, die zur Teilnahme an der großen Hochzeit getroffen werden mußten.

Natürlich wollte sie schön sein!

Für Rudolf! setzte sie in Gedanken noch hinzu. Und um äußerlich ihrer Schönheit einen würdigen Rahmen zu geben, überredete sie ihren Gatten, der an diesem Tage mit seiner schönen Frau glänzen wollte, ein auserlesenes Festkleid zu bestellen.

Als Maria Larisch sich dann am Hochzeitstage unter den Ehrengästen befand, konnte sie zu ihrer großen Befriedigung feststellen, daß sie zweifellos zu den schönsten Frauen gehörte, die in der Hofburg anwesend waren.

Sie sah in dem orangefarbenen, silberbestickten Kleid mit der langen Schleppe bezaubernd aus, so daß sich fast alle Herren die Köpfe nach ihr verdrehten.

Mit berückendem Lächeln genoß sie diesen Triumph.

Der schönste Augenblick aber war der, als die Kaiserin auf sie zukam, sie mit alter Herzlichkeit in die Arme schloß und zärtlich an sich drückte. Alles, was trennend zwischen ihnen gestanden hatte, schien ausgelöscht zu sein.

»Meine liebe Maria«, flüsterte sie mit bewegter Stimme. »Endlich halte ich dich wieder einmal fest.«

»Habe ich dir sehr gefehlt, Tante Sissi?«

»Ja – ich habe mir oft die schönen Tage von Gödöllö zurückgewünscht, mein Kind. Aber leider – leider ist eben alles Schöne vergänglich!«

»Nur du bleibst ewig jung und schön, Tante Sissi.«

Lächelnd wehrte die Kaiserin mit ihrem kleinen, schwarzen Fächer, der ihr zu einem unentbehrlichen Requisit geworden war, ab.

»Schmeichlerin! – Du hast es noch immer nicht verlernt, deine alte Tante anzuschwärmen.«

»Alte Tante! Du siehst aus wie die Schwester deines Sohnes, Tante Sissi!«

Im Nu nahm das Gesicht der Kaiserin einen ernsten, fast traurigen Ausdruck an.

Rasch suchte ihr Blick im Saal umher und blieb auf dem Brautpaar haften, das Cercle hielt.

Bisher hatte Maria noch wenig von Stephanie gesehen, da

der Schleier deren Gesicht völlig verdeckte. Doch ehe sie eine Frage an die Kaiserin stellen konnte, fuhr diese mit einem bangen Seufzer fort:

»Ich wünschte, ich wäre Rudolfs Schwester und nicht die Mutter, dann brauchte ich mich heute nicht so sehr zu sorgen.«

»Sorgen? – Du sorgst dich um ihn, Tante Sissi?«

»Ja, Maria, mir ist angst um meinen Sohn! – Doch frage nicht nach dem Warum, es ist heute weder die Stunde noch der Ort, um über diese Dinge zu sprechen. Du mußt morgen zu mir kommen – ganz allein –, und dann wollen wir uns aussprechen. Willst du?«

Maria beugte sich tief über die schmale, weiße Hand der Kaiserin und preßte einen heißen Kuß darauf. »Ich wüßte nicht, was ich lieber täte, Tante Sissi!«

Da huschte wieder ein Lächeln um Elisabeths Mund. Sie nahm Marias Kopf zwischen ihre Hände, zog ihn nahe an sich und hauchte einen Kuß auf deren Stirn. Dabei schaute sie ihr tief in die Augen und fragte: »Bist du wenigstens glücklich geworden, mein Kind?«

Maria wandte sich ab.

Traurig schüttelte Elisabeth den Kopf. »Auch nicht glücklich? – Arme Maria –!«

Doch die junge Gräfin Larisch stammelte:

»Still, still, Tante Sissi – dort kommt Rudolf mit seiner jungen Frau. Die beiden dürfen nichts davon ahnen, was wir gesprochen haben.«

Die Mahnung genügte, um auch auf dem Gesicht der Kaiserin das maskenhafte Lächeln hervorzuzaubern.

Sie legte wie haltsuchend ihre Hand in Marias Arm, ahnte aber nicht, wie gefährlich dieser Anblick gerade für das schönheitstrunkene Auge ihres Sohnes wurde.

Die Mutter und die Base in vollendeter Schönheit und Anmut Arm in Arm vor sich zu sehen, begeisterte Rudolf.

Seine Augen leuchteten auf.

Er gab Stephanies Arm frei und eilte auf Maria zu. Wortlos faßte er nach ihrer Hand und zog sie an seine Lippen. Dabei hing sein Blick bewundernd an ihr und sagte ihr mehr als Worte.

Stephanie aber sah hilflos, scheu und verlegen zur Seite, zerrte nervös an den Spitzen ihres Brautschleiers und starrte neidisch auf die beiden bildschönen Frauen. Rudolf stellte dann seine Kusine Maria Larisch vor.

Stephanie horchte auf: »Das ist sie also –«

Verwundert schauten Rudolf und auch Maria sie an. Beide errieten sie sofort, daß Stephanie irgend etwas von der heimlichen Liebe, die zwischen der jungen Gräfin Larisch und dem Kronprinzen bestanden hatte, wußte.

Glücklicherweise blieb ihnen keine Zeit zu einer weiteren Unterhaltung, denn die Vorstellung anderer Gäste erfolgte, auch rückte die Zeit zur kirchlichen Trauung immer näher heran.

Marias Herz klopfte in rasenden Schlägen. Immerfort mußte sie an Rudolfs leuchtende Augen denken.

Konnte sie nach dieser Begegnung noch zweifeln, daß sie unvergessen war?

Das flog der jungen Gräfin durch den Sinn, während das Brautpaar vor dem Altar stand, und unverwandt ruhte Marias Blick auf dem Gesicht des Vetters, das sie von ihrem Platz aus im Profil sehen konnte.

Wie schön er war! – Wie stattlich er aussah!

Nur das Lächeln um seinen Mund wirkte häßlich und abstoßend.

Durfte ein Mann in dieser Stunde, da er das Gelöbnis der Treue vor dem Altar des Herrn ablegte, so frivol lächeln?

Maria fuhr aus ihren Gedanken auf und schaute sich ängstlich um, als fürchtete sie, daß jemand erraten könnte, was ihr soeben durch den Kopf gegangen war.

Ihr Blick fiel auf die Kaiserin, die dicht in ihrer Nähe saß, und sie erschrak über das todblasse Gesicht ihrer Tante, deren Blick wie gebannt an dem Mund des Sohnes hing.

Wie aus weiter Ferne vernahm Maria die schicksalsschwere Frage, die der Priester an den Kronprinzen richtete.

Stille trat ein.

Sie legte sich beklemmend auf aller Herzen. Ewigkeitslang erschien die Pause, ehe das »Ja« über die Lippen des Kronprinzen kam.

Es klang heiser und gepreßt, als hätte er es sich mühsam abgerungen. Doch kaum verhallte es in dem großen Kirchenraum, da war plötzlich ein lautes, schmerzliches, krampfhaftes Aufschluchzen zu hören.

Betroffen drehte sich Kronprinz Rudolf um, so daß von fast allen Seiten ein entsetzter, leiser Aufschrei kam.

Alle waren ja ein wenig abergläubisch, sahen in diesem Umwenden vor dem Altar ein böses Omen für die Zukunft.

Rudolf starrte wie geistesabwesend seine Mutter an, die halb ohnmächtig im Arm des Gatten lehnte.

In diesem allgemeinen Tumult ging die Frage des Priesters an die Braut und deren »Ja« unter.

Durch ein rasch vorgehaltenes Riechfläschchen mit belebender Essenz erholte sich die Kaiserin bald wieder, so daß die Trauung ohne weiteren Zwischenfall zu Ende geführt werden konnte. Kaum hatte das Brautpaar die Kirche verlassen, da eilte Maria zu ihrer Tante, umfaßte sie liebevoll und fragte: »Wie geht es dir, Tante Sissi? – Was hat dich so erschreckt? Weshalb weintest du so bitterlich?«

Elisabeth stützte sich schwer auf den Arm der Nichte und bat: »Komm, führe mich, fahre mit mir im Wagen, ich muß dich in meiner Nähe haben.«

Dem Wunsche der Kaiserin wagte niemand zu widersprechen, obwohl dadurch eine völlige Verschiebung der Anordnungen des Hofmarschalls in der Rückfahrt der Gäste nach dem Schloß stattfinden mußte.

Doch Elisabeth kümmerte sich wenig um den Wirrwarr, sondern hielt Maria fest und bestieg mit ihr den Galawagen.

Mit ernstem Gesicht dankte sie nach allen Seiten für die Hochrufe. Aber sie schien die Menschenmenge, die sich auf den Straßen staute, gar nicht zu sehen. Ihr Blick ging ins Leere, und mit tonloser Stimme sagte sie zu ihrer Nichte:

»Er hätte nicht ja sagen sollen – sie hat ihn im letzten Augenblick noch gewarnt, sie hat ihm die Hand auf den Mund gelegt, um das Ja zu ersticken, die weiße Frau der Habsburger, aber er hat es doch noch hervorgebracht.«

»Du hast mit offenen Augen geträumt, Tante Sissi«, versuchte Maria zu trösten.

Doch die Kaiserin fuhr aufstöhnend fort:

»Mein armer, armer Rudi! – Nun ist sein Schicksal besiegelt! – Und ich, die Mutter, ich mußte die Hände in den Schoß legen und konnte nicht helfen! – Wie mit eisernen Klammern war ich an den Stuhl gefesselt! Begreifst du nun, was ich gelitten habe? – Kannst du verstehen, daß ich am Zusammenbrechen bin?«

Maria suchte nach Worten, die die Verzweifelte aufmuntern und trösten sollten. Sie fand keine. Ihr war angst und weh zumute bei dem Gedanken, daß sich die düsteren Ahnungen der Kaiserin erfüllen sollten.

Sie atmete deshalb auf, als sie endlich in der Hofburg ankamen, wo der Kaiser auf seine Gemahlin wartete, sie sofort in Empfang nahm und sich nach ihrem Ergehen erkundigte.

Doch Elisabeth wehrte seine Teilnahme ab, streifte ihn mit einem vorwurfsvollen Blick, der ihm deutlich ihre Gedanken verriet.

»Du hättest mir das ersparen können«, las er in ihren anklagenden Augen.

Stumm zuckte er die Schultern und reichte ihr seinen Arm. Er verstand, wie schon oft, Elisabeth auch diesmal nicht und gab sich deshalb nicht die Mühe, Elisabeth versöhnlich zu stimmen. Der Zwischenfall während der Trauung war ihm dem belgischen Königspaar gegenüber peinlich, um so mehr, da sich die Königin von Belgien sehr mißbilligend darüber geäußert hatte, daß Elisabeth während der Fahrt zur Kirche kein Wort mit ihr gesprochen habe.

Franz Joseph tat zwar alles, um Elisabeth den hohen Gästen gegenüber zu entschuldigen und zu verteidigen, aber in seinem Inneren grollte er ihr und fand am Hochzeitstag des Sohnes weder für diesen noch für die geliebte Frau ein warmes, herzliches Wort.

Nur zu Stephanie sprach er in väterlichem Wohlwollen, damit sie die Angst verlieren sollte, mit der sie der Zukunft an diesem Hof entgegensah.

Doch heimlich gestand er sich ein, daß es auch ihm unbehaglich zumute war, wenn er in Rudolfs Augen schaute, in denen gar oft ein gefährliches, vom Haß gegen sein Schicksal geschürtes Feuer aufblitzte – und wenn er die eifersüchtigen Blicke seiner jungen Schwiegertochter beobachtete, mit denen sie jede Bewegung des Gatten verfolgte.

*　　*
*

Auch Erzherzog Johann Salvator und seine Mutter nahmen an den Hochzeitsfeierlichkeiten teil.

Über das gütige, noch immer schöne Gesicht der Großherzogin von Toskana huschte ein strahlendes Lächeln, als sie dem Sohne gegenüberstand und er ihr die Hände küßte.

»Das Prüfungsjahr ist um, Johann. Hast du es gut genützt –?« scherzte sie.

»Ja, Mutter!«

»Und welchen Bescheid wirst du mir geben?«

»Den gleichen wie damals, Mutter! Milly oder keine! Hast du eine andere Antwort erwartet?«

Die Großherzogin schüttelte langsam den Kopf.

»Nein, Johann, denn Männer deiner Art verschenken ihr Herz, wenn sie lieben, ganz. Du gehörst nicht zu jenen, bei denen die Liebe nur ein Rausch, nur das flüchtige Aufflammen einer kurzen Leidenschaft ist. Für dich bedeutet die Liebe das große Erlebnis deines Herzens, das dich bis zum Tode glücklich – oder namenlos elend machen wird.«

Wieder leuchteten Johann Salvators Augen hell auf. Und während er stürmisch die Hände seiner Mutter mit festem Druck umfaßte, erklärte er: »Ich bin namenlos glücklich, Mutter – und werde es auch bleiben.«

»Und sie – deine Milly?«

»Sie ist es mit mir, Mutter, obwohl sie weiß, daß noch große Hindernisse unserer Vereinigung entgegenstehen. Aber ich habe Mut, Mutter, und werde die Hindernisse niederreißen.«

»Du willst also dieses bürgerliche Mädchen heiraten?«

»Ja, Mutter!«

»Dann wirst du sehr große Opfer bringen müssen, Johann.«

»Lerne Milly kennen, Mutter, und du wirst verstehen, daß es mir nicht schwer werden wird, für sie jedes, aber auch jedes Opfer zu bringen.«

Sie sah davon ab, ihm noch einmal ins Gewissen zu reden und ihn an seine Standespflichten zu erinnern.

»Nur eins versprich mir, Johann«, bat sie, »heirate nicht hinter dem Rücken des Kaisers – nicht in aller Heimlichkeit. Sei offen und ehrlich. Bekenne ihm deine Liebe und bitte um seine Einwilligung.«

»Dazu war ich sowieso entschlossen, Mutter. Am liebsten möchte ich noch heute mit dem Kaiser sprechen.«

»Gott gebe, daß er deinen Wünschen gnädig gesinnt ist, Johann!«

»Und wenn er es nicht ist, Mutter, so bleibt mir trotzdem mein Glück mit Milly! – Wenn ich auch alles andere: Rang und Stellung, die Gnade des Kaisers und die Freundschaft des Kronprinzen, verlieren sollte – eins soll mir keine Macht der Erde rauben können, und das ist meine Verbundenheit mit Milly. Mag kommen, was will – ich werde alles ertragen, alles hinnehmen, wenn mir nur Milly bleibt.«

»Wie schön und gut und lieb muß sie sein, daß sie meinen großen Jungen so für sich eingenommen hat!«

Stürmisch drückte Johann Salvator die geliebte Mutter an sich und jubelte:

»Ich bin ja so glücklich, so unbeschreiblich glücklich! Nur eins fehlt mir noch zur Vollkommenheit und das ist deine restlose Zustimmung, Mutter. Ich wünsche mir nichts sehnlicher, als daß auch du mir sagst, Milly sei die rechte Frau für mich. Auch du sollst sie ebenso lieben, wie ich sie liebe, deshalb bitte ich dich nochmals herzlichst, komm mit nach Nizza und lerne Milly kennen.«

»Aber du hast doch keinen Urlaub, Johann –«

»Wenn du den Kaiser bittest, daß er deinem Sohn ein paar Wochen Urlaub geben soll, damit er dich auf einer Erholungsreise begleiten kann, so wird er nicht nein sagen. Du weißt doch, daß er dir keine Bitte abschlägt.«

»Aber das wäre doch –«

»– eine kleine Kriegslist, Mutter! Und die ist in jedem Kampf erlaubt.«

»Wenn der Kaiser nun an eine solche Urlaubsbewilligung Bedingungen knüpft, Johann –?«

Verwundert horchte der Erzherzog auf.

»Was für Bedingungen –?«

»Nun, es könnte sein, daß er von mir fordert, meinen ganzen Einfluß auf dich geltend zu machen, um dich von diesem Bürgermädchen freizubekommen.«

Johann lächelte verschmitzt.

»Auf diese Bedingung könntest du ruhig eingehen, Mutter, da wir dann eben am Schluß unseres Urlaubes erklären würden, daß alle deine Bemühungen umsonst gewesen sind. Also, sei lieb und gut, Mutter, wie du es bisher immer gewesen bist, und erfülle mir meine Bitte. Laß uns zusammen nach Nizza reisen und dort mit Milly und den Ihren zusammentreffen.«

Die Großherzogin schaute nachdenklich vor sich hin. Doch als sie dann dem bittenden Blick des Sohnes wieder begegnete, da lächelte sie und entgegnete: »Gut, ich werde mein Heil versuchen, Johann!«

Beglückt küßte er ihre Hände.

»Ich wußte ja, daß du nicht nein sagen würdest, du beste aller Mütter.«

Eine Weile saßen sie noch zusammen und schmiedeten Pläne, dann trennten sie sich. Die Großherzogin suchte den Kaiser auf, um noch während des Festes mit ihm zu sprechen, denn diese Stunden schienen ihr für die Wünsche des Sohnes am geeignetsten.

Und sie erreichte auch, daß er ihre Bitte erfüllte und dem Erzherzog Urlaub gewährte.

* *
*

Nun waren sie Mann und Frau! Und zum erstenmal allein!

Stephanie hatte die Kammerfrauen und die Zofe fortgeschickt, als sie ihr beim Ablegen des Brautschleiers und des Brautkleides behilflich sein wollten.

Auch Mutter und Schwester hatte sie abgewehrt und dringend gebeten, sie allein zu lassen.

Nun saß sie mit klopfendem Herzen und fieberheißem

Gesicht vor dem großen, dreiteiligen Toilettenspiegel und starrte ihr Bild an.

Dabei lauschte sie mit verhaltenem Atem nach dem Nebenzimmer, wo sie Rudolf, ihren jungen Gatten, auf und ab gehen hörte.

Nun gehörte er ihr, nun war er für immer an sie gebunden, und nur der Tod konnte sie scheiden.

Ein leises, zaghaftes Lächeln huschte bei diesem Gedanken um ihren Kindermund.

»Ich habe ihn ja so lieb – ich warte auf ihn–« flog es ihr durch den Sinn.

Und zum erstenmal an diesem Tage wurde ihr bräutlich zumute. Alle quälenden, marternden Gedanken, die ihr das Herz so unsagbar schwer gemacht hatten, tauchten in ein Nichts zurück, vor der Seligkeit, daß ihr nun der Mann gehörte, den sie vom ersten Sehen an geliebt hatte.

Als sie ein Klopfen an der Türe hörte, begann sie zu zittern und hatte kaum die Kraft, ein leises »Herein!« zu rufen.

Rudolf trat über die Schwelle. Er hatte die Galauniform mit der bequemen Litewka vertauscht, und Stephanie kam mit einem Male zum Bewußtsein, daß sie ja nun zu Hause war.

»Du bist noch im Brautkleid?« fragte er verwundert.

»Oh, Pardon, dann will ich nicht stören!«

Da aber eilte Stephanie auf ihn zu und hielt ihn fest. Mit bittendem Blick schaute sie ihn an.

»Bleibe! Geh nicht wieder fort!«

Er zögerte.

»Aber –«

»Ich werde gleich Kranz und Schleier ablegen, Rudi. Sei nicht böse, daß es noch nicht geschehen ist, doch ich wollte keine fremden Menschen um mich sehen. – Es waren ja heute so viele um uns – ich sehnte mich nach Alleinsein, nach Ruhe und Stille!«

»Dann ist es wohl das beste –« und wieder wandte sich Rudolf der Türe zu.

Abermals hielt Stephanie ihn fest und flüsterte, während sie abwechselnd blaß und rot wurde:

»Kannst du – willst du mich denn nicht verstehen, Rudi? Ich sehnte mich nach dem Alleinsein mit dir. Du mußt bei mir bleiben – ich habe ja solche Angst vor der Einsamkeit in diesen Räumen, in denen ich noch fremd bin. Hilf mir doch, daß ich heimisch werde.« Dabei griff sie nach dem Diadem, das den Brautschleier hielt, und löste es rasch. Auch den Schleier nahm sie fort und lächelte verlegen. »Habe nur ein wenig Geduld, dann bin ich rasch umgezogen –«

Ihre Stimme hatte einen so bittenden und schmeichelnden Ton, daß Rudolf nachgiebig gestimmt wurde und lächelte, als sie hinter einer spanischen Wand verschwand und sich dort auskleidete.

»Du darfst ruhig rauchen, Rudi«, redete sie hastig weiter. »Auch eine Flasche Sekt steht kalt. Willst du ein Glas trinken?«

»Gern!«

»Ich möchte auch eins haben, Rudi. Dann setzen wir uns zusammen und plaudern noch ein wenig, nicht wahr? – Wir haben ja heute bei der Tafel so wenig Zeit dazu gefunden. Immerfort mußten wir auf die gräßlich langen Trinksprüche hören. Es war manchmal so langweilig, daß ich Mühe hatte, das Gähnen zu unterdrücken.«

Rudolf mußte über dieses offene Bekenntnis lachen und meinte: »Mir ist es nicht anders ergangen, Steffi, aber es blieb uns armen Opfern ja nichts anderes übrig, als auszuhalten.«

Stephanie zuckte zusammen, als sie das Wort »Opfer« hörte. Schon wollte ihre weiche Stimme verfliegen, da knallte der Sektpfropfen und Rudolf sagte:

»Beeile dich, damit wir anstoßen können, Steffi!«

Doch sie seufzte und meinte:

»Du mußt schon noch Geduld haben, Rudi. Es ist doch schwerer als ich dachte, sich ohne Kammerfrau behelfen zu müssen.«

Rudolf antwortete nicht, sondern starrte nachdenklich in das Sektglas. Seine Gedanken eilten weit fort, zurück in jene Tage, da er von der Liebe berauscht, von Küssen schöner Frauen trunken gewesen war.

Nun stand dort hinter jener spanischen Wand seine Frau und wartete darauf, daß er sie in seine Arme nehmen sollte.

Unwillig schoben sich seine Brauen zusammen, und schon war er im Begriff, davonzueilen, da trat Stephanie auf ihn zu.

Sie trug ein hellblaues, seidenes, mit kostbaren Brüsseler Spitzen besetztes Négligé und schaute ihn so hilflos wie ein Vöglein an, das sich verflogen hat. Da wurde Mitleid in ihm wach.

Gott, sie war ja noch ein Kind!

Wie konnte er zu ihr nur so hart und barsch sein.

Ein paar Herzschläge lang war es still zwischen ihnen.

Dann siegte die weiche Regung, die Rudolfs Sinn in dieser Stunde umgewandelt hatte. Er streckte seine Hände nach Stephanie aus, umfaßte sie und zog sie an sich.

»Bist du mir noch böse?« fragte er leise.

Verwundert schaute sie ihn an. Sie begriff nicht sofort, was er mit dieser Frage meinte.

Da fuhr er lächelnd fort:

»Leicht habe ich dir die Zukunft an meiner Seite nicht geschildert, Steffi, und manche andere an deiner Stelle hätte einem solchen ungalanten Freier, wie ich es gewesen bin, wohl den Laufpaß gegeben –«

»Aber das durfte ich doch nicht, Rudi«, fiel Stephanie hastig ein. »Papa wollte, daß ich Kronprinzessin von Österreich werden sollte.«

»Ja, ja, ich weiß, daß wir beide von allen Seiten zu dieser Verbindung gezwungen worden sind, aber wir wollen uns deshalb heute das Herz nicht schwer machen. Wenn du mir versprichst, Steffi, immer vernünftig zu sein, dann sollst du einen guten Ehemann an mir haben.«

Ihre Lippen, die bereit gewesen waren, sich ihm zum Kuß darzubieten, verzogen sich.

Erschrocken wehrte er ab.

»Um Gottes willen, Stephanie, fange jetzt nicht zu weinen an. Hier – trinke! – Laß uns anstoßen auf ein leidlich gutes Zusammenleben.«

Sie nahm das Glas aus seiner Hand, hob es ihm entgegen und stammelte, mühsam die Tränen hinunterschluckend:

»Auf – auf – ein sehr gutes Zusammenleben, Rudi!«

Rudolf trat zu ihr und strich ihr leicht über das Haar.

»Weine nicht, Steffi, sonst laufe ich dir davon – und das wirst du doch nicht wollen«, sagte er mit mühsam erzwungener Herzlichkeit.

Da erhob sie sich jäh, schlang in einer leidenschaftlichen Aufwallung die Arme um seinen Hals, schmiegte sich an ihn und flüsterte zwischen Lachen und Weinen:

»Nein, nein, du darfst mich nicht allein lassen, du mußt bei mir bleiben, mußt gut zu mir sein. Ich habe dich ja über alles lieb, und ich will ja so werden, wie du mich haben willst – ich will immer lieb zu dir sein, aber du mußt es auch zu mir sein.«

Sie küßte ihn so stürmisch und heiß, daß er zu keiner Erwiderung kam, sondern willig ihre Liebkosungen über sich ergehen ließ.

Und da ihm der Sekt zu Kopfe gestiegen war, fand er Stephanie gar nicht so häßlich wie vordem und küßte sie wieder.

So endete dieser Tag, vor dem sich Rudolf und Stephanie gefürchtet hatten, in einem harmonischen Ausklang, der die

Hoffnung erweckte, daß sich die unzähligen guten Wünsche, die dem jungen Paar entgegengebracht worden waren, erfüllen würden.

— — — — — — — —

Kaum hatte sich das junge Paar von dem lauten Festtrubel zurückgezogen, da hielt es auch Kaiserin Elisabeth nicht mehr im Saale aus.

Sie bat deshalb ihren Gatten, sich zurückziehen zu dürfen. Da sie maßlos elend aussah, kam der Kaiser sofort ihrem Wunsche nach und verließ mit ihr das Fest.

Während in dem Festsaal der Ball weiterging, eilte Elisabeth nach ihren Gemächern und streifte, von heftigem Widerwillen erfaßt, das Festkleid von sich.

Nicht einen einzigen Blick warf sie in den hohen Toilettenspiegel. Es war, als könnte sie sich in dem festlichen Anzug nicht sehen.

Nachdem sie eine Weile in völliger Erstarrung, ganz ihren düsteren Ahnungen hingegeben, in einem Lehnstuhl gesessen hatte, erhob sie sich und verließ das Zimmer.

Auf leisen Sohlen huschte sie nach den Gemächern ihrer jüngsten Tochter Valerie, die längst schlafen geschickt worden war.

Lächelnd lag die junge Prinzessin in den Kissen und träumte – wohl von dem Glanz und der Pracht des heutigen Hochzeitsfestes, träumte vielleicht von einem Königssohn, der einmal kommen würde, um sie zu holen.

Unwillkürlich legte Elisabeth ihre Arme um die Schlafende. Nein, sie wollte heute noch nicht daran denken, daß auch dieses Kind einmal aus ihrem Hause gehen würde. Bitter fühlte Elisabeth, daß sie bei Giselas Heirat und auch heute bei Rudolfs Hochzeit ein Stück ihres Herzens opferte. Und sie würde sich sehr arm vorkommen, wenn auch Mutzerl, die ihr vom ersten Tage ihres Lebens an ganz gehört hatte, sich einmal von ihr löste.

Das Kind schien zu ahnen und zu fühlen, daß die Mutter an seinem Bett stand und litt.

Es reckte und dehnte sich, öffnete die Augen, schaute blinzelnd ins Licht und streckte, als es die geliebte Mutter erkannte, sehnsüchtig seine Hände nach ihr aus.

»Mami – du bist bei mir! Oh! Wie schön!«

Zärtlich streichelte Elisabeth das vom Schlaf gerötete Kindergesicht und hauchte einen Kuß auf den kleinen Mund.

»Schlafe weiter, Mutzerl, und träume schön.«

»Das habe ich schon, Mami. Ich war das Dornröschen, und ein Prinz kam und küßte mich. Wird einmal ein Prinz kommen und mit mir Hochzeit halten, Mami?«

»Sicherlich, mein Kind. Aber bis dahin ist es noch lange Zeit.«

»Meinst du? Ich bin doch aber schon dreizehn Jahre alt und Steffi ist siebzehn. Oder glaubst du, daß ich länger warten muß als Steffi?«

»Ich hoffe es, Mutzerl, denn ich möchte dich nicht schon so bald hergeben, sondern recht, recht lange behalten.«

Zärtlich schmiegte sich die kleine Prinzessin an die Mutter und fragte:

»Bist du sehr traurig, weil Rudolf geheiratet hat, Mami?«

Elisabeth nickte unter Tränen.

»Aber er bleibt doch in Wien. Mami. Wir werden immer mit ihm und Steffi zusammen sein. Oder ist es wahr, was Gisela heute zu ihrem Mann sagte, daß du die Belgierin nicht magst?«

Elisabeth erschrak.

»Um Himmels willen, Liebling, plaudere so etwas nicht nach. Hörst du? Du darfst zu keinem etwas davon erzählen.«

»Magst du die Steffi wirklich nicht, Mami?«

»Doch, Mutzerl, ich werde die Steffi auch liebhaben. Aber schau, wir kennen sie noch zu wenig, und da braucht es einige Zeit, bis man sich aneinander gewöhnt hat.«

»Warum hast du heute in der Kirche während der Trauung so bitterlich geweint, Mami? – Mir ist ganz angst dabei geworden.«

»Jede Mutter wird weinen, wenn eins ihrer Kinder aus dem Hause geht, Mutzerl. Sie möchte doch am liebsten alle für sich behalten. Doch laß uns jetzt nicht mehr länger davon reden, Mutzerl. Du mußt wieder schlafen.«

»Ich möchte aber so gern noch mit dir plaudern, Mami.«

»Morgen, Mutzerl –«

»Wirst du da Zeit für mich haben, Mami? – In den letzten Wochen hast du dich so wenig um mich gekümmert.«

Liebevoll schloß Elisabeth ihr Kind in die Arme.

»Sei nicht traurig, Mutzerl, wir holen das Versäumte bald nach. Wir werden wieder reisen, irgendwohin, wo wir nur für uns leben können, wo wir keine Verpflichtungen haben oder auf andere Rücksicht nehmen müssen.«

»Du willst schon wieder fort von Wien, Mami? Dann soll ich Papi wieder Wochen und Monate nicht sehen?«

»Aber du hast doch mich, Mutzerl!«

Zärtlich schlang die Prinzessin beide Arme um den Hals der Mutter.

»Ja, ich habe dich, Mami, und das ist wunderschön – ich möchte immer und immer – vom frühen Morgen bis zum späten Abend mit dir zusammensein, ich möchte mich gar nicht von dir trennen. Aber ich habe auch Vati lieb, sehr lieb, und ich möchte immer mit euch beiden zusammensein. Laß uns deshalb nicht von Wien fortgehen, Mami –«

Bei den leidenschaftlichen Bitten der kleinen Prinzessin hatten Elisabeth und auch Valerie völlig überhört, daß sich leise die Türe geöffnet hatte und Franz Joseph ins Zimmer getreten war.

Betroffen blieb er an der Türe stehen und wartete auf Elisabeths Antwort.

Sie legte das Kind in die Kissen zurück und versuchte, es zu beruhigen.

»Sei jetzt still, mein Liebling, und versprich mir, ganz brav zu sein und sofort wieder zu schlafen. Morgen wollen wir dann über alles weitere reden.«

Gehorsam kuschelte sich das Kind in die Kissen, sagte aber noch in bittendem Ton:

»Bleibe in Wien, Mami, bei Papi! Er ist ja sonst so allein.«

Elisabeth preßte die Lippen zusammen. Die Bitte des Kindes bewegte sie tiefschmerzlich.

Sie war bereits fest entschlossen, so rasch wie möglich wieder abzureisen, denn sie hatte in diesen Tagen bedrückend gespürt, wie neues Fremdsein zwischen ihr und Franz Joseph stand. Aber davon konnte sie dem Kinde nichts erzählen. Mutzerl war noch viel zu jung, um das zu verstehen.

»Schlafe jetzt«, drängte sie aufs neue.

Da schloß das Kind gehorsam die Augen und schwieg.

Ebenso leise wie Franz Joseph gekommen war, zog er sich zurück.

Elisabeth aber blieb noch so lange am Bett des Kindes stehen, bis tiefe Atemzüge verrieten, daß es wieder eingeschlafen war. Dann erst ging sie.

Als sie ihr Boudoir betrat, blieb sie betroffen auf der Schwelle stehen, denn sie sah Franz Joseph in einem der Lehnstühle sitzen.

Er erhob sich sofort und ging ihr entgegen.

Sein Gesicht hatte einen traurigen Ausdruck.

»Was ist dir?« fragte sie erschrocken. »Hast du eine unangenehme Nachricht erhalten?«

Franz Joseph nickte, faßte ihre Hände und antwortete ernst: »Allerdings, Sissi!«

»Warum?«

»Weil du schon wieder von Wien fortgehen willst.«

Sie wurde verlegen und wich seinem Blick aus.

»Du weißt bereits?« stammelte sie.

»Ein Zufall – ich suchte dich und traf dich bei Mutzerl.«

»Du hast uns belauscht, Franzl?«

»Nicht mit Absicht, Sissi! Aber was ich hörte, hat mir sehr weh getan.«

»Ich kann nicht anders, Franzl, mich treibt es von hier fort. Ich will nicht Zeugin einer unglücklichen Ehe werden.«

»Sissi – Sissi – warum quälst du dich mit so schweren Gedanken?«

Vorwurfsvoll schaute sie ihn an und stieß hastig hervor: »Warum hast du meine Bitte nicht erfüllt und Rudolf von dieser Verbindung zurückgehalten?«

»Aber, Sissi, wollen wir denn wieder davon sprechen und in Differenzen kommen? Ich sehne mich so sehr nach Frieden, sehne mich nach einem glücklichen Zusammenleben mit dir und den Kindern – und es wird glücklich werden, wenn du bleibst, wenn du dein ruheloses Leben aufgibst.«

»Ich kann nicht.«

»Auch nicht, nachdem Valerie dich so innig gebeten hat –?«

»Was weiß das Kind davon, wie es in mir aussieht!«

»Ist es denn so schlimm, Sissi?«

»In mir ist alles zerbrochen!«

»Und mit all meiner großen Liebe kann ich nichts mehr gutmachen, Sissi?«

Elisabeth hatte sich von seinen Händen freigemacht, war ans Fenster getreten und starrte in die Nacht hinaus.

»Du hast deine Arbeit, hast deine Pflichten, Franzl. Immer schon standen sie trennend zwischen dir und mir – wir sind uns fremd geworden. Ich bin müde geworden, Franzl, kampfmüde – laß mich also meine eigenen Wege gehen.«

»– die so weit ab von den meinen führen, Sissi!« warf er bitter ein.

»Leider läßt sich daran nichts ändern.«

»Wenn du den guten Willen hättest, Sissi –«

Abwehrend hob sie beide Hände.

»Laß das! Es ist zwecklos, darüber zu sprechen. Du wirst mich nicht mehr in meinem Entschluß wankend machen können. Ich muß – ich will fort von Wien –«

»Und ich werde wieder einsam sein, Sissi. Hast du gar kein Erbarmen mit mir?«

Sie schaute ihn vorwurfsvoll an und fragte:

»Hast du mit mir Erbarmen gehabt, als ich dich bat, Rudolf nicht in diese Ehe zu zwingen?«

»Aber, Sissi, vergißt du schon wieder, daß es bei dieser Heirat um alles ging? Finde dich doch endlich mit dieser Tatsache ab, daß Stephanie unsere Schwiegertochter geworden ist.«

»Ich werde immer und immer nur die drohenden Schatten des Unglücks über Rudolfs Haupt sehen.«

»Mein Gott, damit erschwerst du dir – mir – und auch Rudolf das Leben, Sissi! Sei doch endlich vernünftig! Rudolf ist es ja auch! Ich habe mich über ihn heute seit langer Zeit wieder einmal von ganzem Herzen gefreut, denn er scheint auf dem besten Wege zu sein, sich mit seinem Los abzufinden. Und da Stephanie ihn liebt, wird bestimmt alles ins rechte Gleis kommen. Übers Jahr, wenn wir einen Enkel in den Armen halten – und Gott gebe, daß sich diese Hoffnung erfüllt –, werden wir über alle Sorgen und Bedenken, mit denen du uns heute das Herz schwer gemacht hast, lachen, Sissi, und deshalb bitte ich dich, sieh auch du den Sonnenschein, den uns der heutige Tag gebracht hat. Warum bist du so verbittert, Sissi –?«

»Weil ich dieses Leben hasse!« brauste sie mit blitzenden Augen auf. »Ja, ja, ich hasse es immer mehr«, fuhr sie leidenschaftlich fort. »Was sind wir denn? Marionetten, die keinen eigenen Willen haben! Das Hofgesetz schreibt vor, daß wir –«

»Sissi, Sissi, um Himmels willen höre auf!« unterbrach er sie erregt. »Siebenundzwanzig Jahre sind wir nun verheiratet, und immer noch führst du die gleichen Klagen! Kannst du denn nie zur Ruhe kommen?«

»Hier in der Hofburg niemals, Franz, deshalb treibt es mich fort. Ich ersticke in dieser Luft –«

Franz Joseph wandte sich ab.

»Dann geh! Ich halte dich nicht!«

Mit müden Schritten verließ er das Zimmer. An der Tür wartete er noch, daß Elisabeth ihn zurückrufen würde.

Aber sie war auf den Diwan gesunken und hörte nicht, daß Franz Joseph leise die Tür ins Schloß drückte.

Still und reglos lag sie da und überließ sich ihren wild hetzenden Gedanken. Deutlich spürte sie, daß sie wieder an einer entscheidenden Wende ihres Lebens stand.

*   *
*

Erzherzog Johann Salvator hatte seine Mutter inständig gebeten, sofort mit ihm nach Nizza abzureisen. Sie gab seinem Drängen nach, damit er endlich wieder einmal eine Freude haben sollte.

In Nizza angekommen, galt Johann Salvators erste Sorge seiner geliebten Mutter, die er gut unterbringen wollte.

Er fand außerhalb des Ortes in einer kleinen, vornehmen Villa Räume, die ganz seinen und seiner Mutter Wünschen entsprachen. Als alles in bester Ordnung war, eilte er zu Milly, um sie endlich in seine Arme zu schließen.

Die untergehende Sonne schuf eine zauberhafte schöne Stimmung, tauchte die weißen Villen in ein goldenes Licht und ließ das Meer wie einen leuchtenden Smaragd erscheinen.

Je näher Johann Salvator seinem Ziel kam, um so rascher und sehnsüchtiger klopfte sein Herz. Er freute sich unbeschreiblich auf die Überraschung, die er Milly mit seinem Besuch bereiten würde.

Kurz vor dem Hause blieb er stehen und lauschte.

Er hörte leises Klavierspiel. Schubertsche Musik.

Er kannte diesen meisterhaften Anschlag genau. Papa Stubel spielte.

Johann Salvator lächelte beglückt. Wenn der Kranke wieder die Kraft hatte, sich an sein geliebtes Instrument zu setzen und zu spielen, dann mußte er sich auf dem Weg der Besserung befinden.

Schon wollte Johann Salvator vorwärtseilen, da vernahm er plötzlich Millys Stimme.

Johann Salvator hielt den Atem an, schlich sich dicht unter das Fenster der Villa, lehnte sich an die Mauer und lauschte dem Gesang. Dann bückte er sich, schnitt von dem blühenden Rosenstrauch eine dunkelrote Knospe ab und warf sie durch das offene Fenster.

Von innen war ein leiser, erschreckter Ruf zu hören.

Dann trat Milly ans Fenster.

Kaum erblickte sie den Geliebten, da jubelte sie auf.

»Johann – mein Johann–!«

Und ehe er noch recht wußte, was geschah, hatte sie sich auf das Fensterbrett geschwungen – ein rascher, kühner Schwung – und schon war sie an seiner Seite.

»So hat mich meine Ahnung also doch nicht betrogen, Liebster, den ganzen Tag über war eine heimliche Freude in mir, als müßte mir heute etwas Besonderes geschenkt werden. Nun bist du gekommen! Kann es eine größere Freude für mich geben?«

Er zog sie zärtlich an sich. »Ich bin ja so froh, daß ich wieder bei dir bin, Milly. Meine Sehnsucht war übergroß!«

Und innig küßte er sie.

Inzwischen waren auch Papa Stubel und seine Gattin ans Fenster gekommen und winkten dem Besucher lächelnd zu.

»Das ist ja eine freudige Überraschung, Hoheit«, rief Papa Stubel.

Milly schob rasch den Arm unter den des Geliebten und zog ihn mit sich ins Haus, wo sich die herzliche Begrüßung wiederholte. Erst als sich der Sturm etwas gelegt hatte, rief Milly:

»Du siehst heute so strahlend, so zuversichtlich aus, Johann! Irgend etwas Besonderes ist geschehen, sonst würdest du nicht so leuchtende Augen haben.«

»Du hast es erraten. Ich habe heute eine besondere Überraschung für dich, Liebling«, erwiderte er.

»Eine besondere Überraschung?«

Auch Herr und Frau Stubel schauten erwartungsvoll den Erzherzog an, und Frau Stubel drängte:

»Spannen Sie uns nicht länger auf die Folter, lieber Johann, sagen Sie uns endlich, was sich in den letzten Tagen ereignet hat.«

»Meine Mutter ist mitgekommen. Sie will nur mein Glück und soll dich kennenlernen, Milly, damit sie erst ganz versteht, daß ich von dir nicht wieder lassen kann.«

»Aber wenn ich ihr nun nicht gefalle, Johann?« wandte Milly verzagt ein.

Er lachte sie aus.

»Dummchen, du, warum solltest du ihr nicht gefallen? Gerade so wie du bist, hat sie sich ja immer ihre Schwiegertochter gewünscht.«

»Doch sie wird wohl niemals auf den Gedanken gekommen sein, daß du einmal eine Bürgerliche zu deiner Frau erwählen würdest.«

»Mit dieser Tatsache hat sie sich bereits abgefunden, Milly. Also sorge dich nicht, mein Lieb, mache dir mit törichten Gedanken nicht das Herz schwer, sondern freue dich mit mir, daß meine Mutter unsere Pläne beim Kaiser unterstützen wird. – Und nun komm mit. Der Abend ist so zauberhaft schön.«

Da hing sie sich mit glückseligem Lachen an seinen Arm und verließ mit ihm das Haus. –

Es war am anderen Tag.

Großherzogin Margarete von Toskana saß auf der Terrasse der unbeschreiblich schön gelegenen kleinen Villa und schaute erwartungsvoll die Straße entlang, auf der ihr Johann mit seiner Braut kommen sollte. Da sah sie plötzlich die schlanke, hochgewachsene Gestalt einer Dame auftauchen, der in respektvoller Entfernung eine andere Dame folgte. Die Großherzogin beugte sich näher an die Brüstung der Terrasse, um besser sehen zu können.

Im gleichen Augenblick sah die Spaziergängerin auf und warf einen Blick nach der Villa.

»Elisabeth!«

»Margarete!«

Beide schauten sich lächelnd und überrascht an.

»Du bist hier, liebste Margarete?« rief die Kaiserin, freudig erregt. »Das hätte ich mir nicht träumen lassen!«

Mit verlegenem Lächeln erklärte die Großherzogin:

»Ich bin Johann zuliebe mit hierhergereist, Elisabeth.«

»So ist auch er hier in Nizza?« forschte die Kaiserin weiter. »Wo ist er?«

»Ich glaube, er wird jeden Augenblick kommen –«

Elisabeth horchte auf. »Du bist seltsam erregt, Margarete. Hat mein unerwartetes Erscheinen dich erschreckt? Komme ich dir ungelegen?«

»Mir nicht, Sissi. Ich freue mich sehr, dich hier begrüßen

zu können, aber du wirst uns vielleicht zürnen, wenn du erfährst, weshalb wir hierhergefahren sind.«

»Zürnen? Ich sollte euch zürnen?«

Da gestand die Großherzogin: »Johann will mir heute seine Braut bringen, Sissi!«

»Seine Braut?«

»Ja! Fräulein Milly Stubel befindet sich mit ihren Eltern seit einiger Zeit in Nizza.«

Erschrocken wehrte Elisabeth ab:

»Bist du mit dieser Liebschaft deines Sohnes einverstanden?«

»Es wird mir wohl nichts anderes übrigbleiben, Sissi! Johann liebt dieses Mädchen.«

»Aber er kann sie doch unmöglich heiraten. Ein Erzherzog – und – eine Tänzerin! Noch dazu eine ohne Namen! Nein, nein, das darf Johann Salvator uns nicht antun.«

»Fürchtest du, daß der Kaiser seine Einwilligung zur Heirat nicht geben wird, auch nicht, wenn ich für meinen Einzigen ihn darum bitte?«

»Niemals, Margarete!«

»Auch nicht, wenn du ein gutes Wort für meinen Sohn einlegen würdest?«

Erregt sprang die Kaiserin auf.

»Ich soll für Johann bei dem Kaiser bitten? – Nein – nein, das kann, das werde ich niemals tun.«

»Es geht um sein Lebensglück, Sissi!«

»Das wird er nie in einer Ehe mit einer Bürgerlichen finden«, brauste die Kaiserin auf. »Du – die Mutter – mußt ihm das mit aller Deutlichkeit klarmachen. Er darf nicht unter seinem Stand heiraten.«

»Dein Bruder hat es ja auch getan und mancher andere Prinz ebenfalls. Soll ich meinen Sohn in eine liebeleere Ehe hineinhetzen, wie man den deinen dazu gedrängt hat, Sissi?«

gab die Großherzogin in vorwurfsvollem Ton zurück. »Nein, Sissi, das kannst du – das kann auch der Kaiser nicht von mir verlangen. Ich will meinen einzigen Jungen einmal glücklich wissen, wenn ich von dieser Welt abgerufen werde. Mag kommen, was will, ich lasse Johann selbst entscheiden.«

Elisabeth setzte sich wieder und sah sehnsüchtig vor sich hin. »Es muß schön sein, seine Kinder im Glück zu wissen. Das wünschte ich mir auch.«

»Jede Mutter wünscht das«, fuhr die Großherzogin fort. »Deshalb zürne mir nicht, Sissi, weil ich den Bitten meines Sohnes nachgegeben habe und mit ihm hierhergefahren bin, um seine Braut kennenzulernen.«

»Was wird der Kaiser dazu sagen, wenn er alles erfährt –?«

»Da er selbst weiß, wie glücklich Liebe zu machen vermag, wird er sich schließlich besiegt geben, wenn die Liebenden treu und fest zueinander halten.«

»Nein, nein, Franz Joseph wird nie seine Zustimmung geben. Er ist der gütigste und beste Mensch, doch wenn einer von uns andere Wege gehen will, als sie uns vorgeschrieben sind, kann er hart und unerbittlich sein. Ich habe gerade jetzt schwere Kämpfe mit ihm gehabt, Margarete, da es sich um Rudolfs Glück handelte. Doch Franz Joseph blieb allen meinen Bitten gegenüber taub. Wenn ich dir also einen guten Rat geben darf, Margarete, dann sorge dafür, daß Johann Salvator seine Heiratspläne mit einer Bürgerlichen aufgibt, sonst fällt er in Ungnade.«

Bittend hob die Großherzogin die Hände und bettelte: »So hilf du mir, Johann zur Vernunft zu bringen. Ich bin ihm gegenüber viel zu schwach.«

Elisabeth lächelte nachsichtig und meinte:

»Welche Mutter wäre das nicht, Margarete! Aber leider erweisen wir mit unserer Schwäche unseren Kindern oft die allerschlechtesten Dienste.«

»Was soll ich tun?«

»Das weiß ich jetzt selbst nicht, Margarete! Es wird wohl nichts anderes übrigbleiben, als zunächst den Dingen ihren Lauf zu lassen. Du wirst also Milly Stubel empfangen. Du kannst ja durchblicken lassen, daß die Liebschaft hoffnungslos ist und der Kaiser auf keinen Fall seine Genehmigung zur Ehe geben wird. Vielleicht ist das Mädchen dann vernünftig und löst von sich aus das Verhältnis.«

Die Kaiserin erhob sich rasch, denn in der Ferne war eine Staubwolke zu sehen, die das Nahen eines Wagens ankündigte.

»Ich glaube, sie kommen, Margarete. Laß mich also gehen. Ich möchte beim Empfang nicht dabei sein.«

Großherzogin Margarete seufzte leise auf.

»Mir wäre es aber sehr lieb, wenn du hierbliebst, Sissi. Ich würde dann mehr Mut haben, Johann und dem Mädchen die Aussichtslosigkeit ihrer Verbindung klarzumachen.«

»Ich kann nicht bleiben«, entschied Elisabeth und wandte sich zum Gehen. »Erführe der Kaiser davon, dann würde er glauben, ich sei mit im Komplott. Nein, nein, ich kann und will mit Johann Salvators Angelegenheiten nichts zu tun haben.«

Nach einer flüchtigen Umarmung verließ sie das Zimmer und das Haus.

Verwirrt und ratlos blieb die Großherzogin zurück und schaute angstvoll nach dem Wagen, der näher und näher kam. Schon von weitem winkte Johann ihr freudig zu. Aber er wartete vergebens darauf, daß seine Mutter den Gruß erwiderte. Sie saß wie erstarrt da. Die Worte der Kaiserin hatten alle ihre Freude gedämpft; sie wünschte, dieser Begegnung mit Milly Stubel ausweichen zu können.

Das war jedoch nicht mehr möglich.

Schon vernahm sie Schritte und Stimmen, die sich der Terrasse näherten. Da raffte sie sich auf, zwang sich zu einem Lächeln und ging dem jungen Paar entgegen.

»Hier bringe ich dir Milly, Mutter«, sagte Johann mit aller Herzlichkeit.

Auge in Auge standen sich die beiden Frauen, von denen jede auf ihre Art Johann Salvator von ganzem Herzen liebte, gegenüber.

Milly wurde abwechselnd rot und blaß und beugte sich dann über die schmalen, weißen Hände der Großherzogin und preßte einen Kuß darauf. Dabei sagte sie wie um Verzeihung bittend:

»Hoheit, wir haben uns so lieb.«

Als die Großherzogin diese Worte hörte und dabei in das liebreizende, süße Gesicht Millys und in die reinen, treuen Augen sah, vergaß sie alle Mahnungen der Kaiserin Elisabeth. Sie zog Milly Stubel in ihre Arme, küßte sie und streichelte ihre blonden Locken.

»So also sieht sie aus, die meines Johannes großes Glück geworden ist?« sagte sie lächelnd.

»Gefällt sie dir, Mutting?« fragte er mit mühsam verhaltenem Jubel. »Sie muß dir ja gefallen, weil ich sie liebhabe!«

Sekundenlang huschte über das Gesicht der Großherzogin ein leiser Schatten. Ihr fielen wieder die ernsten Worte der Kaiserin ein.

Auch Millys Gesicht wurde ernst. Jetzt, wo sie dieser vornehmen, schönen alten Dame gegenüberstand, kam ihr mit erschreckender Deutlichkeit zum Bewußtsein, daß sie immer ein Eindringling in dieser Familie bleiben würde.

»Ich habe ja nicht geahnt, daß er ein Erzherzog ist!« stammelte sie. »Sonst wäre ich ihm vom ersten Tage unseres Kennenlernens an ausgewichen.«

»Aber Kind, Milly, du sollst nicht so reden!« fiel ihr Johann Salvator rasch ins Wort. »Du brauchst dich auch bei meiner

Mutter nicht zu entschuldigen! Eine Liebe wie die unsere, die ist eine Fügung Gottes. Da er unsere Herzen zusammengeführt hat, wird er uns auch alle Hindernisse, die jetzt noch unserem Glück entgegenstehen, überwinden helfen. Ein großer Sieg ist ja schon gewonnen, Milly! Du bist bei meiner Mutter, und sie wird unseren Bund segnen.«

Zärtlich legte er seinen Arm um Millys Schultern und sagte bittend zu seiner Mutter:

»Nicht wahr, du wirst uns segnen, damit wir Glück – recht viel Glück auf unserem gemeinsamen Lebensweg haben?«

Seine Worte übten einen so unwiderstehlichen Zwang auf die Großherzogin aus, daß sie nicht anders konnte, als ihre Hände auf die Häupter des jungen Paares zu legen und aus tiefster Überzeugung zu sagen:

»Ja, ich segne euren Bund, auf daß Gott ihn segnen möge! Und was in meiner Macht steht, um mit euch für euer Glück zu kämpfen, das will ich tun.«

Es wurde ein wundervoller, wurde der schönste Tag ihres bisherigen Lebens, den Milly Stubel mit Johann Salvator und dessen Mutter verbrachte. Stunde um Stunde verrann wie im Fluge. Alles Fremdsein fiel von ihnen ab.

Und Milly fühlte, daß sie das Herz der Großherzogin, genau wie einst das Johann Salvators, im Sturm erobert hatte. Das machte sie unendlich glücklich.

Dabei blieb sie so schlicht und bescheiden, wie es von jeher ihre Art gewesen war. Sie sah bildschön aus. Ihre Augen hatten ein Leuchten, das unwiderstehlich jeden fesselte, der es erschaute.

Kein Wunder also, daß sich die Großherzogin an dem liebreizenden Geschöpf nicht sattsehen konnte. Sie wies deshalb alle Bedenken, die durch den Besuch der Kaiserin in ihr wach geworden waren, zurück und bestärkte den Sohn in seinem Vorhaben, den Kampf um sein Glück aufzunehmen.

Triumphierend leuchteten Johann Salvators Augen auf. »Ich bin ja Soldat, Mutter«, erklärte er. »Und mag auch die Festung uneinnehmbar erscheinen, ich stürme sie doch! Der Kaiser wird kapitulieren müssen! Darauf kannst du dich verlassen!«

Die Großherzogin hütete sich, seine Siegesgewißheit zu erschüttern, und erzählte ihm deshalb nichts von dem Besuch der Kaiserin.

Natürlich wünschte sie nun auch Millys Eltern kennenzulernen. Man vereinbarte deshalb für den kommenden Tag ein zwangloses Zusammentreffen auf der Strandpromenade.

Mit einem frohen »Auf Wiedersehen« verabschiedete sich Milly am Abend von der Großherzogin und trat an Johanns Seite den Heimweg an. Johann Salvator preßte zärtlich ihren Arm an sich, beugte sich zu ihr, schaute sie fragend an und flüsterte:

»Ist mein Liebling nun glücklich?«

»Wunschlos glücklich, Liebster. Deine Mutter ist eine herrliche Frau.«

»Und du bist ihr ähnlich, Milly, deshalb habe ich dich so lieb –!«

Doch im gleichen Augenblick verstummte er und starrte erschrocken auf die schlanke, vornehme Dame, die ihnen entgegenkam.

Auch Milly erschrak, als sie die Näherkommende erkannte. »Die Kaiserin!« stammelte sie und wollte rasch ihren Arm aus dem Johann Salvators lösen. Doch er hielt sie fest.

Schon war die Kaiserin dicht vor ihnen.

Grüßend zog Johann Salvator den Hut und schaute die Kaiserin erwartungsvoll an, in der Hoffnung, daß sie ihn ansprechen und ihm Gelegenheit geben würde, ihr Milly vorzustellen.

Doch Elisabeth hielt rasch den Fächer vors Gesicht und ging, ohne zu grüßen, an dem jungen Paar vorüber.

Entgeistert starrte Johann Salvator ihr nach.

»Sie will dich nicht kennen! Sie will nicht angesprochen werden! Es wäre wohl auch zuviel des Glücks gewesen, Johann!« flüsterte Milly und kämpfte mit Tränen. »Allzuviel dürfen wir nicht verlangen, Johann. Es ist ja schon ein unermeßliches Glück, daß deine liebe, gütige Mutter uns wohl will.«

Langsam gingen sie nebeneinander weiter.

Johann Salvators Gesicht zeigte jetzt einen sehr ernsten Ausdruck, dann schüttelte er den Kopf und meinte:

»Nein, Milly, wir wollen uns diesen schönen Tag nicht verderben, uns im Glauben an den Sieg unserer Liebe nicht irremachen lassen.«

»Du mußt gegen eine große Macht kämpfen, Johann! Vergiß das nicht!«

»Ich bin nie feige gewesen! Außerdem sagt ein altes Sprichwort: Viel Feinde – viel Ehre. Ich nehme den Kampf auf und wiederhole dir nochmals, was ich bereits heute meiner Mutter gesagt habe: Ich werde siegen!«

* *
*

»Die Großherzogin will uns sprechen?«

Aufgeregt schaute Alois Stubel seine Frau an, die ihm davon berichtete, daß die Großherzogin von Toskana den Wunsch geäußert habe, Millys Eltern kennenzulernen.

Sie warteten auf der Strandpromenade.

Papa Stubel war heftig erregt. Immer wieder mußte er sich setzen, weil er eine Schwäche in allen Gliedern fühlte. Ab und zu bekam er auch einen quälenden Hustenanfall, so daß ihn seine Frau angstvoll anschaute.

Der Kranke schien die sorgenden Gedanken seiner Gattin zu erraten und meinte: »Hab nur keine Angst, es geht noch nicht ans Sterben.«

»Du sollst nicht so reden, Alois, ich will solche Worte nicht hören. Du mußt noch bei uns bleiben, du darfst jetzt nicht fortgehen. Du hast dich doch auch in den letzten Wochen so sehr wohl gefühlt.«

Der Kranke schloß sekundenlang die Augen und lehnte den Kopf ein wenig zurück.

»Ja, ich habe mich sehr wohl gefühlt«, murmelte er. »Hier verbrachte ich die schönste Zeit meines Lebens.«

»Vielleicht wäre es besser für uns, die Großherzogin wäre nicht gekommen, Alois, dann hättest du dich nicht so sehr aufgeregt.«

Stubel öffnete seine Augen wieder, seine Blicke irrten suchend umher.

»Ich möchte sie so gern noch kennenlernen, ich möchte so gern ein gutes Wort für Milly einlegen«, sagte er leise.

»Gott sei Dank, dort kommen sie«, ereiferte sich Frau Stubel plötzlich und erhob sich von der Bank.

Sie sah um die Wegbiegung Johann Salvator mit Milly und seiner Mutter kommen. Alle Angst und Sorge um den geliebten Mann fiel von ihr ab, und der Kranke nahm seine ganze Kraft zusammen, um den Ankommenden ein paar Schritte entgegenzugehen.

Doch plötzlich verfärbte sich sein Gesicht. Er schwankte. Wie Halt suchend griffen seine Hände in die Luft, so daß Johann Salvator hastig auf ihn zueilte und gerade noch zurecht kam, um ihn in seinen Armen aufzufangen.

Da brach auch schon ein Blutstrom über die Lippen des Kranken.

Erzherzog Johann trug den Kranken zu der nahen Bank und ließ ihn dort niedergleiten.

Milly sank neben dem geliebten Vater in die Knie nieder, umklammerte seine Hände und stöhnte verzweifelt auf: »Papa, lieber Papa – nur das nicht – das nicht!«

Johann Salvator gab seiner Mutter einen leisen Wink. »Geh!« flüsterte er. »Du sollst das nicht mit ansehen.«

Doch die Großherzogin blieb, trat dicht zu dem Kranken und strich ihm liebkosend über die feuchte Stirn.

»Sie Armer!« hauchte sie. »Kann ich Ihnen helfen?«

Da schlug Alois Stubel die Augen wieder auf, und als sein Blick die Großherzogin traf, lächelte er.

»Wir haben es nicht gewollt, daß es so gekommen ist. Und nicht wahr, Sie werden es meiner Milly nicht nachtragen, sondern gut zu ihr sein – wie zu Ihrem eigenen Kind –?«

Die Großherzogin nickte ernst und wiederholte:

»Wie zu meinem eigenen Kind, dessen Glück mir höher steht als alle Standesrücksichten.«

Wie erlöst atmete Alois Stubel auf.

»Ich danke Ihnen – danke Ihnen von ganzem Herzen! Nun wird ja alles gut werden!«

Er hob seine Hände und sah das junge Paar an.

»Ich – ich segne euch«, sagte er mit versagender Stimme. »Werdet glücklich, so glücklich, wie ihr es ersehnt.«

In tiefstem Schmerz schluchzte Milly auf.

»Du gehörst mit zu unserem Glück, Papa! Du mußt bei uns bleiben!«

Doch Alois Stubel schüttelte den Kopf, schloß wieder die Augen und flüsterte:

»Meine Zeit ist um! Lebt wohl!«

Minuten vergingen in bangem, atemlosem Schweigen.

Noch einmal öffneten sich die Augen des Sterbenden. Langsam glitten seine Blicke über seine Frau, über die Großherzogin von Toskana, über Milly und blieben dann an Johann Salvators Gesicht hängen. Er tastete nach dessen Händen und hauchte:

»Gut sein – zu Milly – sie nie verlassen –«

»Niemals werde ich Milly verlassen, das schwöre ich Ihnen,

Herr Stubel«, entgegnete der Erzherzog so ernst und feierlich, daß es wie ein Schwur klang.

Alois Stubel lächelte zufrieden. Er sandte noch einmal einen sehnsüchtigen Blick nach dem blauen Meer und dem leuchtenden Himmel, reckte sich und sank in Johann Salvators Arme. Seine lieben Augen schlossen sich für immer.

Reglos, wie erstarrt standen alle da.

Erschüttert wandte sich die Großherzogin von Toskana ab. Dieses Erlebnis griff ihr ans Herz.

Stumm winkte sie einem vorüberfahrenden Fiaker und verständigte den Kutscher davon, daß er eine traurige Fahrt machen müsse.

Johann hob den Toten auf und trug ihn zu dem Wagen.

Milly aber war nicht imstande, ihnen zu folgen. Sie vermochte sich nicht zu erheben, war ganz kraftlos und lag, die Arme über die Bank geworfen und das Gesicht in die Hände vergraben, da, als wäre auch sie eine Tote.

Johann Salvator war unschlüssig, was er tun sollte. Sein Herz zog ihn zu Milly. Aber konnte er den Toten seiner fassungslosen Frau und diesem fremden Kutscher überlassen?

Leise bat er seine Mutter:

»Nimm dich Millys an. Ich komme bald zurück.«

Die Großherzogin nickte ihm mitleidig zu.

»Sorge dich nicht, ich werde ihr beistehen.«

Da huschte um den Bruchteil einer Sekunde ein Lächeln um seinen Mund. Er beugte sich über die Hand der Mutter und preßte einen Kuß darauf.

»Gute, du – hab Dank.«

*   *
*

Noch am gleichen Tage, da die Kaiserin Elisabeth von der Großherzogin von Toskana die Gründe über deren Aufenthalt in Nizza erfahren und die Begegnung mit Johann Salvator hatte, reiste sie ab.

Nein, nein, sie wollte ihre Hand nicht dazu bieten, einem Mitglied des kaiserlichen Hauses die Wege zu einer unstandesgemäßen Ehe zu ebnen.

Wie könnte sie ihn unterstützen, wie könnte sie sich auf seine Seite stellen, da sie in einem ähnlichen Kampf die Gegnerin ihres Sohnes gewesen war?

In wenig guter Stimmung verließ sie Nizza und wandte sich nach der Schweiz.

Still und in sich versunken legte sie die Fahrt zurück. Erst als sie zufällig beim Passieren der Grenzstation hörte, daß König Ludwig von Bayern in der Schweiz sei und alle jene Stätten aufsuchte, die in der Tellsage eine Rolle spielten, hellte sich ihr Gesicht auf.

Ohne sich einen Augenblick zu besinnen, gab sie den Befehl, die Route zu ändern, und fuhr nach Flüelen, wo sie Ludwig zu treffen hoffte.

Da sie immer inkognito reiste, sehr einfach gekleidet ging und zudem einen dichten Schleier über das Gesicht gezogen hatte, erkannte sie niemand.

Bereitwillig erteilte man ihr Auskunft.

»König Ludwig wohnt in der nahegelegenen Villa ›Gutenberg‹, ist sehr viel unterwegs, unternimmt große Ausflüge in die Umgebung, fährt auch sehr viel, besonders in schönen, hellen Nächten, auf dem See. Dabei muß ihn der Schauspieler Kainz begleiten und deklamieren. Auch auf dem Rütli ist er oft.«

Elisabeth lächelte zu diesen Schwärmereien ihres Freundes und freute sich darauf, ihn wiederzusehen.

Als sie in die Nähe des Hauses »Gutenberg« kam, blieb sie betroffen stehen und lauschte.

Sie hörte ein hastiges Hin und Her, hörte erregte Stimmen,

sah Schatten an den Fenstern, die wie drohende Gespenster wirkten.

Noch ehe sie einen rechten Entschluß fassen konnte, bemerkte sie plötzlich, wie eine schlanke Männergestalt aus dem Hause stürzte und an ihr vorbeieilte.

Sie blickte dem Flüchtenden nach.

War das nicht der junge Schauspieler Josef Kainz gewesen?

Sie war aufs höchste verwundert, als sie die Haustüre offen fand und in der Diele keinen der Diener bemerkte. Bisher hatte sie stets beobachtet, daß Ludwig sein Haus sehr streng bewachen ließ, damit kein Unberufener in seine Nähe kommen konnte.

Sie ging ein paar Schritte weiter, schaute sich suchend in der Diele um und eilte dann aufs Geratewohl auf eine Türe zu, die sie, ohne erst anzuklopfen, öffnete. Es war das Bibliothekszimmer.

Sie sah am Erkerfenster ihren Vetter stehen.

Ludwig hatte ihr Kommen nicht bemerkt, er wandte sich nicht nach ihr um.

Elisabeth ging auf den Zehenspitzen zu dem Einsamen, blieb dicht hinter ihm stehen und legte ihm leise und schmeichelnd dic Hand auf die Schulter.

Doch Ludwig wandte sich nicht nach ihr um, ja, er machte sogar eine heftig abwehrende Bewegung und sagte grollend:

»Kommst du, um Abbitte zu leisten? – Laß das! – Was geschehen ist, läßt sich nicht wieder rückgängig machen. Du hättest eben vorher bedenken müssen, daß du mich durch deine Ablehnung maßlos verletzt.«

Da strich sie wie liebkosend über Ludwigs Schulter.

»Armer, du, was hat dich so gekränkt?«

Kaum hörte Ludwig ihre Stimme, da wandte er sich erregt um.

»Sissi, du –!? Gibt es denn in dieser prosaischen Welt noch Wunder?«

Elisabeth legte ihre Hände in die seinen.

»Ich bin bei dir, und wenn du es wünschst, dann bleibe ich auch bei dir. Lange ist es her, sehr lange, daß wir nicht mehr zusammen schwärmten.«

König Ludwigs Augen ruhten unverwandt auf Elisabeths Gesicht, das in eine leichte Röte freudiger Erregung getaucht war. Sie erschien ihm wieder so jung und schön, daß er stürmisch ihre Hände an seine Lippen zog und küßte.

»Mir ist es, als brächtest du mir die Sonne wieder mit, Sissi.«

»Standest du denn im Schatten, Ludwig? Ich glaubte dich glücklich.«

Da erst besann sich die Kaiserin wieder auf die seltsamen Erlebnisse, die sie bei ihrer Ankunft stutzig gemacht hatten, und sagte:

»Als ich das Haus betrat, fand ich keinen deiner Diener vor. Sperrst du dich nicht mehr so von der Außenwelt ab?«

Ludwigs Gesicht beschattete sich. Im Nu war der glückstrahlende Ausdruck verschwunden. Erregt sprang er auf und ging unruhig im Zimmer hin und her.

»Meine Diener sind beim Packen, Sissi. Ich hatte den Befehl gegeben, daß alles in einer Stunde reisefertig sein sollte.«

»Du willst fort aus der Schweiz?«

»Ja, so rasch als möglich fort.«

»Aber weshalb diese Eile, Ludwig?«

»Ich will das alles hier nicht mehr sehen. Ich will niemand mehr begegnen, vor allem einem nicht mehr –«

»Josef Kainz?«

»Weißt du schon davon?«

»Nein, Ludwig, ich weiß nichts, ich sprach nur eine Vermutung aus, weil ich den jungen Künstler vorhin in großer

Erregung aus dem Hause stürzen sah. Was hat es zwischen euch für Differenzen gegeben? Du liebst doch Kainz wie einen Freund –«

Ludwig wehrte mit einer heftigen Handbewegung ab. »Es ist vorbei, Sissi!«

»Aber weshalb denn? Hat dich Kainz gekränkt, verletzt oder beleidigt?«

»Ja. Er versteht es nicht, zwischen mir und sich die richtige Grenze zu halten. Er vergißt über meinem Wohlwollen, daß ich ein König und er nur ein Komödiant ist. Als ich ihn heute bat, mit mir nach dem Rütli zu fahren und mir dort oben aus meinem geliebten ›Tell‹ vorzusprechen, erklärte er, müde zu sein.«

Ludwigs Augen blitzten auf, und in höchstem Unwillen fuhr er fort:

»Wie kann ein Komödiant es wagen, müde zu sein, wenn ich, sein König und sein Gönner, wünsche, daß er mir vordeklamiert? Meine Freundschaft zu ihm gibt ihm nicht das Recht, mir eine solche Bitte abzuschlagen. Ich habe Kainz daher, noch ehe das Abendessen zu Ende war, erklärt, daß er nach Hause gehen und sich ausschlafen soll.«

»Du hast ihn damit wahrscheinlich sehr gekränkt, Ludwig.«

»Was kümmert's mich, ob er gekränkt ist oder nicht? Er hätte sich seine Antwort besser überlegen sollen.«

»Und du willst nun wirklich schon heute abreisen?«

König Ludwig blieb dicht vor der Kaiserin stehen und schaute sie bittend an.

»Kommst du mit mir, Sissi? Ich möchte dich nicht hier zurücklassen, möchte nicht auf das Zusammensein mit dir verzichten. Liegt dir soviel an einem Aufenthalt hier?«

»Nein, mich hält hier nichts, Ludwig –«

»Dann komm mit, Sissi, hilf mir durch deine Nähe, durch

deine liebe Gesellschaft die Enttäuschung vergessen, die ich wieder einmal mit Menschen, die weit unter uns stehen und die wir aus Gnade zu uns emporziehen, erlebt habe. Wir sollten unsere Freunde nur unter unseresgleichen wählen, Sissi.«

»Dann würden wir wohl unser ganzes Leben lang einsam bleiben, Ludwig.«

Gedankenverloren starrte Ludwig vor sich hin und murmelte:

»Herrscher sein – heißt einsam sein! Vielleicht wären wir dann glücklich, wenn wir immer nur mit uns allein sind.«

»Dann aber müßten wir irgendwohin fliehen, wo uns niemand aufsuchen, niemand unsere Einsamkeit stören kann.«

Ludwigs Augen leuchteten auf.

»Ein Plätzchen gibt es, wo wir ungestört sind, Sissi! – Die Roseninsel! – Laß uns heimkehren, Sissi, heim nach unserer Roseninsel.«

»Ich komme mit, Ludwig.«

Und noch in der gleichen Nacht trat sie mit Ludwig die Fahrt nach Bayern an.

Kainz war überrascht, als er am andern Tag die Villa Gutenberg leer fand.

Er reiste dem König sofort nach, wurde aber, als er sich in den nächsten Tagen wiederholt auf Schloß Berg meldete, von Ludwig nicht empfangen – er war in Ungnade gefallen.

Das ertrug er nicht – es war ihm unmöglich, noch länger in der Nähe des genialen Herrschers zu bleiben, der ihm bisher seine Freundschaft geschenkt hatte.

Kurze Zeit darauf nahm Kainz seinen Abschied vom Hoftheater in München.

* *
*

In großer Zurückgezogenheit, trotz der Erholungsabsicht ganz eingesponnen in seine Arbeit, verbrachte Kaiser Franz Joseph diesen Sommer.

Dabei hoffte er, Elisabeth werde die kurze Zeit, die er sich Erholung gönnte, vielleicht mit ihm verleben.

Doch als er in Ischl eintraf, schrieb ihm Elisabeth, daß sie sich in Feldafing eingemietet habe, um dort die Sommermonate zu verbringen.

Ärgerlich warf er den Brief zur Seite, und neuer Groll gegen die geliebte Frau übermannte ihn.

Um sich aus der niedergedrückten Stimmung loszureißen, ließ er alle Arbeit liegen, zog seine Jägeruniform an, hing das Gewehr über die Schulter und ging auf die Abendpirsch.

Er schlenderte durch den Wald, hing wieder seinen trüben Gedanken nach und ließ sich müde an einer einsamen Waldschneise auf einem gefällten Baumstamm nieder.

Er wußte nicht, wie lange er, in Grübeleien versunken, dagesessen hatte, als er plötzlich von irgendwoher eine Stimme hörte.

Lauschend hob er den Kopf und vernahm Schillersche Verse:

»Was liegt dem guten Menschen näher als die Seinen?
Gibt's schönere Pflichten für ein edles Herz,
als ein Verteidiger der Unschuld sein,
das Recht der Unterdrückten zu beschirmen?«

Franz Joseph entdeckte, während er den Worten lauschte, eine junge Dame, die, ein Rollenbuch in der Hand haltend, langsam näher kam.

Die letzten Strahlen der scheidenden Abendsonne umspielten ein liebreizendes Gesicht.

»Bravo, mein Fräulein«, rief ihr Franz Joseph zu, und klatschte Beifall. »Ganz ausgezeichnet.«

Zunächst sah die junge Dame den Kaiser verblüfft an. Sie

hatte sich auf diesem Waldweg allein geglaubt und nicht geahnt, daß sie belauscht worden war.

Ihre Verblüffung dauerte nur wenige Sekunden, dann lachte sie und meinte:

»Na, wenigstens einmal einer, der mir ein Kompliment macht. – Aber was fange ich damit an? So ein Jäger, wie Sie, versteht sicher vom Theaterspielen nicht viel.«

Kaiser Franz Joseph belustigte sich über diese Bemerkung und entgegnete: »Eigentlich haben Sie recht, viel verstehe ich nicht davon –«

Ungeniert setzte sie sich neben ihn auf den Baumstamm und fuhr, indem sie ihn von Kopf bis Fuß musterte, fort:

»Das habe ich mir gleich gedacht. So ein Jäger, der ist viel lieber im Wald als im Theater. Oder – gehen Sie manchmal in den Musentempel?«

»Hier in Ischl?«

»Freilich – wo sonst? Etwa in die Burg zu Wien, na, da kommen Sie doch bestimmt nicht hinein.«

»Allerdings! Ich komme sehr selten ins Theater.«

»Sind Sie kaiserlicher Beamter?« forschte die junge Dame weiter.

»Ja!«

»Na, dann wundert es mich nicht, daß Sie nicht ins Theater kommen.«

»Wieso?«

»Wie der Herre – so das Gescherre! Denn der Kaiser kommt ja auch nicht. Ich glaube, der weiß gar nicht mehr, wie es im Theater in Ischl aussieht!«

Nachdenklich nickte Kaiser Franz Joseph.

»Ja, ja, eigentlich haben Sie recht. Es ist eine Schande, daß man so wenig ins Theater kommt.«

Die Augen der jungen Dame blitzten erregt auf.

»Natürlich ist es auch eine Schande, eine große sogar, denn

wenn der Kaiser nicht mal ins Theater geht, wie sollen dann die anderen Kurgäste ein Interesse am Theater haben? Aber wie in der Burg die kaiserliche Loge ewig leer ist, so ist sie es auch hier in unserem Ischler Theater. Ach Gott, wenn ich nur einmal Gelegenheit hätte, den Kaiser zu sprechen, ich würde ihm schon gehörig den Standpunkt klarmachen. Aber schließlich braucht man sich auch gar nicht mehr darüber zu wundern. Erstens hat er sehr viel zu tun und zweitens ist ja auch die Kaiserin nie daheim, und allein will er sicher auch nicht gehen. Ein Leben führen die zwei – na, ich danke. Mir könnte das nicht passen, verheiratet zu sein und ewig getrennt zu leben. Ich würde zu meiner Frau sagen: Entweder du kommst nach Hause und bleibst bei mir – oder ich schaffe mir eine andere an!«

»Meinen Sie, daß er da besser fahren würde – mit einer anderen?«

»Er müßte nur die richtige finden.«

»Ja, aber ob ein Kaiser die richtige findet?«

»Sie haben recht, der Kaiser soll ja sehr ernst veranlagt sein, nicht so leichtsinnig wie der Kronprinz Rudolf, der keinem Abenteuer aus dem Wege geht. Geschichten erzählt man sich von dem – na, wenn ich der Kaiser wäre, dann würde ich meinen Sohn mal gehörig bei den Ohren nehmen.«

Kaiser Franz Joseph lachte hell auf.

»Mir scheint, mein Fräulein, wenn Sie der Kaiser wären, dann würde ein strenges Regiment in Österreich herrschen, nicht wahr?«

»Jawohl, ich würde einmal mit dem eisernen Besen ausfegen.«

»Da hätten Sie aber eine schwere Aufgabe.«

»Davor wäre mir nicht bange.«

»Dann haben Sie also viel Mut?«

»O ja – aber keine Nummer.«

»Wie meinen Sie das?«

»Nun, weil ich nur eine ganz kleine Schauspielerin am Ischler Theater bin und gar keine Möglichkeit habe, einmal dem Kaiser alles das zu sagen, was ich auf dem Herzen habe.«

»Manchmal bietet sich eine solche Möglichkeit rascher, als man denkt. Der Zufall spielt im Leben oft eine große Rolle.«

»Zu solchen Glückskindern gehöre ich nicht. Ich hatte mir zwar eingebildet, als ich den Vertrag für Ischl unterzeichnete, von hier aus einen Sprung an die Burg zu machen, aber der Direktor hat mir bei den letzten Proben wieder gesagt: Schratt – ich heiße nämlich Katharina Schratt –, Sie sind das untalentierteste Geschöpf, das ich je an einer Bühne gesehen habe.«

»Das finde ich gar nicht, Fräulein Schratt. Wenn Sie so entzückend natürlich und temperamentvoll auf der Bühne sind, wie eben jetzt, dann müssen Sie sich doch die Herzen der Zuschauer im Sturm erobern.«

»Das hat mir mein Provinzdirektor auch gesagt. Ich weiß auch genau, daß ich nicht untalentiert bin, aber die Gunst unseres lieben Direktors hier in Ischl geht nämlich –« sie stockte, schaute verlegen den Fremden, der neben ihr saß, an, schlug sich leicht vor den Mund und sagte:

»Mein Gott, es ist doch wirklich sehr unvorsichtig von mir, so von der Leber weg zu reden. Ich weiß ja nicht einmal, wer Sie sind –«

»Ein Jäger, der ganz bestimmt nichts von dem weiterplaudern wird, was Sie ihm erzählen«, erklärte Franz Joseph rasch.

»Bestimmt nicht? Beinahe könnte ich Ihnen glauben, denn Sie haben gute Augen, treue Augen – ich glaube, Sie können nicht lügen.«

Franz Joseph faßte nach Katharina Schratts Hand und zog diese an seine Lippen:

»Ich würde mich freuen, wenn Sie mir Ihr Vertrauen schenkten, gnädiges Fräulein. Erzählen Sie mir nur weiter über das Leben am Theater.«

Das junge Mädchen lachte ärgerlich auf.

»Da ist nicht viel zu erzählen. Wer das Leben am Theater kennt, der weiß genau, wie man die Gunst eines Theatergewaltigen erringt. Aber es fehlt mir jedes Talent, Zärtlichkeiten zu verschenken, wenn mein Herz nicht beteiligt ist. Das weiß er, und darum denkt er gar nicht daran, mich auch für die Burg zu engagieren.«

»Hängt denn Ihr Herz so sehr an einem solchen Engagement?«

Katharina Schratt schüttelte verwundert den Kopf.

»Mein Gott, wie wenig müssen Sie vom Theater verstehen, daß Sie eine solche Frage stellen. Es ist doch für einen Schauspieler das höchste und größte Ziel, an die Burg engagiert zu werden.«

»Waren Sie schon in Wien?«

»Leider noch nicht, doch wenn mein Engagement hier abläuft, fahre ich bestimmt eine Woche hinüber. Ich muß Wien kennenlernen, und ich muß auch den Kaiser und den Kronprinzen sehen.«

»Sie würden wohl den Kaiser auf den ersten Blick erkennen?«

»Selbstverständlich!«

»So genau kennen Sie ihn?«

»Wer kennt denn unsern Franzl nicht?«

»Nun, man erzählt sich doch, daß der Kaiser schon mit manchen seiner Landsleute gesprochen hat, ohne daß die Betreffenden eine Ahnung hatten, wer vor ihnen stand.«

»Mir könnte das nicht passieren. Wenn mir der Kaiser jetzt irgendwo auf einem einsamen Wege hier in Ischl begegnete, dann wüßte ich sofort, wer er ist.«

»Dann würden Sie ihm alles das sagen, was Sie auf dem Herzen haben?«

»Klar –!« Doch hier zuckte Katharina Schratt ein wenig zusammen, wurde verlegen und stammelte: »Das heißt, es könnte ja sein, daß ich es mit der Angst zu tun bekäme und kein Wort hervorbrächte, denn schließlich ist es keine Kleinigkeit, seinem Kaiser gegenüberzustehen.«

»Dann sind Sie aber nicht tapfer, kleines Fräulein!«

»Sie haben gut reden! Wenn Sie ihm einmal etwas sagen wollen, dann können Sie auf der Jagd eine Gelegenheit suchen. Die bietet sich mir nicht. Sie glauben ja gar nicht, wie ich mich freuen würde, endlich von den ewigen Sorgen um das Engagement erlöst zu sein, endlich einmal ein paar Jahre ruhig leben zu können. Doch das alles sind Luftschlösser –«

»Aber da muß es doch Hilfe geben!«

»Die gäbe es auch! – Der Kaiser brauchte nur einmal ins Theater zu kommen, brauchte nur an meinem Spiel Gefallen zu finden und zu dem Direktor zu sagen: Die kleine Schratt gefällt mir ausgezeichnet! – Da sollten Sie mal sehen, wie der Alte plötzlich kriechen würde. Aber der Kaiser kommt eben nicht, der sitzt in seinem Schloß über den Akten, und wenn er wirklich einmal Zeit hat, dann geht er auf die Jagd. Ich bin überzeugt, daß ich ihn nicht einmal hier in Ischl zu Gesicht bekomme.«

»Sie müssen nur die Augen richtig aufmachen, Fräulein Schratt, dann werden Sie ihn schon einmal sehen.«

»Haben Sie eine Ahnung, wie ich auf der Jagd nach ihm bin. Jeden Morgen habe ich einen Umweg nach dem Schloß gemacht, immer in der Hoffnung, daß ich ihn einmal sehen werde. Aber nichts ist es gewesen! Und auf der Kurpromenade habe ich jedem Mann ins Gesicht gesehen, damit ich ja den Kaiser nicht verpasse. Doch es war alles umsonst.«

»Dann müssen Sie eben um eine Audienz bei ihm nachsuchen, Fräulein Schratt, dann werden Sie ihn nicht nur sehen, sondern auch sprechen können. Ich tät's, wenn es um meine Zukunft ginge. Oder – soll ich einmal den Vermittler spielen?«

Mit großen, verwunderten Augen schaute Katharina zu ihm auf.

»Können Sie denn das?«

»Gewiß! Ich spreche doch oft mit ihm. Ich glaube beinahe, daß ich ihn heute noch treffen werde.«

Katharina Schratt erschrak und preßte ängstlich die Hand auf ihr Herz.

»Mein Gott, dann kann er mir ja auch noch in den Weg laufen.«

»Sie brauchen wirklich keine Angst vor ihm zu haben. Also, wie ist es? Soll ich dem Kaiser, wenn ich ihn treffe, von Ihnen erzählen?«

»Ach, es wäre schön, wenn Sie mir helfen würden, aber, nicht wahr«, treuherzig faßte sie nach Franz Josephs Hand, »Sie verraten nichts von alledem, was ich vorhin über den Kaiser gesagt habe?«

»Warum nicht? Es könnte doch gar nichts schaden, wenn dem Kaiser einmal die Wahrheit gesagt würde?«

»Um Gottes willen, dann fliegen Sie und ich wegen Majestätsbeleidigung ins Loch. Nein, nein, so unvorsichtig dürfen Sie nicht sein.«

»Das ist eigentlich nicht richtig, denn wenn alle so denken, dann kann der Kaiser ja niemals die Wahrheit über gewisse Zustände in seinem Land erfahren. Und wie soll er dann Abhilfe schaffen?«

Ausweichend zuckte die junge Schauspielerin die Achseln, schwieg eine Weile und meinte dann:

»Ich glaube, es wird doch besser sein, wenn Sie dem Kaiser

nichts von mir erzählen. Ich muß eben mein Schicksal nehmen, wie es nun einmal ist. – Übrigens, waren Sie schon einmal hier im Theater?«

»Nein, ich hatte noch keine Gelegenheit, aber nachdem ich Sie kennenlernte, werde ich mir bestimmt eine Vorstellung ansehen.«

Katharinas Augen leuchteten auf.

»Dann müssen Sie übermorgen in den Tell kommen. Ich spiele da die Berta, eine Rolle, die ich sehr liebe, obwohl ich nur eine einzige große Szene habe.«

Franz Joseph streckte ihr die Hand entgegen und erklärte:

»Abgemacht, Fräulein Schratt, übermorgen bin ich im Theater.«

»Vielleicht schicken Sie mir ein Billett in die Garderobe und teilen mir mit, wo Sie sitzen, dann nicke ich Ihnen einmal zu.«

»Einverstanden, Fräulein Schratt!«

»Es ist nämlich für einen Schauspieler ein wunderschönes Gefühl, zu wissen, daß er nicht vor lauter Fremden spielt, sondern daß er einen Menschen im Theater weiß, den er kennt.«

Betroffen hielt sie inne, schaute Franz Joseph verlegen an und fügte leise hinzu:

»Aber jetzt werden Sie mich sicherlich auslachen, denn eigentlich kenne ich Sie kaum. Ich weiß ja nicht einmal Ihren Namen.«

»Ich heiße Franz!«

»Sehr angenehm, Herr Franz! Sie werden also bestimmt in den Tell kommen?«

»Ganz bestimmt! Und ich werde tüchtig applaudieren.«

»Ach, das wäre fein! Der Alte – ich meine, der Direktor – hat mir nämlich gesagt, keine Hand würde sich rühren, weil ich so miserabel wäre. Aber, nicht wahr, Sie versprechen mir, nur zu applaudieren, wenn ich Ihnen wirklich gut gefallen habe.«

»Sie werden mir bestimmt gefallen, Fräulein Schratt! Ich habe ja vorhin schon begeistert Beifall geklatscht.«

»Jetzt muß ich aber gehen«, erklärte die junge Schauspielerin und erhob sich. »Es wird höchste Zeit, sonst komme ich nicht rechtzeitig ins Theater.«

Auch Franz Joseph erhob sich und sagte:

»Ich freue mich sehr, Sie durch diesen Zufall kennengelernt zu haben, Fräulein Schratt, und ich hoffe, wir werden noch öfter zusammen plaudern können.«

»Auf übermorgen abend also!«

»Werden Sie nach der Vorstellung ein Stündchen für mich übrig haben, um mit mir zu Abend zu essen?«

Katharina schaute ihn verlegen an, schwieg sekundenlang, und erst, als er fragte: »Wird es Ihnen so schwer, mir eine Zusage zu geben?«, schüttelte sie hastig den Kopf und stammelte:

»Ich bin noch nie abends mit einem Herrn ausgegangen, Herr Franz.«

»Dann werden wir eben übermorgen den Anfang machen, Fräulein Schratt«, entgegnete der Kaiser fröhlich. »Einverstanden?«

»Ich tät's ja gern, aber –«

»Kein aber! Ich lasse mir keinen Korb geben. Also auf übermorgen!«

Da lächelte sie ihm zu: »Auf übermorgen –!«

Franz Joseph blieb noch lange stehen, auch, als die kleine, schlanke Mädchengestalt schon längst seinen Blicken entschwunden war.

Er hatte mit einem Male alle seine schweren, quälenden Gedanken, die ihm die letzten Wochen und Monate verbittert hatten, vergessen.

Mußte es nicht wie eine Erlösung vom Alltag sein, ab und zu eine Stunde mit diesem frischen, unverfälschten Naturkind zu verplaudern?

* *
*

»Fräulein Schratt, meiner Seel', Fräulein Schratt, bleiben Sie nur auf Ihrem Stuhl sitzen. Stehen Sie um Gottes willen nicht auf, denn sonst fallen Sie um. – Nein, diese Überraschung!«

Verwundert schaute die junge Schauspielerin ihre Wirtin an und fragte: »Was ist denn geschehen? Was hat Sie denn so außer Fassung gebracht?«

»Das werden Sie gleich hören! Staunen werden Sie – staunen –«

»Nun, so reden Sie doch endlich! Hat mir der Direktor die Rolle der Eboli ins Haus geschickt?«

»Nein.« Die kleine, kugelrunde Frau ließ sich in einen Stuhl niederfallen, preßte beide Hände auf das heftig klopfende Herz und stammelte: »Zum Kaiser sollen Sie kommen. In einer Stunde erwartet er Sie.«

Fassungslos starrte Katharina Schratt ihre Wirtin an.

»Zum Kaiser soll ich kommen?«

»Freilich, eben ist ein Kammerdiener dagewesen und hat die Botschaft gebracht, daß die Schauspielerin Katharina Schratt um elf Uhr vom Kaiser erwartet werde.«

Sekundenlang saß Katharina Schratt wie erstarrt.

»Ich soll zum Kaiser kommen? – Ich? – Aber woher mag der Kaiser mich nur kennen?«

Plötzlich leuchtete es in ihren Augen auf, und hastig fügte sie noch hinzu:

»Sollte der Jäger, den ich gestern getroffen habe, schon den Kaiser gesprochen haben?«

»Was für ein Jäger?« erkundigte sich die Wirtin.

Katharina Schratt wehrte ab.

»Ich habe jetzt keine Zeit, lange Erklärungen zu geben, Frau Huber. Ich muß mich umziehen.«

»Jesses, was werden Sie denn anziehen?«

Die junge Schauspielerin lachte hell auf.

»Das habe ich mich auch schon gefragt, Frau Huber! Was soll ich zu dieser Audienz anziehen? Ich habe ja nur mein Wochentags- und mein Sonntagsfähnchen. Die anderen sind doch lauter Bühnenkleider. Aber mein weißes Sonntagskleid ist ja in der Wäsche. Nun ist guter Rat teuer.«

Katharina Schratt überlegte einen Augenblick, erhob sich dann und trat vor den Spiegel.

Sie trug ein einfaches, schlichtes, dunkelblaues Kleid, das am Hals und an den Ärmelbündchen mit weißem Rips ausgeputzt war.

»Ach, was – der Kaiser soll ruhig sehen, daß ich nicht auf Rosen gebettet bin und mir nicht einen Luxus in Kleidern leisten kann. Ich behalte also dieses Fähnchen hier an.«

Entgeistert schlug Frau Huber die Hände zusammen.

»Lieber Himmel, Fräulein Schratt, da wird Sie die Dienerschaft gar nicht ins Schloß lassen.«

»Die Villa des Kaisers in Ischl ist kein Schloß, Frau Huber, und da wird es der Kaiser sicherlich auch mit der Zeremonie nicht so sehr genau nehmen. Außerdem kann er nicht verlangen, wenn er mich eine Stunde vorher benachrichtigen läßt, daß ich in großer Toilette erscheine.«

»Jesses, Fräulein Schratt, haben Sie denn gar keine Angst vor dem Besuch bei dem Kaiser?«

»Doch – mein Herz klopft ganz mächtig. Aber was hilft es denn – ich habe mir die Sache nun einmal eingebrockt und muß sie auch auslöffeln.« –

Pünktlich um elf Uhr meldete sich Katharina Schratt in der kaiserlichen Villa.

So recht vermochte sie es noch gar nicht zu fassen, daß sie empfangen und vor dem mächtigen Herrscher des Landes stehen sollte.

Blaß, und vor Aufregung ein wenig zitternd, trat sie über die Schwelle des kaiserlichen Arbeitszimmers, als der Kammerdiener vor ihr die Tür aufriß. Sie wagte nicht aufzusehen und versank gleich an der Tür in einen tiefen Hofknicks.

»Majestät haben befohlen«, stammelte sie.

Aber sie erhielt keine Antwort.

»Majestät haben befohlen –«

Wieder wartete sie vergebens.

Da hob sie endlich scheu den Blick und schaute sich um. Aber das Zimmer war leer, der Kaiser nirgends zu sehen.

Betroffen stand sie da.

Doch ehe sie noch irgendeinen Entschluß fassen konnte, öffnete sich eine der Türen und –

Katharina Schratt atmete auf, denn sie sah ihren Jäger von gestern eintreten.

Rasch lief sie auf ihn zu und umfaßte seine Hände.

»Gott sei Dank, daß ich Sie treffe. Jetzt sagen Sie mir nur rasch, was Sie dem Kaiser alles von mir erzählt haben? Und was er nun von mir will? Ich hätte mir doch in meinem ganzen Leben nicht träumen lassen, daß ich heute zur Audienz befohlen werde.«

»Ich habe alles wahrheitsgetreu berichtet, wie sich unsere Begegnung abgespielt hat, und da hat der Kaiser nur gesagt: ›Dieses Fräulein Schratt muß ja ein ganz prachtvolles Menschenkind sein! In meiner Umgebung habe ich bisher noch kein solches kennengelernt.‹«

»Sie schwindeln, Herr Franz! Ich glaube Ihnen kein Wort davon. Sie wollen mir nur Komplimente machen.«

»Bei meiner Ehre, Fräulein Schratt –«

»Schwören Sie keinen Meineid, Herr Franz. Und wenn Ihnen

an meiner Freundschaft etwas liegt, dann bleiben Sie bei der Wahrheit. Mir ist nämlich nichts verhaßter als Lügen.«

»Ich lüge nicht, Fräulein Schratt!«

Nachdenklich schaute Katharina Schratt vor sich hin und meinte nach kurzem Schweigen:

»Was will er denn dann von mir?«

»Er hat seinem Adjutanten erklärt, daß er auf jeden Fall Fräulein Schratt in der Rolle der Berta von Brunneck sehen will.«

»Jesses, Herr Franz, das habe ich Ihnen zu verdanken!« jubelte sie. »Wie soll ich Ihnen nur dafür danken?«

»Das muß ich Ihnen schon selbst überlassen.«

»Wissen Sie was? Ich schenke Ihnen für heute abend ein Freibillett.«

»Das ist wenig, Fräulein Schratt«, entgegnete er und senkte den Blick tief in ihre Augen. »Ich habe für den großen Dienst, den ich Ihnen erwiesen habe, einen anderen Dank erwartet.«

Katharina Schratt wurde rot und trat ein paar Schritte zurück.

»Nein, nein, einen solchen Lohn, wie Sie ihn sich wünschen, kann ich Ihnen nicht geben. Übrigens – ich verstehe gar nicht, warum der Kaiser nicht kommt? Er erwartet mich in seinem Arbeitszimmer – so hat man mir gesagt –, und nun stehe ich hier schon so lange, und er ist nicht da.«

»Natürlich ist er da, Fräulein Schratt!« entgegnete Franz Joseph lächelnd.

Verwundert schaute sich die junge Schauspielerin nach allen Seiten um und flüsterte:

»Um Gottes willen, hat er uns belauscht?«

Doch Franz Joseph setzte sich vor seinen Schreibtisch, schaute unverwandt Katharina Schratt an und erklärte:

»Nein, Fräulein Schratt – Sie reden schon die ganze Zeit mit ihm –«

Katharina stand wie gelähmt.

»Sie sind – Sie wären – nein, nein – das kann ja nicht sein, das ist nicht möglich –«

Franz Joseph antwortete nicht, nahm die vor ihm stehende Tischglocke und läutete. Der Adjutant erschien sofort.

»Schicken Sie alle Wartenden fort«, gebot der Kaiser. »Heute finden keine weiteren Empfänge statt.«

Der Adjutant riß die Hacken zusammen.

»Wie Majestät befehlen!«

Dann verließ er rasch das Zimmer.

Kaum war die Tür hinter ihm ins Schloß gefallen, da sank die junge Schauspielerin in einem tiefen Hofknicks zusammen und stammelte:

»Majestät – ich bitte tausendmal um Verzeihung, daß ich Majestät nicht erkannt habe – und ich bitte auch um Verzeihung, daß ich gewagt habe –«

Da war Franz Joseph schon an ihrer Seite, faßte ihre Hände und zog sie empor.

Auf seinem Gesicht lag ein Lächeln, das ihn jung und froh erscheinen ließ.

»Liebes Fräulein Schratt, ich habe Ihnen nichts zu verzeihen, gar nichts. Ich bin ja dem Zufall von Herzen dankbar, daß er mir ein Menschenkind in den Weg geführt hat, wie Sie es sind.«

Fassungslos stand Katharina Schratt da.

Da lächelte Franz Joseph und meinte: »Sind Sie vor Schreck stumm geworden, Fräulein Schratt?«

Die junge Schauspielerin nickte.

»Erraten, Majestät! Aber ich möchte jeden einzelnen meiner Kolleginnen und Kollegen hier sehen und bin überzeugt, daß kein einziger vor Schreck ein Wort hervorbringen würde. Es ist schließlich keine Kleinigkeit, anstatt einem einfachen Jäger plötzlich Seiner Majestät dem Kaiser gegenüberzustehen.«

»Ich wäre ja glücklich, Fräulein Schratt, wenn Sie vergessen könnten, daß ich der Kaiser bin.«

»Das geht nicht, Majestät!«

»Und warum nicht?«

»Na, das sollte eine schöne Geschichte werden.«

»– die mir sicherlich gut gefallen würde. Wenn Sie mir einen großen Dienst erweisen wollen, Fräulein Schratt, dann bleiben Sie so frisch und natürlich, wie Sie es gestern und heute waren, als Sie mich für einen einfachen Jägersmann hielten.«

Treuherzig schaute Katharina den Kaiser an und sagte:

»Und Majestät werden mir nicht böse sein, wenn mir einmal ein Wort herausrutscht, das sich eigentlich dem Kaiser gegenüber nicht schickt?«

Franz Joseph strich leise über ihr Haar und schaute sie mit ernstem, sinnendem Blick an.

»Kann man einem Menschen wie Ihnen überhaupt böse sein, Fräulein Schratt? – Ich habe den Eindruck gewonnen, daß Sie mit offenen Augen durch die Welt gehen. Wollen Sie nun für mich zum Echo der Außenwelt werden und mir immer davon berichten, was außerhalb dieser Mauern vorgeht?«

Verständnislos starrte die junge Schauspielerin den Kaiser an.

»Was soll ich tun?«

»Frisch von der Leber weg erzählen, was Ihnen zu Ohren kommt.«

»Ob ich aber da die geeignete Person bin, Majestät? Majestät haben doch sicher –«

»Niemand«, fiel ihr der Kaiser ins Wort, »niemand, aber ich brauche jemand, der fern aller Politik steht, der keine eigennützigen Interessen verfolgt, sondern aus Freundschaft, aus guter, ehrlicher Kameradschaft heraus mir das alles sagt, was die anderen mir verschweigen. Sie haben gestern so offen und ehrlich, so ungeschminkt zu mir gesprochen, daß ich meine helle

Freude daran hatte. Und eine innere Stimme sagte mir, daß es eine Fügung des Himmels gewesen ist, daß wir uns begegneten. Deshalb habe ich Sie rufen lassen, Fräulein Schratt.«

Treuherzig entgegnete Katharina:

»Wenn Majestät meinen, daß ich Ihnen einen Dienst erweisen kann, dann bin ich selbstverständlich gern dazu bereit. Aber –«

»Ich weiß, was Sie denken, Fräulein Schratt! Aber lassen wir die Welt klatschen –«

»Ja, lassen wir sie klatschen!«

»Und heute abend komme ich ins Theater und sehe mir Ihre Berta von Brunneck an. Sie sollen mit Ihrem Kaiser zufrieden sein, Fräulein Schratt.«

»Und Sie sollen es nicht bereuen, Majestät, sich einmal aus Ihrer Einsamkeit losgerissen zu haben. Sie sind doch schließlich auch ein Mensch wie alle anderen und haben Anspruch auf Zerstreuung und Entspannung.«

»Sie haben recht. Eines Tages werde ich es bereuen, nie an mich selbst, sondern immer nur an das Land gedacht zu haben.«

»Das muß von heute an anders werden, Majestät«, ereiferte sich die junge Schauspielerin, so daß der Kaiser auflachte und meinte:

»Dann wollen Sie wohl von jetzt ab meinen Tageslauf bestimmen?«

»Freilich! Wenn ich Ihre Kameradin sein soll, dann muß ich doch in erster Linie dafür sorgen, daß Sie sich auch ein wenig Erholung gönnen. Majestät haben mir vorhin gesagt, daß ich mir kein Blatt vor den Mund nehmen soll, und daß Sie eine aufrichtige und ehrliche Freundin brauchen – also ist es meine Pflicht –«

»– mich in eine strenge Schule zu nehmen«, fiel der Kaiser lachend ein.

»Jawohl, Majestät – und wenn Ihnen das nicht paßt, dann können Sie ja jederzeit sagen: Mein Fräulein, ich habe keine Lust, mich länger von Ihnen schulmeistern zu lassen!«

Entzückt küßte Franz Joseph die Hände der jungen Schauspielerin.

»Ich muß Ihnen ehrlich gestehen, Fräulein Schratt, daß Sie mir heute noch besser gefallen als gestern.«

Sie blinzelte ihm schelmisch zu.

»Sie mir auch, Majestät!«

Er hielt ihre Hände mit festem Druck umspannt.

»Also auf gute Freundschaft, Katharina!«

»Einverstanden, Majestät – wir wollen es einmal miteinander versuchen!«

»Das klingt ja gerade, als zweifelten Sie daran, daß wir uns auf die Dauer vertragen werden.«

»Stimmt, Majestät! Majestät haben eine Gemahlin, und man erzählt sich im Volk, daß Majestät diese sehr lieben. Ist nun die Frau, die von ganzem Herzen geliebt wird, nicht die beste Freundin und Kameradin ihres Mannes?«

Franz Joseph schaute nachdenklich vor sich hin. Minuten vergingen, ehe er sich aufraffte und mit tonloser Stimme sagte:

»Ich habe Sissi sehr lieb, maßlos lieb. Niemals wird eine andere Frau ihren Platz in meinem Herzen einnehmen können, aber trotzdem bin ich einsam, denn –«

»Bitte, nicht weitersprechen, Majestät. Ich will nichts hören. Sie haben mich rufen lassen, damit ich Ihnen über Ihre Einsamkeit hinweghelfe, und das will ich tun, so gut ich es vermag. – Und nun leben Sie wohl, Majestät. Sie werden begreifen, daß dieses Erlebnis mich im tiefsten Inneren erschüttert hat, und daß ich Zeit brauche, alles zu erfassen.«

Wieder zog der Kaiser die Hand Katharina Schratts an seine Lippen.

»Leben Sie wohl, Fräulein Schratt. Haben Sie Dank für diese Stunde – und heute abend im Theater – auf Wiedersehen!«

»Auf Wiedersehen, Majestät!«

* *
*

Kaiser Franz Joseph verlebte die nächsten Wochen wie in einem Traum.

Alles, was ihn seit langem gequält und niedergedrückt, war vergessen.

Und das alles hatte das sonnenhelle Lachen der jungen Katharina Schratt zuwege gebracht.

Gern fügte er sich ihren Anordnungen, denn schon in wenigen Tagen erkannte er, daß dieses kleine, liebe Ding nichts für sich beanspruchte, sondern einzig und allein darauf bedacht war, für sein Wohl zu sorgen.

Er hatte ihr in Trenkelbach, das Ischl benachbart war, die Villa Felizitas geschenkt, die sie, als wäre sie eine Zauberin, so behaglich eingerichtet hatte, daß er sich vom ersten Tage an darin wohl fühlte.

Jeden Morgen stellte er sich dort ein, und jeden Morgen empfing Katharina mit strahlendem Lächeln »ihren Kaiser«, stand wartend am Gartentor und winkte ihm schon von weitem zu, wenn er kam.

Aber in dieses wundervolle Idyll fiel plötzlich ein Schatten.

Eines Tages erschien ganz unerwartet die Kronprinzessin Stephanie in Ischl.

Und kaum stand sie vor dem Kaiser, da brach sie in bitterliches Schluchzen aus.

Betroffen schaute der Kaiser sie an. Er ahnte sofort, daß sie sich über Rudolf beklagen wollte.

Und schon begann sie mit ihren Anklagen:

»Rudolf beträgt sich skandalös. Ich halte das nicht länger aus, ich kann darüber nicht mehr länger schweigen, sondern muß dich bitten, ihm ins Gewissen zu reden, damit er wenigstens die Form wahrt und keinen Anlaß zu häßlichem Klatsch gibt.«

»Was ist denn geschehen, Steffi?«

»Eine Liebschaft hat er angefangen, und das ertrage ich nicht. Ich bin genau darüber unterrichtet, wie er es treibt.«

»Läßt du vielleicht deinen Mann beobachten, Steffi?«

»Soll ich mich betrügen lassen? – Ich muß alles wissen, was Rudolf tut, und ich verlange von dir, daß du ihn zur Rede stellst, weil er mit diesem Mädchen, dieser Mizzi, der Tochter des Oberförsters Harlacher, täglich zusammen ist. Sie muß aus Rudolfs Nähe fort. Er darf sie nicht wiedersehen. Versprich mir das, Papa!«

Der Kaiser nickte ernst.

»Ja, das verspreche ich dir, Stephanie!«

»Und du wirst ihm sagen, daß ich dir alles verraten habe?«

»Wenn du es wünschst, werde ich darüber schweigen. Aber glaubst du nicht, daß er erraten wird, aus welcher Quelle meine Informationen stammen?«

»Rudolf merkt meine Abwesenheit von Schönbrunn bestimmt nicht, Papa. Er ist wieder ein paar Tage zur ›Jagd‹ gefahren. Daß er sich dabei mit seiner Geliebten amüsiert, ist mir klar. Aber ich habe keine Lust, ein solches Treiben stillschweigend zu dulden. Da meine Bitten und meine Vorwürfe keinerlei Erfolg hatten, blieb mir nichts anderes übrig, als mich an dich zu wenden, Papa. Du mußt nach Schönbrunn kommen und deinem Sohn ins Gewissen reden.«

Obwohl Kaiser Franz Joseph nichts verhaßter war, als sich in solche Angelegenheiten zu mischen, gab er der Bitte Stephanies nach und ließ nun seinerseits Erkundigungen über Rudolfs neueste Affäre einziehen.

Der Bericht seiner Schwiegertochter wurde ihm bestätigt.

Wenige Tage später erhielt der Oberförster Harlacher seine Versetzung nach Ungarn, mit der Bestimmung, daß er seine Tochter Mizzi mitzunehmen habe.

Am gleichen Tage traf Kaiser Franz Joseph in Schönbrunn ein und ließ seinen Sohn zu sich bitten.

Rudolf ahnte das Gewitter, das sich über seinem Haupte zusammengezogen hatte, und stellte sich kampfbereit seinem Vater gegenüber.

Doch Franz Joseph hatte, da Katharina Schratt mit feinem Verständnis die Sorgenfalten auf seiner Stirn bemerkt und ihn dazu gebracht hatte, ihr sein Herz auszuschütten, den größten Zorn bereits überwunden.

Auf ihren Rat hin überfiel er seinen Sohn nun auch nicht mit Vorwürfen, sondern drohte ihm halb scherzend mit dem Finger und meinte:

»Willst du denn gar nicht vernünftig werden, Rudi? Ist es denn gar so schwer, nur einer Frau die Treue zu halten?«

Der scherzhafte Ton, den Rudolf nur selten bei seinem Vater gehört, zwang ihn zu einem Lächeln, und ausweichend entgegnete er: »Da unser Herrgott gar zuviel schöne Frauen geschaffen hat, Papa, ist es wirklich verteufelt schwer.«

Franz Joseph legte ihm mahnend eine Hand auf die Schulter und meinte:

»Du darfst es nicht so toll treiben, Rudi. Du mußt Rücksichten auf deinen Rang und deine Stellung und vor allen Dingen auf Stephanie nehmen.«

»Ich habe ja den guten Willen dazu, Papa! Deshalb solltest du, wenn du mir Vernunft predigst, es auch einmal Stephanie gegenüber tun. Sie ist schrecklich in ihrer Eifersucht.«

»Ich habe dir schon einmal gesagt, daß du dir deine Frau erziehen sollst, dann wird sie schon so werden, wie du sie haben willst.«

Rudolf lachte verbittert auf und entgegnete:

»Hast du dir denn Mama so erzogen, wie du sie haben möchtest, Papa? – Laß uns doch ehrlich sein. Du hast auch nicht den geringsten Einfluß auf Mama, sonst würde sie nicht immerfort auf Reisen und du ewig allein sein.«

Franz Joseph wandte sich ab, denn der Sohn hatte mit diesen Worten an seine wundeste Stelle gerührt.

Ja, er hatte recht. Mit all seiner Liebe hatte er Sissi nicht so erziehen können, wie er sie haben wollte.

»Ich möchte am liebsten auf und davon gehen«, hörte er Rudolf mitten in seine schmerzlichen Gedanken hinein sagen. »Jetzt bin ich erst ein paar Monate verheiratet und habe das Leben an Stephanies Seite bereits zum Überdruß satt. Du ahnst ja nicht, Papa, wie groß meine Abneigung gegen diese Frau ist, die sich nicht die geringste Mühe gibt, mich an sich zu fesseln, die mich mit ihrer Eifersucht immer mehr von sich abstößt. Wundert es dich dann, daß ich anderswo Trost suche? – Ich weiß ja, daß ich in diesem Punkt bei dir kein Verständnis finden werde, denn du hast ja nie bei anderen Frauen Trost gesucht, du hast dich immer in deine Arbeit und in deine Pflichten vergraben. Ich aber habe keine solche großen Aufgaben, wie du sie schon damals hattest, Papa. Und wenn mir eine schöne Frau über den Weg läuft, dann –«

Franz Joseph hörte kaum noch, was Rudolf sprach. Seine Gedanken waren weit – weit fort – –

Du hast ja nie bei anderen Frauen Trost gesucht –

Ja, fast drei Jahrzehnte hindurch hatte er kaum eine andere Frau angesehen. Sissi war sein ein und sein alles gewesen.

Doch nun –

Er sah mit einem Male Katharina Schratt vor sich.

Sissi selbst trug ja an allem die Schuld, sie selbst hatte sich von ihm entfernt.

Um sich aus seinen Gedanken loszureißen, wandte er sich wieder seinem Sohn zu und sagte beschwörend:

»Du mußt dich mit Stephanie aussöhnen. Du mußt versuchen, das Leben an ihrer Seite zu ertragen, Rudi. Ihr seid beide jung, ihr werdet euch miteinander einleben.«

»Das wird nie der Fall sein, Papa! – Nie!«

»Stephanie wartet auf ein gutes Wort von dir.«

»So hat sie mich also doch bei dir verklatscht, Papa!«

Der Kaiser sah ein, daß er sich verraten hatte, und entgegnete:

»Du wirst es ihr nicht nachtragen, Rudolf! – An wen soll sie sich denn wenden, um sich Rat zu holen?«

»Wäre sie nicht so grenzenlos eifersüchtig, dann würde es gar nicht zu solchen Differenzen zwischen uns kommen, Papa. Aber sie verlangt ja von mir, daß ich keine andere Frau anschaue. Ich möchte ohne sie nie ausgehen. Das ist doch unsinnig! Kindisch! Alle meine Einwände sind umsonst. Sie läßt sich nicht bekehren. Ja, wäre Mama hier und würde ihr einmal ernstlich ins Gewissen reden, dann würde sie vielleicht zur Vernunft kommen. Aber Mama geht ja ihren eigenen Vergnügungen nach.«

Franz Joseph nahm das Bild der geliebten Frau, das auf seinem Schreibtisch stand, in die Hände und schaute darauf nieder.

»Sie ist nie heimisch hier geworden«, murmelte er. »Mit all unserer Liebe können wir sie nicht halten.«

»Du mußt sie rufen, Papa!«

»Ich kann sie nicht mehr darum bitten. Ich bin zu müde geworden.«

»Dann werde ich an sie schreiben, werde sie bitten, nach Wien zu kommen und mir zu helfen.«

»Du wirst sie erschrecken, wirst sie ängstigen, Rudi.«

»Ich brauche aber einen Menschen, der mir hilft, Papa«,

stöhnte er auf. »Wir Männer sind Stephanie gegenüber machtlos. Eine Frau muß ihr ins Gewissen reden. Und wer könnte das besser als meine Mutter, die mich so ganz versteht.«

Franz Joseph atmete schwer.

»Ja, du hast recht – nur deine Mutter kann helfen – rufe sie also.«

*  *
*

Milly Stubel vermochte sich später nicht mehr daran zu erinnern, wie sie die schweren Tage nach dem Tode ihres geliebten Vaters ertragen hatte. Nur eins war ihr im Gedächtnis haften geblieben – die Liebe und Herzlichkeit, mit der sich die Großherzogin von Toskana ihrer angenommen.

Sie setzte es auch durch, daß Milly mit ihr, als Frau Stubel mit Lori nach Wien abreiste, nach Gmunden fuhr und bei ihr blieb.

Niemand war darüber froher als Erzherzog Johann Salvator, wußte er doch nun sein Lieb in bester Obhut.

Als Wochen ins Land gezogen und zu Monaten geworden waren, erhielt Milly eines Tages einen Brief von Johann Salvator.

*»Ich halte das Warten und das ewige Alleinsein nicht länger aus. Ich will endlich mein Glück festhalten, will vor Gott und der Welt mit dir vereint sein. Deshalb gehe ich zum Kaiser und bitte ihn, seine Einwilligung zu unserem Liebesbund zu geben. Erwarte mich also am Donnerstag, dann bringe ich Dir die Antwort des Kaisers. Zuversichtlich hoffe ich, daß es ein Ja sein wird und wir unseren Hochzeitstag festsetzen können. Dann würde endlich wunschlos glücklich sein*

*Dein Johann.«*

Und nun wartete Milly mit Hangen und Bangen auf das Kommen des Geliebten.

Da – endlich, sah sie in der Ferne eine Staubwolke auftauchen, die näher und näher kam.

Wie gebannt starrte sie auf den Schloßhof.

Johann Salvator verließ mit gesenktem Kopf den Wagen, kam langsam die Stufen der Terrasse herauf und ging auf das Portal zu.

Milly preßte beide Hände auf das heftig klopfende Herz. Sie wußte, Johann brachte ein Nein!

Wie gelähmt stand sie im Erker.

Langsam öffnete sich die Tür. Mit müden, schleppenden Schritten trat er über die Schwelle.

Sekundenlang schauten sie sich schweigend an.

Dann eilte Johann Salvator auf Milly zu und riß sie in seine Arme.

»Mag werden, was will, und wenn alles zerbricht und alles zugrunde geht – uns zwei soll keine Macht der Erde trennen.«

»Also ein Nein?« brachte Milly mühsam hervor.

»Ja, ein Nein hat er mir zur Antwort gegeben.«

»Ich ahnte es!«

»Wir werden uns unser Glück trotzdem erzwingen, Milly!«

Müde schüttelte sie den Kopf.

»Der Kaiser wird niemals anderen Sinnes werden.«

»Vielleicht doch, wenn er erkennt, mit welch unerschütterlicher Liebe und Treue wir zueinander stehen.«

Zärtlich schmiegte sie sich an ihn.

»Johann, ich habe dich über alles lieb! Mein Leben würde ich opfern, wenn ich deines dafür retten könnte, und gerade weil unsere Liebe so groß ist, muß sie zu jedem Opfer bereit sein. Schau, du würdest, wenn du auf der Heirat mit mir bestehst und wir gegen den Willen des Kaisers unsere Ehe schließen, alles, was dir bisher lieb und wert war, aufgeben müssen. Namen und Stellung, selbst den Dienst müßtest du quittieren –«

»– und ich würde es gern tun, Milly!«

»Vielleicht käme doch eines Tages Reue über dich, Johann.«

»Wie oft soll ich dir noch sagen, daß das niemals kommen wird! Genügt dir mein Wort nicht?«

Lächelnd schaute sie zu ihm auf.

»Es macht mich ja so unendlich glücklich, mich so geliebt zu wissen, aber überlege es dir genau, sehr genau, Johann, denn du würdest nie mehr bei Hofe erscheinen dürfen, wenn du mich heiratest, du wirst –«

»Ich weiß das alles, Milly. Der Kaiser hat mir alles vor Augen gehalten und hat mir doch nicht das Versprechen abzwingen können, auf dich zu verzichten. Noch bleibt uns beiden eine Hoffnung – die Hilfe des Kronprinzen Rudolf. Bald wird der Kaiser ihm ein Mitbestimmungsrecht in wichtigen Entscheidungen einräumen müssen – und dann kommen wir ans Ziel. So schwer es auch für uns ist, ich werde mich vorerst scheinbar fügen, um zur gegebenen Zeit erneut einen Vorstoß zu wagen. Einmal werde ich doch Sieger bleiben.«

* *
*

Als der Notschrei ihres Sohnes die Kaiserin erreichte, besann sie sich nicht eine Minute und reiste sofort heim. Immer wieder mußte sie Rudolfs Brief lesen.

*»Ich muß mit Dir sprechen, Mama. Ich brauche einen Menschen, dem ich mich anvertrauen kann und der mir Rat und Hilfe gibt. Du bist die einzige, die mich verstehen wird, die einzige, die mir helfen kann. Deshalb komme bald!«*

Und sie war tief erschüttert, als sie dann dem Sohn gegenüberstand. Sie kannte ihn kaum wieder, so sehr hatte er sich in der kurzen Zeit verändert.

Fest hielt sie ihn umschlungen, und ihre heißen Tränen rannen auf sein Gesicht.

Endlich löste sie sich von ihm und nahm auf dem Sofa Platz.

»Nun erzähle, Rudi«, bat sie leise.

Da fiel Rudolf vor ihr auf die Knie und barg seinen Kopf in ihrem Schoß.

»Ich bin todunglücklich, Mama«, stöhnte er auf. »Mehr weiß ich nicht!«

Zärtlich strich sie ihm über das Haar.

»Mein armer Junge –!«

»Ja, arm bin ich, Mama. Ärmer als ein Bettler auf der Straße. Stephanie martert und quält mich mit ihrer Eifersucht und macht mir Szenen, die mich zur Raserei bringen. Noch nicht ein Jahr bin ich verheiratet, bin kaum vierundzwanzig Jahre alt, und schon ist mir das Zusammenleben mit ihr eine Höllenpein. Wie soll ich das ein ganzes Leben lang ertragen?«

»Das erste Jahr ist das schlimmste, Rudi. Da gibt es die ärgsten Stürme, mein Junge. Auch bei uns, obwohl dein Vater und ich uns in Liebe gefunden hatten, gab es heftige Szenen und Auseinandersetzungen. Aber das gleicht sich mit der Zeit aus. Die harten Kanten schleifen sich ab. Und kommt erst ein Kind, Rudi, dann vergißt man so vieles, dann wird man nachsichtig. Du mußt Geduld haben.«

»Das predigt mir Papa auch! – Geduld! Immer wieder Geduld haben! – Warum erteilt man nur mir diese Lehren und nicht auch Stephanie? Ich habe bei Gott alles getan, um die mir aufgezwungene Ehe einigermaßen erträglich zu gestalten –«

Mit ernsten Blicken schaute die Kaiserin ihren Sohn an.

»Hast du wirklich alles getan, Rudi?«

»Ich habe von allem Anfang an erklärt, daß ich für Stephanie keine Liebe empfinde. Doch sie hat auch keinen Grund, sich über irgendwelche Vernachlässigung zu beklagen. Ich bin stets aufmerksam zu ihr gewesen, habe fast nie bei der Familientafel gefehlt –«

In diesem Augenblick wurde die Tür aufgerissen, und die Kronprinzessin stürmte herein.

»Er lügt – ja, er lügt!« stieß sie leidenschaftlich hervor. »Er nimmt keinerlei Rücksichten auf mich, sondern geht seinen Vergnügungen nach, wo immer sie sich bieten.«

Rudolf sprang auf.

»Du hast gelauscht!« herrschte er sie in verächtlichem Tone an.

Doch Stephanie beachtete seine Worte nicht, sondern wandte sich der Kaiserin zu und erklärte:

»Ich wollte dich sprechen, Mama, mußte dich sprechen. Damit du über alles unterrichtet bist, was in deiner Abwesenheit geschah. Zufällig hörte ich Rudolfs Worte. Es ist schändlich, daß er mich anklagt. Dabei habe ich tausend Gründe, mich über ihn zu beschweren.«

Mit todblassem Gesicht wandte sich der Kronprinz ab. »Nun habe ich nichts mehr zu sagen, Mama!« Und ehe Elisabeth ihn zurückhalten konnte, hatte er das Zimmer verlassen.

Die Kaiserin saß wie erstarrt.

Stephanie aber begann bitterlich zu schluchzen und klagte:

»Da siehst du gleich, Mama, wie Rudolf ist. Sobald man ihn zur Rechenschaft zieht, läuft er davon.«

»Auf solch eine Art, wie du es eben getan hast, zieht man auch keinen Mann zur Rechenschaft, Steffi«, entgegnete Elisabeth nicht ohne Vorwurf.

Stephanie lachte schrill auf.

»Ich hätte mir ja denken können, daß du deinen Liebling in Schutz nimmst. Da kann ich ja wohl gleich wieder gehen –«

»Nein, du bleibst! Wir wollen ernsthaft miteinander reden, Steffi! Das Glück eurer Ehe liegt mir sehr am Herzen.«

»Mir auch, Mama, das darfst du mir glauben, aber ich habe alle Hoffnung aufgegeben.«

»Das ist Torheit, Steffi. So etwas darfst du dir nicht einreden. Dadurch verschlimmerst du nur deine Lage, und wenn du Rudi liebhast, dann wirst du lieber alles daransetzen, ihn für dich zu gewinnen.«

»Ach, ich wünsche mir ja nichts sehnlicher. Ich habe ihn ja so sehr lieb. Er aber sieht immer nur nach anderen Frauen, und dann kann ich mich nicht beherrschen, dann werde ich heftig –«

»Eine Frau muß sich im Zaum halten können, Steffi! Vor allen Dingen darfst du deinem Manne nie zeigen, daß du eifersüchtig bist.«

»Hast du das nie getan, Mama?«

»Ich habe nie Grund dazu gehabt, Kind.«

»Nun, jetzt hast du ja alle Ursache –«

Elisabeth horchte auf.

»Jetzt? – Wieso?«

»Die Spatzen pfeifen es in Wien ja von allen Dächern, daß der Kaiser Franz Joseph die Schauspielerin Katharina Schratt protegiert.«

Elisabeth beherrschte sich, und um nicht zu zeigen, wie sehr sie über diese Mitteilung erschrak, entgegnete sie gelassen: »Doch, Steffi, man hat mir bereits von diesem Klatsch erzählt!«

»Das dachte ich mir! Denn man ist ja hier bei Hofe immer auf der Jagd nach Sensationen, um diese unter dem Siegel der Verschwiegenheit von Mund zu Mund zu tragen.«

»Nun, ich denke, der Klatsch wird am Hofe deines Vaters ebenso zur Tagesordnung gehören, wie an allen anderen Höfen.«

»Du hast recht, Mama!«

»Wenn du das weißt, Stephanie, warum leihst du dann den Schwätzern dein Ohr? Warum schickst du sie nicht einfach fort?«

Ausweichend zuckte die junge Frau die Schultern und meinte:

»Mein Gott, man hat so oft Langeweile, Mama, und da hört man ganz gern einmal Klatsch.«

»Es wird also jetzt nicht nur über Rudolf, sondern auch über den Kaiser gesprochen?«

»Seit einiger Zeit klatscht man sogar über den Kaiser mehr als über den Kronprinzen.«

»Hast du davon dem Kaiser noch nichts gesagt?«

»Nein, denn es ist ja Wahrheit, was sich die Leute erzählen. Davon habe ich mich selbst überzeugt. Der Kaiser, der bisher fast nie ins Theater kam, besuchte jede Vorstellung, in der die Schratt spielt. Doch, wenn du nun wieder in Wien bist, Mama, wird er es ja sicher nicht mehr tun.«

»Warum, Steffi? Ich würde mich sehr freuen und gern recht oft mit ihm zusammen das Theater besuchen.«

»Bist du denn gar nicht eifersüchtig, Mama?«

»Da würde ich mich wohl in meinem Alter lächerlich machen, Steffi.«

»Wie kannst du nur so sprechen, Mama? Du bist noch so jung und so schön. Ach, wenn ich dich anschaue, dann verstehe und begreife ich ja, daß Rudolf mich nicht lieben kann, ich bin ja so unscheinbar –«

Rasch schloß Elisabeth die Weinende in die Arme.

»Sei nicht traurig, Steffi, jetzt bin ich da und werde alles tun, um dir zu helfen.«

Dankbar küßte die Kronprinzessin ihre Schwiegermutter.

»Ich wäre ja so glücklich, wenn ich Rudolf gefallen könnte.«

»Verlier nur nicht den Mut, Steffi, und hüte dich vor allen Dingen vor eifersüchtigen Szenen, dann wird schon noch alles gut werden. Und wenn euch der Himmel ein Kind schenkt, dann wirst du bestimmt einmal das Glück finden, das du dir wünschst.«

Getröstet und von neuen Hoffnungen erfüllt verließ Stephanie das Zimmer der Kaiserin.

Elisabeth aber blieb sehr ernst und nachdenklich zurück.

Katharina Schratt – Katharina Schratt – Etwas anderes vermochte sie plötzlich nicht mehr zu denken.

Um den Sturm, der über sie hinwegbrauste, verebben zu lassen, blieb sie nicht in der Hofburg, sondern fuhr nach ihrem Schloß Waldesruh.

Dort wollte sie nur sich selbst gehören, um den Weg zu finden, den sie hinfort gehen mußte.

* *
*

Ich muß die Kaiserin sehen – so dachte Katharina Schratt, als sie von Elisabeths Ankunft in Wien hörte.

Und schon am anderen Morgen fuhr sie nach Schloß Waldesruh hinaus.

Die Dienerschaft war entsetzt und entgeistert, als die junge Schauspielerin im Schloß erschien und verlangte, der Kaiserin gemeldet zu werden.

Niemand wagte, diese Anmeldung zu übernehmen.

Ein Tuscheln und ein erregtes Flüstern begann, als wäre irgendein Staatsverbrechen geschehen.

Doch Katharina Schratt, die sehr wachsame Ohren und sehr kluge Augen hatte, erriet sofort, was für Klatsch im Entstehen war. Rasch entschlossen erklärte sie, als der Kammerdiener zu ihr zurückkehrte und den Bescheid brachte, daß Ihre Majestät den Befehl gegeben habe, keine Besucher vorzulassen:

»Mit mir wird Ihre Majestät die Kaiserin eine Ausnahme machen, denn Seine Majestät selbst schickt mich hierher. Beeilen Sie sich also, mich bei Ihrer Majestät der Kaiserin zu melden, sonst werde ich mich bei dem Kaiser über Sie beschweren.«

Da verbeugte sich der Kammerdiener tief vor der kleinen, energischen Dame und eilte davon.

Die Kaiserin hatte eine schlaflose Nacht hinter sich.

Überrascht horchte sie auf, als ihr die Schauspielerin Katharina Schratt gemeldet wurde.

Diese Frau, die im Mittelpunkt des neuesten Klatsches der Wiener Gesellschaft stand, wagte es, um Audienz bei ihr zu bitten?

Sekundenlang überlegte Elisabeth.

Doch ein flüchtiger Blick in das Gesicht des Dieners, das unverhohlene Neugier und Spannung widerspiegelte, ließ sie erkennen, daß sie allem häßlichen Gerede die Spitze abbrechen würde, wenn sie die Schauspielerin empfing.

Erwartungsvoll sah sie nun der Besucherin entgegen.

Katharina Schratt versank in einen tiefen Knicks und verharrte an der Tür.

Ein paar Herzschläge lang herrschte Schweigen zwischen den beiden Frauen.

Dann glitt ein Lächeln um Elisabeths fein geschwungenen Mund.

Mit einer hoheitsvollen, aber unendlich liebenswürdigen Gebärde streckte sie der jungen Schauspielerin die Hand entgegen und sagte:

»Sie sind also Katharina Schratt –!«

Leicht erregt faßte diese die Hand der Kaiserin und preßte einen Kuß darauf.

»Majestät wissen also schon?« stammelte sie verlegen, wobei eine glühende Röte sich über ihr Gesicht ergoß.

Elisabeth nickte ernst und entgegnete:

»Ja, ich weiß, daß sich der neueste Klatsch der Wiener mit Ihnen beschäftigt, Fräulein Schratt.«

Da Elisabeths Augen voller Güte waren, faßte sich die junge Schauspielerin ein Herz und erklärte:

»Aus diesem Grunde komme ich zu Ihnen, Majestät. Ich muß Ihnen sagen, Majestät, daß an all dem häßlichen Gerede kein wahres Wort ist. Ein Zufall hat mich dem Kaiser in den Weg geführt. – Majestät, bei allem, was mir heilig ist, schwöre ich Ihnen, daß ich Ihnen die volle Wahrheit sage. – Sie sollen nicht an Ihrem Gatten irrewerden, Sie sollen nicht an ihm zweifeln und vielleicht glauben, daß seine Liebe zu Ihnen geringer geworden sei. Nein, nein, das ist nicht der Fall, und das wird auch nie geschehen! Sie sind die einzige Frau, die der Kaiser über alles liebt.«

»Hat er Ihnen das gesagt, Fräulein Schratt?«

»Mit Worten nicht, Majestät, aber eine Frau fühlt, wie es um das Herz eines Mannes bestellt ist. Er spricht nur Liebes und Gutes von Ihnen, und aus allen seinen Worten klingt die Sehnsucht nach der geliebten Frau. Er ist sehr einsam, wenn Sie fern von ihm sind, Majestät, und weil ich das Alleinsein für Gift halte, bin ich so überglücklich, daß es mir gelungen ist, ihm darüber hinwegzuhelfen und ihn das Lachen wieder zu lehren. – Was sollte denn werden, wenn er ein verbitterter Sonderling wird? Nur aus diesem Grunde habe ich den Wunsch des Kaisers erfüllt und ihm ab und zu eine Stunde Zerstreuung verschafft, habe ihm erzählt, was es an Neuigkeiten im Volk gibt. Schließlich muß er doch einen Menschen haben, der ihm ab und zu Dinge berichtet, die ihm von seinen Hofbeamten geflissentlich verschwiegen werden. Aber, Majestät dürfen nicht glauben, daß ich mich je vermessen hätte, in die Rechte Ihrer Majestät einzudringen. Wie könnte auch ich, die kleine Schauspielerin, die Kaiserin, die schönste Frau Österreichs, je verdrängen? – Schauen Sie, Majestät, das wollte ich Ihnen sagen und recht schön bitten, darüber nicht böse zu sein. Nun habe ich ja wohl meine Mission erfüllt. Sie sind wieder daheim, Majestät, und wenn Sie bei dem Kaiser sind, braucht er keine Katharina Schratt mehr. Ich weiß, es ist eine große Kühnheit von mir, daß ich gewagt habe, zu Ihnen zu kommen und Ihnen das alles zu sagen. Doch ich habe nicht anders gekonnt, Majestät. Und ich wollte doch auch einmal unsere Kaiserin, von der alle begeistert sind, die alle lieben, kennenlernen. Nun ist mein Wunsch erfüllt, nun kenne ich unseren Franzl und auch seine Sissi –« Erschrocken schlug sich Katharina Schratt auf den Mund und stammelte: »Verzeihung, Majestät, daß mir das so herausgerutscht ist. Aber ich bin nun einmal ein Kind aus dem Volke, und das spricht halt nur von seinem Franzl und seiner Sissi. Machen Sie nun mit mir, was Sie wollen, Majestät, ich halte still, ich will alles hinnehmen, was Sie über mich bestimmen.«

Elisabeth schaute unverwandt dieses junge, frische Menschenkind an, von dem ein unwiderstehlicher Zauber ausging. Sie konnte verstehen, daß Franz Joseph Gefallen an Katharina Schratt gefunden hatte.

Man mußte ihr gut sein!

Wie liebkosend strich Elisabeth über Katharinas lockiges Haar.

»Kind – Kind!« sagte sie leise und zärtlich.

Beide Frauen fühlten, daß ein Hauch des Schicksals sie streifte, beide wußten sie, daß diese Stunde in beider Leben eine entscheidende Wende bedeutete.

Elisabeth hielt Katharinas Hände umfaßt.

Und leise, ganz leise, als spräche sie zu sich selbst, begann sie: »Ich weiß, daß Franzl einsam ist, sehr einsam! Aber bin ich es denn nicht ebenso? – Tausende und Abertausende jubeln mir zu, wenn ich durch die Straßen fahre, bei rauschenden Festen huldigt man mir, und doch – und doch habe ich

Angst vor alledem – maßlose Angst! – Warum? – Ich weiß es nicht! – Es treibt mich fort von diesen Festen. Ich beneide den Ärmsten der Armen, der unerkannt durch die Städte, durch das Land ziehen kann! – Ich hasse Glanz und Pracht! Ich suche Ruhe, nichts als Ruhe! Hier werde ich sie nie finden. Und niemand versteht mich hier!«

Erschrocken horchte Katharina Schratt auf.

»Dann – dann – wollen Majestät auch diesmal – nicht lange bleiben?«

Elisabeth schloß die Augen und entgegnete:

»Den guten Willen dazu habe ich! Es gibt ja so viel für mich hier zu tun. Rudolfs Ehe muß aufgebaut werden – Valerie, unsere Jüngste, soll endlich in Wien heimisch werden –«

»Das wäre schön, Majestät. Der Kaiser und mit ihm das ganze Land würden glücklich sein, wenn Sie endlich bei uns blieben, Majestät!«

»Ich fürchte, Kind – ich fürchte, daß schon nach kurzer Zeit die quälende Ruhelosigkeit wieder über mich kommen wird, und dann kann mich keine Liebe hier halten. Aber wenn ich wieder fortziehe, dann brauche ich mich ja um den Franzl nicht mehr zu sorgen, denn er wird nicht mehr so grenzenlos einsam sein, wie er es bisher war.«

»Majestät –«

»Still, Kind, lassen Sie mich Ihnen sagen, wieviel mir diese Stunde gibt. Ich war sehr niedergedrückt, als man mir gestern den Klatsch zutrug, als ich von Franzls Freundschaft zu Ihnen hörte. Doch jetzt, seit ich Sie kennenlernte, liebes Fräulein Schratt, jetzt weiß ich, daß Sie vom Schicksal dazu bestimmt sind, dem Kaiser das zu werden, was ich ihm nicht mehr sein kann: seine Freundin und Kameradin, die immer um ihn sein wird, die ihn beraten wird, wenn er einmal nicht mehr ein noch aus weiß, bei der er Entspannung von seiner Arbeit suchen darf –«

»Majestät, das alles sollten Sie dem Kaiser geben«, unterbrach Katharina Schratt erregt.

»Bliebe ich hier, liebes Kind, dann müßte ich alle Repräsentationspflichten der Kaiserin erfüllen, dann müßte ich bei allen Empfängen und großen Festlichkeiten neben dem Kaiser stehen, und alles das ist mir ja so verhaßt und lästig, dazu habe ich keine Kraft und keine Ausdauer mehr. Ich muß alles von mir abschütteln können. Bei Ihnen ist das etwas ganz anderes, Fräulein Schratt. Sie brauchen nur die Feierstunden mit dem Kaiser zu teilen, ich aber, die Kaiserin, ich müßte auch seine Pflichten mittragen –«

»Ist das denn so schwer, Majestät?«

Elisabeth lächelte und strich wieder liebkosend über das Gesicht der jungen Schauspielerin.

»Für mich ist es das Schwerste, was mir vom Schicksal auferlegt worden ist. Vielleicht hätte ich mich mit alledem abgefunden, wenn meine Eltern mich schon in der Jugend auf den schweren Beruf einer Kaiserin vorbereitet hätten. Aber ich bin wie ein wildes Füllen aufgewachsen, wußte nichts von höfischem Zwang und konnte mich deshalb so schwer in die strenge Etikette des österreichischen Hofes einleben. Sie verleidet mir den Aufenthalt hier, sie trübte das Glück meiner jungen Ehe – und deshalb –, deshalb zog ich vor, außer Landes zu gehen – so ist mein Leben ein ewiges Wandern geworden – und wird es auch bleiben. Können Sie das verstehen, Fräulein Schratt?«

Nachdenklich und ergriffen schaute diese vor sich hin und nickte ernst:

»Ja, Majestät, jetzt begreife ich so manches.«

»Bei aller Liebe, die mich und den Kaiser verbindet, Kind, läßt sich nun nichts mehr daran ändern. Man muß mich nehmen, wie ich bin. Aber ich sehe ein, daß ich egoistisch gewesen bin, doch auch das ist ein Erbe der Wittelsbacher. Ich habe immer nur an mich gedacht – niemals daran, wie der Kaiser das Alleinsein trägt. Jetzt sind mir freilich die Augen geöffnet worden, jetzt weiß ich, daß er einen Menschen braucht, mit dem er sich manchmal über alles das aussprechen kann, was sein Herz bewegt. Und deshalb freut es mich, Fräulein Schratt, daß Sie dem Kaiser das werden konnten, was ich ihm nie gewesen bin und auch nicht mehr werden kann. Lassen Sie uns deshalb ein Bündnis schließen. Kommen Sie morgen und alle Tage, die ich jetzt hier verbringe, zu mir. Zwar glaube ich, wir beide haben schon in dieser Stunde zueinander gefunden, wie das ja bei verwandten Seelen gar nicht anders sein kann. Im täglichen Zusammensein aber wollen wir dann unsere Herzen ausschütten und nur daran denken, wie wir dem Kaiser Freude bereiten können.«

Tief erschüttert küßte Katharina Schratt die Hände ihrer Kaiserin.

Und Elisabeth war jetzt ganz ruhig geworden.

Alles, was sie gestern noch quälte und ängstigte, war von ihr abgefallen.

Als Katharina Schratt dann von ihr gegangen war, fühlte sie sich froh und leicht und empfing mit strahlendem Lächeln den Gatten, der zur Teestunde zu Besuch kam.

Bewundernd schaute er sie an. So schön und heiter hatte er sie lange nicht gesehen.

Beglückt küßte er ihr die Hand und sagte:

»Ich freue mich, dich so froh zu sehen, Sissi!«

»Es ist mir auch ein Sonnenstrahl begegnet, Franzl«, entgegnete sie herzlich, während sie ihn mit einer einladenden Handbewegung zum Platznehmen am Teetisch aufforderte.

»Oh – das höre ich gern. Doch wer ist der Sonnenstrahl, der dieses Lächeln auf dein Gesicht zauberte?«

»Fräulein Katharina Schratt!«

Jäh hob Franz Joseph den Kopf und schaute sie an.

»Du weißt –?« fragte er.

Elisabeth nickte. »Stephanie war so liebenswürdig –«

»Auf häßliche Weise natürlich?« stieß er hastig hervor.

»Rege dich nicht darüber auf, Franzl – du weißt, daß ich dem Klatsch kein Gehör schenke.«

»Aber du hast Fräulein Schratt zu dir rufen lassen?«

»Nein, sie ist von selbst gekommen!«

»Was wollte sie bei dir?«

»Das Glück unserer Ehe neu gründen«, erklärte Elisabeth mit feinem Lächeln.

»Dieses Kind –« murmelte Franz Joseph und schüttelte den Kopf.

Elisabeth beugte sich zu ihm und legte liebkosend die Hand auf seinen Arm.

»Ich freue mich ja so, Franzl, daß du dieses Kind gefunden hast.«

»Du glaubst doch nicht etwa, Sissi –«

»– daß du sie liebst, Franzl?« fiel sie rasch ein. »Und wenn es der Fall wäre, ich würde dich verstehen und dir nicht böse sein.«

»Sissi – ich war sehr einsam!«

»Du brauchst dich nicht entschuldigen, Franzl, ich kann das alles so ganz verstehen. Diese Katharina Schratt ist wirklich ein prächtiges Menschenkind.«

»Das ist sie, Sissi. Durch sie lerne ich es, die Welt mit anderen Augen zu sehen. Ich hatte mich zu sehr eingesponnen. Ich wußte ja kaum, was im Volk vorgeht. Durch Katharina Schratt aber erfahre ich, wie man über das, was die Regierung tut, urteilt. Meine Hofbeamten halten ja ängstlich jede Nachricht, die mein Mißfallen erregen könnte, von mir fern. Die kleine Schratt aber spricht frisch von der Leber weg.«

»Du brauchst weder dich noch sie zu verteidigen, Franzl«, erklärte Elisabeth. »Ich sehe ein, daß du in der Zeit, da ich fern bin, nicht ganz allein sein darfst. Ich glaube auch, obwohl ich die junge Schauspielerin heute zum erstenmal gesehen und gesprochen habe, daß sie die richtige Freundin für dich sein wird. Ich erhoffe mir den allerbesten Einfluß für dich! Wenn ich fern bin – und ich kann nun einmal nicht in Wien bleiben –, dann weiß ich dich nunmehr nicht mehr einsam, weiß, daß du dir ab und zu Ruhe und Erholung gönnen wirst, und dieser Gedanke macht mich froh, Franzl, er läßt mich auch alle Schatten, die über Rudolfs Leben liegen, lichter sehen. Ich hoffe zuversichtlich, daß sich zwischen Stephanie und Rudolf noch alles zum besten wenden wird und daß eines Tages doch die Sonne des Glücks über dem Hause Habsburg lacht. Um aber allem häßlichen Gerede die Spitze abzubrechen, wollen wir in der nächsten Zeit des öfteren das Theater besuchen, Franzl. Auch habe ich Katharina eingeladen, mein täglicher Gast zu sein. Bist du also mit mir zufrieden, mein Freund?«

»Du bist und bleibst der liebste und beste Mensch, den es für mich auf Erden gibt, Sissi. Was auch trennend zwischen uns stehen mag, in jenen Stunden, da du mir nahe bist, fühle ich mich ganz mit dir verbunden, und mein Herz weiß von keiner anderen Frau.«

Liebkosend streichelte Sissi über sein ergrauendes Haar.

»Wie ganz anders hätte unser Leben werden können, wenn nicht andere so viel in den ersten Jahren unserer Ehe zerstört hätten«, sagte sie traurig. »Aber Geschehenes läßt sich nicht mehr gutmachen. Wir müssen unser Schicksal tragen, wie es nun einmal ist.«

Der Kaiser küßte sie innig, hielt sie ganz fest, und wie so oft schon in den langen Jahren ihrer Ehe erlebten sie auch heute wieder, daß es Stunden gab, in denen sie sich ganz nahe waren und alle Schatten in ein Nichts versanken.

*   *
*

Erzherzog Johann Salvator litt namenlos unter dem harten Nein des Kaisers. Dazu kam noch, daß ihm der Dienst in der Linieninfanterie keinerlei Freude machte.

Finster und in schwere Grübeleien versunken ging er durch die nächsten Tage und Wochen.

Da drang die Kunde zu ihm, daß die Bulgaren ihren Herrscher, den Fürsten Alexander von Battenberg, abgesetzt hatten. Der Fürst war geflohen und das Land ohne Monarch. Ein Regentschaftsrat war eingesetzt worden, der die Staatsgeschäfte vorläufig führte.

Jetzt sah Erzherzog Johann plötzlich den Weg offen vor sich liegen, der ihn zur Erfüllung seiner Träume führen konnte.

Er mußte sich um die bulgarische Krone bewerben.

Wenn er sie erhielt, dann war er frei, dann konnte er, ohne noch jemand erst fragen zu müssen, seine Milly heiraten.

Er legte sich einen Plan zurecht, der ihn zum Ziel bringen mußte, und ging auch sogleich an die Durchführung.

Rebellengeist war es, der in ihm wach wurde.

* *
*

Elisabeth war es wirklich gelungen, zwischen ihrem Sohn Rudolf und Stephanie eine Versöhnung zustandezubringen.

Sie hatte sich in ihren Voraussetzungen, daß Rudolf auf seine Frau aufmerksam werden und ihr einiges Interesse schenken würde, wenn sie sich äußerlich änderte, nicht getäuscht.

Kaum trug Stephanie eine andere Frisur und Toiletten, die die Kaiserin für sie ausgesucht hatte, geschah es, daß Rudolf seine eigene Frau, die er bisher sträflich vernachlässigt hatte, bei Hoffestlichkeiten auszeichnete, mit ihr tanzte und ihr keinen Grund zur Eifersucht gab.

Um die günstige Stimmung des Kronprinzenpaares auszunützen, schickte der Kaiser seinen Sohn und dessen Gemahlin auf Reisen innerhalb der Länder, damit auch das Volk seinen einstigen Herrscher und dessen Gattin kennenlernen sollte.

Elisabeth aber reiste wieder von Wien ab und irrte ruhelos durch die Welt. Bis sie die Nachricht erhielt, daß Stephanie guter Hoffnung sei, und daß sie es sich wünsche, die Kaiserin in ihrer schweren Stunde in ihrer Nähe zu wissen. Da kehrte Elisabeth nach Wien zurück. Man hätte ihr ja keine liebere Nachricht schicken können als diese.

Rudolfs Ehe sollte mit einem Kind gesegnet werden!

Dieses Bewußtsein machte sie glücklich, denn des Kaisers sehnlichster Wunsch, die Thronfolge der Habsburger in direkter Linie gesichert zu wissen, vereinigte sich mit dem ihren.

Und heimlich hoffte und erwartete sie, daß zarte Kinderhändchen die Herzen der Eltern aneinanderbinden würden.

Sie glaubte alles in bester Ordnung und war daher bitter enttäuscht, als sie Rudolf abermals als einen ruhelosen, einen unsteten Menschen wiedersah.

Besorgt schüttelte sie den Kopf, zog den Sohn an sich und schaute ihm tief in die Augen.

»Bist du auch jetzt noch nicht glücklich, Rudi?«

»Hast du das wirklich geglaubt, Mama? – Hast du wirklich gedacht, daß es jemals zwischen mir und Stephanie eine Liebe geben könnte, wie sie zwischen dir und Papa gewesen ist? Das ist ausgeschlossen! Wenn nicht von der ersten Begegnung an Sympathie vorhanden ist, dann wird sie auch nie und nimmer kommen.«

»Rudi, haben die bevorstehenden Familienfreuden nicht alle Differenzen ausgeglichen, alle Härten abgeschliffen?«

»Ach, Mama, ein paar Wochen schien es ja, als ob es zu einem erträglichen Verhältnis zwischen uns kommen würde. Manchmal sah Steffi sehr nett aus, und ich hoffte, daß sich mit ihrem Äußeren auch ihr Inneres wandeln würde. Leider habe ich mich in diesen Erwartungen getäuscht. Stephanie ist immer wieder in ihre alten Fehler zurückgefallen. Nicht einmal die bevorstehenden Mutterfreuden haben sie umstimmen können. Sobald sie irgend etwas erfahren hatte, was ihr nach ihrer Ansicht Grund zur Eifersucht gab, hat sie mir die allerschlimmsten Szenen gemacht und damit natürlich alles wieder zerschlagen, was sich zwischen uns aufgebaut hatte.«

»Mein Gott, davon ahnte ich nichts, sonst wäre ich früher zurückgekehrt.«

»Du hättest auch nicht helfen können, Mama. Keiner kann helfen. Höchstens Gott und der Papst!«

»Wie meinst du das, Rudi?« fragte die Kaiserin erschrocken.

»Nun, Gott kann helfen, indem er uns einen Sohn schenkt. Dann ist ja die Thronfolge gesichert. Und der Papst soll seine Einwilligung geben, daß ich die unerträglichen lästigen Fesseln dieser mir aufgezwungenen Ehe wieder abstreifen kann.«

»Rudolf – Rudolf – wie soll das alles noch einmal enden?«

Da fiel er vor ihr in die Knie nieder, wühlte seinen Kopf in ihren Schoß und bat mit erstickter Stimme:

»Hilf mir doch, Mama, hilf mir! Sonst weiß ich nicht, was werden soll.«

Ehe Elisabeth antworten konnte, erschien ein Kammerdiener und meldete, daß die Frau Kronprinzessin die Kaiserin zu sich bitten lasse.

Elisabeth erhob sich rasch. Rudolf lehnte mit bleichem Gesicht am Schreibtisch.

Auch die Kaiserin sah blaß aus und winkte dem Diener mit einer matten Handbewegung zu.

»Ich komme –«

Kaum war die Tür hinter dem Diener ins Schloß gefallen, da sagte Rudolf:

»Da hast du den besten Beweis, wie eifersüchtig Stephanie ist. Nicht einmal dieses Zusammensein mit dir gönnt sie mir!«

»Wir sprechen uns später noch einmal«, tröstete sie.

Er nickte stumm und starrte zum Fenster hinaus.

Elisabeth wurde das Herz noch schwerer. Sekundenlang stand sie unschlüssig da, dann eilte sie auf Rudolf zu, umfaßte ihn zärtlich, drückte ihn an sich und hielt ihn ganz fest. Dabei lag ihre Wange an der seinen. Sie spürte, wie eine Träne ihr Gesicht feuchtete.

»Rudolf – Tränen –?«

Heftig wandte er sich ab, fuhr sich mit einer nervösen Bewegung über das Gesicht und bat:

»Laß mich, Mama – laß mich – nur nicht fragen. Geh nur – Stephanie wartet ja auf dich!«

Aber noch einmal umfaßte die Kaiserin den Sohn und schaute ihn forschend an:

»Rudi, was ist dir? – Kann ich dir helfen?«

»Nein! Niemand kann mir helfen, das sagte ich ja schon –«

»Soll ich mit Stephanie sprechen?«

»Jetzt? – In ihrem Zustand? – Jede Aufregung muß von ihr ferngehalten werden. Geh nur zu ihr, beeile dich, denn wenn ihre Wünsche nicht augenblicklich erfüllt werden, dann bekommt sie Schreikrämpfe – und das ist schrecklich anzuhören. Geh nur, Mama, geh – und sorge dich nicht um mich, ich beiße schon die Zähne zusammen.«

Elisabeth sah ein, daß es zwecklos sein würde, diese Unterredung fortzusetzen. Sie würden ja doch zu keinem Ziel kommen.

Noch einmal streichelte sie in aller Zärtlichkeit über das Haupt des Sohnes, noch einmal schmiegte sie sich zärtlich an ihn und flüsterte ihm zu:

»Ich bin ja jetzt da, Rudi, vielleicht –«

Aber vor seinem verzweifelten und ungläubigen Blick verstummte ihr Mund. Sie wagte es nicht, irgendeine Hoffnung auszusprechen, und ging müde und sehr niedergedrückt aus dem Zimmer. Als sie eines der Gemächer durchquerte, begegnete sie dem Kaiser, der so sehr in Anspruch genommen war, daß er sie nur flüchtig hatte begrüßen können.

Mit aufleuchtenden Augen kam er ihr entgegen und streckte die Hände nach ihr aus.

»Sissi, meine Sissi!« Aber er erschrak, als er ihr verstörtes Gesicht bemerkte. »Was ist dir, Liebe? Du hast Tränen in den Augen? Und solltest dich doch eigentlich freuen, daß nun unser sehnlichster Wunsch erfüllt werden wird!«

Sie schluckte die Tränen hinunter.

»Ich freue mich ja auch, Franzl – aber wir müssen diese Freude sehr teuer erkaufen.«

»Wieso?«

»Nun, Rudi ist nicht glücklich!«

»Nicht glücklich? Ich denke, er hat sich längst mit seinem Schicksal abgefunden? – Wenigstens habe ich in der letzten Zeit nichts davon bemerkt, daß er einen unglücklichen Eindruck gemacht hätte.«

»Du hast wohl auch kaum darauf geachtet, Franzl!«

»Ganz recht, Sissi, ich habe den Kopf mit anderen Dingen voll – und dann –, mein Gott, ich sagte mir, daß das bevorstehende freudige Ereignis schließlich alle Schatten dieser Ehe tilgen würde. Um so mehr erschreckst du mich nun, Sissi! Hat Rudolf dir gegenüber geklagt?«

»Ja.«

»Zu mir kommt er damit nicht.«

»Wahrscheinlich fürchtet er, daß du zu wenig Verständnis für ihn haben würdest.«

»Ja, das würde wohl auch der Fall sein. Ich würde ihm jedenfalls den Kopf gehörig zurechtrücken, wenn er etwa gegen die Hausgesetze verstoßen wollte und ebensolche hirnverbrannten Ideen hätte wie sein Vetter Johann Salvator.«

Elisabeth schaute forschend den Gatten an.

»Was ist mit Johann Salvator, Franzl?«

»Ärger bereitet er mir, Kummer und Verdruß.«

»Wegen seiner Liebelei mit dem kleinen Bürgermädel?«

»Ja.«

»Ist diese Geschichte immer noch nicht zu Ende?«

»Im Gegenteil, er hält fester als je zu diesem Mädchen. Aber das ist es nicht allein, was mich so außer Fassung bringt. Er steckt auch noch hinter allerlei Plänen, die bewußt gegen mich gerichtet sind.«

»Das ist doch unmöglich, Franzl, so etwas tut der Johann Salvator nicht«, versuchte Elisabeth den Abwesenden zu verteidigen.

»Er tut es doch. Aber genug davon. Du sollst an diesen Sorgen nicht auch noch teilhaben, hast ja schon mit unserer eigenen Familie genug zu tun – und mit dem Johann Salvator werde ich schon fertig. Ganz klein soll er werden, ganz demütig – und sich völlig unter meinen Willen beugen.«

»Und wenn er es nicht tut, Franzl? Wenn er es wagt, sich gegen den Zwang aufzulehnen, was dann?«

Kaiser Franz Joseph kniff die Augen zu. Sein sonst so gütiges Gesicht bekam einen finsteren Ausdruck, und hart und unerbittlich entgegnete er:

»Dann wird er die Konsequenzen ziehen müssen.«

»Verabschieden willst du ihn, wenn er nicht klein beigibt?«

»Ja – denn solche Elemente kann ich nicht in meinem Heer gebrauchen – für solche Elemente ist auch kein Platz an meinem Hof.«

»Aber du wirst ihm doch eine Bedenkzeit geben? Er war dir doch einmal ebenso lieb wie dein Sohn, Franzl?«

»Das ist längst vorbei. Johann Salvator verdient diese Liebe nicht. Er ist imstande, meine Getreuesten, ja selbst meinen eigenen Sohn gegen mich aufzuhetzen, und deshalb –« Aber wieder brach er hastig ab, zog Elisabeth in seine Arme und küßte sie auf die Stirn, wobei er rasch fortfuhr: »Sei nicht böse, daß ich dir das Herz schwermache. Du sollst doch endlich einmal Freude am Hofe erleben. Geh nur zu Stephanie, stehe ihr in den schweren Stunden bei – und bringe mir bald, recht bald die Nachricht, daß uns ein Enkel geboren ist.«

Elisabeth schaute ihn ernst an und fragte:

»Und wenn es nun eine Enkelin ist, Franzl –?«

Hastig erklärte er:

»Ich wünsche mir einen Erben für den Thron, Sissi, das weißt du – und deshalb würde meine Freude getrübt sein, wenn statt eines Buben ein Mädel käme.«

Elisabeth erschrak. Lieber Gott, welche Enttäuschung würde es geben, wenn ein kleines Prinzeßchen zur Welt kam –

Schweren Herzens begab sich die Kaiserin zu ihrer Schwiegertochter, die sehr unruhig war, maßlose Angst vor ihrer Niederkunft hatte und gleichfalls von nichts anderem sprach, als daß sie sich einen Sohn wünschte.

Aber es kam ein kleines Mädchen, ein quicklebendiges, kräftiges Kind, das lebhaft schrie, als die Kaiserin es dem Vater brachte.

Mit finsterem Blick starrte Rudolf auf das winzige, kleine Menschenkind nieder.

»Ein Mädel!« sagte er enttäuscht. »Also doch ein Mädel –«

»Ich habe auch erst zwei Mädel gehabt, ehe du das Licht der Welt erblicktest.«

Da faßte er nach dem Kind, nahm es auf seine Arme und preßte es sanft an sich. Ganz eigen wurde ihm plötzlich zumute, weich und zärtlich, als er sein eigenes Fleisch und Blut vor sich sah. Und wie entschuldigend sagte er:

»Es kann ja nichts dafür, daß es ein Mädel ist! Wir wollen es sie auch nie entgelten lassen.«

Er beugte sich über das Kind und küßte es, dann reichte er es seiner Mutter zurück, die es zum Kaiser brachte.

Auch er war enttäuscht, auch er schüttelte den Kopf und murmelte:

»Ein Mädchen! Schade, schade! Ich hatte so sehr auf einen Thronfolger gehofft.«

So kam es, daß schon am ersten Tage nach der Geburt der kleinen Prinzessin, die in der Taufe den Namen Elisabeth erhielt, keine rechte Freude am Hofe herrschte.

In diesen Tagen ließ sich Gräfin Larisch melden, um ihre Glückwünsche zur Geburt des ersten Enkelkindes darzubringen.

Elisabeth empfing ihre Nichte mit offenen Armen.

Eine Weile hielten sich die beiden Frauen innig umschlungen, dann nahmen sie nebeneinander auf dem Sofa Platz, und Elisabeth schaute bewundernd ihre Nichte an.

»Wie schön du geworden bist, Maria«, sagte Elisabeth lächelnd, »viel zu schön! Ich glaube beinahe, daß du den Männern jetzt noch gefährlicher werden wirst als früher.«

Maria Larisch lachte hell auf. Und als sie lachte, sah sie wirklich wie das blühende Leben selbst aus.

»Ich habe gar keine Zeit, mich um Männer zu kümmern, Tante Sissi, denn meine beiden Kinder nehmen mich voll und ganz in Anspruch – und bald wird es im Hause Larisch noch mehr Arbeit geben. Ich bin schon wieder guter Hoffnung.«

»Maria – du bist ja beneidenswert! Einen Bub und ein Mädel hast du schon, und nun kommt noch ein drittes Kind! Freust du dich über soviel Glück?«

Die junge Gräfin nickte.

»Ja, Tante Sissi, mein Mutterglück ist groß und söhnt mich mit allem anderen aus, was nicht so ganz nach meinen Wünschen gegangen ist.«

»Dein Glück mit Georg ist also noch immer nicht –«

Maria wehrte hastig ab und unterbrach die Kaiserin:

»Meine Ehe ist eben eine jener Dutzendehen. Wir leben zumeist nebeneinander her. – Und wenn ich meine süßen Kinder um mich habe, dann wünsche ich nichts anderes, als daß diese ihrer Mutter einmal alles das an Liebe geben, die sie in der Ehe nicht gefunden hat. Aber sprechen wir nicht mehr von mir, Tante Sissi! – Ich bin ja zu dir gekommen, um dir Glück zu wünschen, Glück zu dem Enkelkind.«

In diesem Augenblick erklang ein rasches Klopfen an der Türe, und noch ehe die Kaiserin »Herein« gerufen hatte, trat Rudolf ins Zimmer.

Kaum erblickte er Maria Larisch, da leuchteten seine Augen auf.

Maria bemerkte den sorgenden Blick der Kaiserin, und da sie ihre Tante Sissi noch ebenso liebte wie einst, begrüßte sie Rudolf mit großer Reserve.

Auf eine Aufforderung der Kaiserin hin setzten sie sich zusammen und versuchten, miteinander zu plaudern.

Rudolf erzählte von seinen Reisen, Maria plauderte von ihren Kindern, berichtete, daß sie zu größeren Einkäufen nach Wien gekommen sei.

Doch je mehr sie sprach, um so nervöser wurde Rudolf, um so mehr umwölkte sich seine Stirn.

Mit einem stummen Wink gab Elisabeth nach einiger Zeit Maria zu verstehen, daß sie sich zurückziehen möge.

Da diese selbst froh war, aus der Nähe Rudolfs, der auch über sie eine quälende Unruhe gebracht hatte, fortzukommen, verabschiedete sie sich unter dem Vorwand, eine Einladung bei der Baronin Vetsera angenommen zu haben.

Mutter und Sohn waren allein.

Minutenlang herrschte Schweigen zwischen ihnen, dann sagte Rudolf:

»Maria wäre die rechte Lebensgefährtin für mich geworden! Herrgott, dann wäre ich ein anderer Kerl geworden! – So aber –!«

Er trommelte nervös mit den Fingerspitzen auf die Tischplatte, stieß hastig die Rauchwolken seiner Zigarette in die Luft und fuhr mit heiser erregter Stimme fort: »So aber werde ich nach und nach zermürbt werden – alle Freude am Leben wird mir vergällt! – Und das alles nur, weil ich nicht die richtige Frau bekommen habe! – Maria ist schön, ihre Augen strahlen, ihr Lachen ist ein Gesundbrunnen. – Warum, Mama, warum habt ihr damals meine Heirat mit Maria hintertrieben? – Warum habt ihr mir ein solches gesundes, blühendes Glück nicht gegönnt? – Warum –?«

Ausweichend zuckte Elisabeth die Schultern und antwortete nicht. Da wandte sich Rudolf wieder zum Gehen, und Elisabeth hielt ihn nicht zurück. Doch sie hatte noch mehr Angst um den Sohn, Angst vor einem neuen Unglück.

Lange grübelte sie darüber nach, wie sie es verhüten könnte. Und sie kam zu dem Ergebnis, daß sie wieder reisen mußte, und Maria sollte sie begleiten.

Auf keinen Fall durften sich diese beiden jungen, schönen Menschenkinder des öfteren wiedersehen.

Es durfte innerhalb der Familie zu keiner Liaison kommen. Sie, die Mutter, mußte alles tun, um jeden Skandal zu vermeiden und nach außen den Schein zu wahren, daß die Ehe des Kronprinzen glücklich war.

Schon am anderen Tage war sie bei Maria und überredete sie zu einer Reise zu den Großeltern.

Maria, die selbst ein wenig Angst vor ihrem heißen Herzen hatte und sich um ihrer Kinder willen nicht in ein neues Abenteuer stürzen wollte, sagte bereitwillig zu und verständigte ihren Gatten von ihrer Absicht.

Noch ehe Stephanie aus dem Wochenbett aufstand, war die Kaiserin schon wieder von Wien abgereist.

Stephanie war nicht sonderlich erfreut von dieser Nachricht. Freilich ahnte sie nicht, daß sie es gerade ihrer Schwiegermutter verdankte, wenn eine große Gefahr für ihre Ehe abgewendet wurde. Auch Rudolf war betroffen, als er die Nachricht erhielt, daß die geliebte Mutter Wien verlassen hatte.

Ohne Abschied von ihm war sie fort.

Er war nur ein paar Tage zur Jagd in Mayerling gewesen, wo er seit seiner Verheiratung am liebsten weilte, und in dieser Zeit hatte seine Mutter Wien wieder verlassen.

Zwar sagte man ihm, daß es seiner Großmutter gesundheitlich nicht gutginge, aber als er hörte, daß seine Mutter Maria Larisch mitgenommen habe, erriet er die wahren Gründe ihrer übereilten Abreise.

* *
*

Und noch einer war mit seinem Schicksal nicht einverstanden: Erzherzog Johann Salvator.

Seine Erwartungen sollten sich nicht erfüllen.

Schmeichler und Heuchler, die sich in die Gunst des Kaisers setzen wollten, verstanden es ausgezeichnet, den Erzherzog Johann Salvator zu verleumden und dem Kaiser die Pläne des Erzherzogs zu verraten.

Der Kaiser war wütend, zürnte um so mehr, als er erfuhr, daß Rudolf im Bündnis mit Johann Salvator war und sich offensichtlich auf die Seite der »Verräter«, wie er den Kreis um den Erzherzog nannte, gestellt hatte.

Es gab eine erregte, stürmische Auseinandersetzung zwischen Vater und Sohn.

Noch stürmischer aber war die Unterredung zwischen Johann Salvator und dem Kaiser.

Das, was Milly Stubel seit langem vorausgesehen hatte, wurde nun Wirklichkeit.

Johann Salvator wurde seines Dienstes enthoben und zur Disposition gestellt.

Ohne auch nur mit der Wimper zu zucken, hörte er die Worte des Kaisers an. Er verriet mit keinem Wort etwas von seinen Empfindungen. Stolz und aufrecht, wie er gekommen war, verließ er nach dieser Erklärung, die er mit einer knappen Verbeugung beantwortet hatte, das Audienzzimmer.

Und als er im Vorzimmer zu den kaiserlichen Gemächern die neugierigen Blicke der dort wartenden Hofbeamten sah, da zwang er sich zu einem Lächeln, verbeugte sich liebenswürdig nach allen Seiten, grüßte und verließ, als käme er von einer jener freundschaftlichen Audienzen, die der Kaiser gar oft seinen Verwandten gewährte, das Zimmer.

Da zeigten die meisten enttäuschte Gesichter, denn jeder einzelne hätte gern als Sensationsmeldung die Nachricht mit nach Hause genommen, daß der Erzherzog Johann Salvator von Toskana nunmehr endgültig in Ungnade gefallen sei.

Und dann saß Johann Salvator mit ernstem, fast versteinertem Gesicht im Zimmer des Kronprinzen, der ihn sofort nach der Audienz bei dem Kaiser zu sich hatte holen lassen.

Rudolf war sehr nervös und erregt, als er den Vetter empfing.

»Was ist geschehen? – Erzähle –!«

»Ich werde den schlichten Abschied erhalten!«

»Nein – nein –! Das ist unmöglich! – Verabschiedet? – Du, verabschiedet? Das ist doch Wahnsinn!«

»Der Kaiser glaubt, mich bestrafen zu müssen, Rudi. Und kann es für mich eine härtere Strafe geben, als mich aus dem Heer auszustoßen?«

»Wenn ich alles verstehen kann – aber das nicht – das nicht!«

»Und doch müssen wir uns damit abfinden, Rudi! – An des Kaisers Befehl ist nicht zu rütteln.«

»Er wird mit sich reden lassen, Johann!«

»Glaubst du, daß ich ihn bitten werde – daß ich nach der heutigen Auseinandersetzung bitten werde, mich im Dienst zu behalten? – Ich denke nicht daran! – Niemals werde ich mich vor dem Kaiser demütigen.«

»Dann werden andere für dich bitten, Johann. Deine Mutter – oder die meine –«

»Ich will keine Fürsprache, ich will keine fremde Hilfe, Rudi. Nein, nein, Rudi, ich muß mein Schicksal eben tragen, wie es nun einmal geworden ist. Untergehen werde ich deshalb noch lange nicht – und unterkriegen lasse ich mich durch solche Gewaltmaßnahmen auch nicht. – Im Gegenteil, gerade erst recht werde ich jetzt meinen Weg weitergehen.«

»Das heißt also, daß du Milly Stubel allem zum Trotz heiraten willst.«

»Es ist mir immer ernst mit dieser Heirat gewesen, Rudi, und deshalb werde ich nunmehr alle Vorbereitungen treffen, um Milly zum Altar zu führen.«

Erschrocken wehrte der Kronprinz ab.

»Treibe es nicht auf die Spitze, Johann. Überlege dir alles reiflich. Vielleicht besinnt sich der Kaiser doch eines anderen und verfügt deine Rückberufung.«

»Ich habe wenig Hoffnung darauf.«

»Aber du bist mit Leib und Seele Soldat, Johann. Nach zwei – drei – vielleicht auch vier Wochen wirst du eine entsetzliche Leere deiner Tage verspüren, wenn du keinen Dienst mehr zu tun hast. Johann, höre auf mich, setze dir selbst noch eine weitere Wartezeit aus, brich nicht alle Beziehungen zu dem Hof ab. Vergiß nicht, daß ich der Nachfolger meines Vaters bin. Eines Tages werde ich an seiner Stelle sitzen – und dann, Johann«, er klopfte dem Freund liebevoll die Schulter, »– dann möchte ich einen solch tüchtigen, befähigten und pflichtgetreuen Offizier, wie du einer bist, nicht missen! – Also

Kopf hoch, Johann! – Mein Vater mag heute sehr hart gewesen sein, er war es mit mir auch – aber morgen denkt er über alles vielleicht schon anders. Deshalb begehe in der augenblicklichen Verbitterung nicht eine Torheit, Johann, übereile nichts! – Und denke immer daran, daß ich nach wie vor dein bester Freund bleibe. Wenn wir zwei zusammenhalten, dann muß der Tag kommen, da uns der Sieg zufällt! – Johann, sitze nicht so stumm da, sprich ein Wort – schlage ein in die Freundeshand, die ich dir auch jetzt noch biete. Willst du?«

Und Johann Salvator schlug ein. Kräftig schüttelten sich die beiden Freunde die Hände.

Nach dieser Unterredung, die einen tiefen Eindruck auf Johann Salvator gemacht hatte, verließ er die Hofburg, begab sich in sein Palais, das er ständig während seines Wiener Aufenthaltes bewohnte, und zog die Uniform aus. Dabei mußte er oft die Zähne zusammenbeißen.

Ja – Rudolf hatte recht! – Er war mit Leib und Seele Soldat und konnte sich sein Leben ohne den liebgewordenen Dienst nicht vorstellen. Aber der Kaiser hatte befohlen – und so hieß es eben gehorchen.

Aufjubelnd kam ihm Milly entgegen, als sie ihn unerwartet kommen sah. Doch als sie in sein Gesicht schaute, erriet sie sofort, daß sich etwas Außergewöhnliches ereignet haben mußte.

»Schlimme Nachrichten –?«

»Sehr schlimm! – Ich bin zur Disposition gestellt und werde den schlichten Abschied erhalten. Aber wir wollen deshalb nicht traurig sein, Liebling! – Nein, freuen wollen wir uns, daß wir in der nächsten Zeit uns so ganz gehören können, daß uns der Dienst nicht mehr auseinanderreißt! – Ich werde nun immer bei dir sein können, wir werden schöne Ausflüge unternehmen, werden reisen – und heiraten, Milly, endlich heiraten!«

Wie betäubt lehnte Milly in seinen Armen und lauschte seinen Worten, die ihr das Herz schwermachten.

Immer mehr fühlte sie, daß der Geliebte um ihretwillen soviel erleiden und erdulden mußte.

Durfte sie ein so großes Opfer annehmen?

Je länger Milly Stubel über alles nachdachte, um so mehr kam sie zu der Überzeugung, daß sie nur durch ihren Verzicht auf alle ihre Glücksträume dem Geliebten helfen konnte.

Als die Nacht niedersank und es still im Hause wurde, saß Milly beim flackernden Kerzenschein und schrieb:

*›Mein einzig geliebter Johann!*

*Ich weiß genau, daß Du vor Schreck wie gelähmt sein wirst, wenn Du diese Botschaft erhältst. Ich weiß, daß Du mir lange meinen Schritt nicht verzeihen wirst; aber wenn Dein Schmerz um mich stiller geworden ist, dann wirst Du erkennen, daß ich mit meinem Opfer Dir den größten Dienst erwiesen habe – einen Dienst, wie ihn nur die wahre, die ganz große Liebe erweisen kann.*

*Wenn Du diese Worte liest, weile ich nicht mehr unter den Lebenden. In den kühlen Fluten der Donau habe ich dann mein Grab gefunden.*

*Es muß sein, Johann, daß ich aus Deinem Leben für immer fortgehe, denn eine Liebe, wie die unsere, kann nur der Tod scheiden.*

*Lebe wohl, mein Geliebter!*

*Weine und klage nicht um mich. Ich gebe gern mein Leben dafür hin, daß Dich der Kaiser wieder in Gnaden aufnimmt und Dich an den Posten stellt, der Dir durch Rang und Geburt und durch Deine großen Verdienste um das Vaterland zukommt.*

*Ich habe Dich sehr, sehr geliebt, Johann.*

*Bis zu meinem letzten Atemzug werde ich mit all meinen Gedanken bei Dir sein.*

*Finde Dich ebenso tapfer mit dem Schicksal ab, wie ich es tue. Ich weiß, Du wirst mich nie vergessen.*

*Deine Milly.*‹

Diese Zeilen verschloß sie rasch in einen Umschlag, auf den sie die Adresse des Erzherzogs schrieb. Dann nahm sie sein Bild, küßte es, barg es an ihrem Herzen und verließ leise die Wohnung.

Ein letzter erbitterter Kampf setzte ein.

Doch die Stimme der Vernunft blieb Siegerin. Hastig warf sie den Brief in den Kasten, lief durch die nächtlichen Straßen der Donau zu und erreichte das Ufer des Stromes.

Totenstille herrschte ringsum.

Träge und schwer wälzten sich die Fluten dahin.

Noch einmal blickte Milly zur Stadt zurück, in der sie den Geliebten wußte.

Noch einmal flüsterte sie in heißer Liebe seinen Namen, dann warf sie rasch entschlossen den Kopf zurück und eilte die Böschung hinunter ins Wasser.

Ein leiser, erstickter Aufschrei!

Und die Fluten der Donau schlugen über ihr zusammen.

* *
*

Kaiserin Elisabeth hatte es diesmal nicht lange in der Heimat gefallen.

Eine nervöse Unruhe trieb sie wieder fort.

»Es ist, als sollte ich nie mehr seßhaft werden können«, so erklärte sie ihrer Nichte Maria. »Ich habe Sehnsucht nach Ruhe, ich möchte nichts mehr denken, nur ausruhen. Oftmals ist es mir, als liege wieder ein Unglück in der Luft. Noch sehe ich die Bilder nicht klar, aber ich fühle, daß eine Katastrophe hereinbrechen wird.«

Furchtsam schaute Maria die Kaiserin an.

»Das Zusammensein mit König Ludwig hat dich wieder sehr erregt, Tante Sissi, deshalb beschäftigen dich so schwere Gedanken. Ich glaube wirklich, daß es besser sein wird, wenn wir von hier abreisen.«

»Ich möchte nach Triest. Von da können wir dann weiter nach Korfu fahren. Ich habe Sehnsucht nach der Sonne Griechenlands.«

»Auch ich würde mich freuen, wieder einmal die Schönheiten Korfus genießen zu können.«

Wenige Tage später befanden sie sich in Triest.

Kaum waren sie dort im Hotel angekommen, mußte sich Maria niederlegen. Sie fühlte sich außerstande, die Kaiserin in die Ausstellung zu begleiten.

Der herbeigerufene Arzt riet ihr dringend einige Tage strengste Bettruhe an, da sie sonst ihre und des zu erwartenden Kindes Gesundheitszustand aufs Spiel setzen würde.

Schweren Herzens folgte Maria. Sie blieb nicht gern zurück, da sie die Kaiserin in sehr niedergedrückter Stimmung wußte.

Durch eine Indiskretion einer Person ihrer Begleitung war es in Triest bekannt geworden, daß die Kaiserin in der Stadt weilte.

Eine neugierige Menschenmenge umlauerte ständig das Hotel, in dem die Kaiserin mit ihrer Begleiterin abgestiegen war.

Und als sie die Ausstellung besuchte, mußte sie einen kleinen Empfang durch die Ausstellungsleitung über sich ergehen lassen.

Alle ihre Freude auf diesen Besuch war dahin.

Sie achtete nicht auf das Tuscheln und Raunen der Besucher,

sondern eilte fast fluchtartig durch die Ausstellungsräume und atmete auf, als sie wieder im Freien war und ihren Wagen bestieg.

Erregt kehrte sie ins Hotel zurück und suchte Maria auf. »Erschießen lassen könnte ich denjenigen, der meine Anwesenheit verraten hat«, brauste sie auf. »Ich kann dieses Begaffen und Anstaunen nicht ausstehen. Ich will meine Ruhe haben, nichts als meine Ruhe. Wir reisen noch heute ab, Maria.«

Ein verlegenes Lächeln huschte um den Mund der jungen Frau.

»Leider werde ich dich dann nicht begleiten können, Tante Sissi. Der Arzt wird mir kaum die Erlaubnis zur Reise geben. Und du selbst wirst nicht wollen, daß ich das Leben meines Kindes aufs Spiel setze. Das würde mir auch Georg nie verzeihen, und ihm bin ich doch Verantwortung schuldig.«

Betroffen starrte die Kaiserin ihre Nichte an.

»Verzeih, Maria, daß ich egoistisch war. Natürlich mußt du Rücksichten nehmen, und ich werde mich fügen, obwohl es mir schwer wird, mich noch tagelang im Mittelpunkt des Interesses zu wissen.«

Ihr Verhalten aber hatte auf der Ausstellung berechtigtes Aufsehen und den Unwillen der Bevölkerung erregt.

Die tollsten Gerüchte über den Stolz der Kaiserin waren im Umlauf.

Doch Elisabeth erfuhr nichts davon, wie sehr es unter der Bevölkerung gärte.

Da es ihr im Hotel langweilig wurde und sie zu wenig Ruhe besaß, um am Krankenbett ihrer Nichte stundenlang still zu sitzen, unternahm sie Ausfahrten in die Umgebung.

Auf einer dieser Fahrten geschah es, daß plötzlich eine Bombe gegen ihren Wagen geschleudert wurde.

Die Detonation war so groß, daß die Kutsche in Trümmer ging und die Pferde in toller Jagd weiterrasten.

In dem aufsteigenden Rauch und Qualm sah Elisabeth nur noch, wie sich viele Menschen unter Schmerzensschreien auf der Straße wälzten.

Dann fiel sie halb ohnmächtig in die Polster zurück und kam erst wieder zur Besinnung, als sie stützende Hände fühlte, die sie aus den Trümmern des Wagens hoben.

Verwirrt schaute sie sich um.

Jetzt erst wurde es ihr klar, daß ein Attentat auf sie verübt worden war.

Langsam erhob sie sich und ging ein paar Schritte neben ihren Rettern her.

»Majestät, gebe der Himmel, daß Sie unverletzt sind«, stammelte ein junger Offizier und schaute sie forschend an.

Elisabeth tastete sich über ihr Gesicht, über die Brust und die Arme und sagte mit tiefem Aufatmen:

»Der himmlische Vater hat mich beschützt. Ich bin unverletzt geblieben.«

Teilnahmsvolle Fragen drangen von allen Seiten auf sie ein. Aber sie wehrte hastig ab und erklärte:

»Mir ist nichts geschehen! Doch ich hörte Schmerzensschreie. Sind andere Menschen verunglückt?«

Irgend jemand sagte:

»Sorgen Sie sich nicht um die anderen, Majestät, sondern kommen Sie und lassen Sie sich in Sicherheit bringen.«

»Nein, nein, ich muß mich um die Verletzten kümmern«, entschied Elisabeth und ging zu jenen, die inmitten der Straße lagen und blutende Wunden erhalten hatten.

Ihr Gesicht sah totenblaß aus.

Ihre Augen waren voller Schmerz.

Mitleidig beugte sie sich zu den Verwundeten und streichelte sie, als könnte sie mit linder Hand die Wunden heilen. Sprechen konnte sie nicht.

Ihre Kehle war wie zugeschnürt, ihr Herz krampfte sich

schmerzhaft zusammen bei dem Gedanken, daß es einen Menschen in dieser Stadt gab, der ihr nach dem Leben getrachtet hatte.

Tief niedergedrückt von diesem Erlebnis kehrte sie ins Hotel zurück und schloß sich in ihr Zimmer ein. Sie wollte niemand sehen, wollte mit niemandem sprechen.

Sie war wie gelähmt von diesem Erlebnis.

Aber auch Maria war, als sie die Nachricht von dem Attentat erhielt, tief erschüttert.

Sie hielt es in ihrem Bett nicht aus. Sie dachte nicht mehr an die Warnungen des Arztes, nicht mehr an das Kind, das sie unter dem Herzen trug, um dessentwillen sie sich Schonung auferlegte.

Sie wußte nur eins, daß sie jetzt bei ihrer Tante sein mußte, und erzwang sich den Zutritt zu ihr.

»Tante Sissi, liebste Tante Sissi«, schluchzte sie auf, als sie die Kaiserin vor sich sah. »Es ist nicht auszudenken, wie der Tag für dich hätte enden können.«

»Beinahe wäre ich nicht wieder heimgekehrt, Maria.«

»Dann hätte auch ich nicht mehr leben wollen, Tante Sissi«, beteuerte Maria und umarmte die Kaiserin, schmiegte sich ganz fest an sie, um mit aller Gewißheit zu fühlen, daß sie ihr nahe war.

Aber Elisabeth achtete kaum auf das leise Weinen ihrer Nichte, sondern schaute mit starrem Blick vor sich hin. Und nach kurzem Schweigen sagte sie ernst und düster: »Einmal werde ich rasch von euch gehen, sehr rasch! Einmal wird mein Leben durch Menschenhand enden!«

»Nein, Tante Sissi, Gottes Hand wird dich auch weiterhin so beschützen, wie sie dich heute behütet hat.«

»Noch ist meine Zeit nicht um, Maria, noch habe ich einen weiten Weg vor mir, einen Weg mit vielen Leidensstationen. Aber einmal wird alles vorüber sein!«

Angstvoll starrte Maria Larisch die Kaiserin an.

Sprach schon der Wahnsinn aus ihr, das unselige Erbe der Wittelsbacher?

Maria schauerte leicht zusammen, und trotz all ihrer Liebe hatte sie in diesem Augenblick Angst vor Tante Sissi.

Die Kaiserin erriet ihre Gedanken und lächelte.

»Es wird wohl das beste sein, Maria, wenn wir nun unseren Aufenthalt abbrechen und nach Hause reisen, denn dein Mann und auch die Meinen werden, wenn sie von dem Ereignis hören, in großer Sorge sein.«

Zustimmend, und mit einem erlösenden Aufatmen nickte Maria Larisch.

»Ja, es wird das beste sein, wenn wir heimreisen.«

Sie spürte plötzlich heiße Sehnsucht nach dem Gatten und nach ihren Kindern. Noch in der gleichen Stunde gab die Kaiserin den Befehl, die Koffer zu packen und in Wien ihre Rückkehr zu melden.

* *
*

Verwundert faßte Erzherzog Johann Salvator nach dem Brief, der mit der Morgenpost gekommen war.

Millys Handschrift?

Ein Brief von ihr? – Was hatte sie ihm in der Nacht geschrieben? Eine eilige Nachricht?

Johann Salvators Hand zitterte, als er den Bogen auseinanderfaltete, und wie gehetzt irrten seine Blicke über die Zeilen.

Während er las, wich jeder Blutstropfen aus seinem Gesicht.

»Milly – nein – nein – das nicht – das nicht!«

Er saß wie erstarrt.

Gewaltsam riß er sich aus der Erstarrung auf, läutete nach seinem Diener Sturm und befahl diesem:

»Rasch – rasch meine Zivilkleider! Und laß anspannen.«

Betroffen starrte der Diener seinen Herrn an, lief dann nach dem Fenster, riß es auf und verständigte den Gärtner, der zugleich Kutscher war, von dem Befehl des Erzherzogs.

Dann hastete er nach dem Schlafzimmer, wohin sich Johann Salvator bereits begeben hatte, um seinem Herrn beim Ankleiden behilflich zu sein.

Aber er wagte keine Fragen zu stellen. Sein Herr war noch verstörter als gestern, da er von der Audienz beim Kaiser gekommen war.

Johann Salvator war gerade im Begriff, das Zimmer zu verlassen, als ihm durch einen anderen Diener Lori Stubel gemeldet wurde.

Sofort eilte er ins Vorzimmer. Totenblaß blieb er vor Lori stehen.

»Hat man sie schon gefunden?« brachte er mühsam mit rauher Stimme hervor.

Sie nickte, trat auf Johann Salvator zu und umfaßte seine Hände.

»Beruhigen Sie sich, Durchlaucht, eine Gnade des Himmels hat das Schlimmste verhütet.«

»Das Schlimmste verhütet«, wiederholte Johann Salvator. »Soll das heißen, daß –«

»Milly gerettet wurde –«

»Gerettet!«

»Ja, Durchlaucht! Milly lebt – und da Mutter ahnt, wie sehr Sie sich sorgen und aufregen werden, schickte sie mich sofort zu Ihnen.«

Johann Salvator schossen die Tränen in die Augen.

»Milly lebt noch –« flüsterte er. »Herrgott, wie danke ich dir.«

»Das hat Mutter auch gesagt. Und wäre Milly nicht in so elender Verfassung heimgebracht worden, dann würde sie wohl sehr gescholten haben. So aber hat sie sich Millys sofort angenommen, sie ins Bett gebracht und ordentlich eingepackt, und ich mußte sofort hierherlaufen, denn Milly gestand unter Weinen, was sie vorgehabt, und daß sie Ihnen einen Abschiedsbrief geschrieben hatte.«

Johann Salvator hatte sich rasch wieder gefaßt.

»Milly lebt – eine schönere Botschaft konnten Sie mir nach dem furchtbaren Schreck nicht bringen, Lori.«

»Und jetzt eilen wir zu Milly«, drängte das junge Mädchen. »Sie wird sich doch erst ganz beruhigen, wenn Sie mit ihr gesprochen haben.«

Der Erzherzog nickte zustimmend.

»Ja, eilen wir zu Milly. Aber erzählen Sie doch, Lori, wie wurde Milly gerettet? – Welch gütiger Engel hat sie uns zurückgebracht?«

»Ob der rauhbeinige, große, vierschrötige Donauschiffer ein verkappter Engel ist, möchte ich freilich bezweifeln, Hoheit, aber ihm verdanken wir jedenfalls, daß Milly gerettet worden ist.«

Während der Fahrt berichtete sie Einzelheiten der Rettung. Trotzdem der Kutscher auf Befehl des Erzherzogs im größten Tempo fuhr, war es Johann Salvator, als kämen sie nicht von der Stelle. Endlich hielt der Wagen vor dem Hause Stubels.

Er stürzte nach Millys Zimmer und fiel vor ihrem Lager in die Knie.

»Du – du – warum hast du mir das antun wollen?«

»Ich hoffte, dir einen Dienst zu erweisen, Johann. Du hättest wieder an den Hof kommen können, wärst wieder einem Regiment zugeteilt worden, so aber – ach, Johann, es wäre besser gewesen, wenn sich kein Retter gefunden hätte.«

»Milly, wie konntest du nur die Nerven verlieren? Wie konntest du mich nur allein lassen wollen? – Du bist doch das große Glück meines Lebens, ich brauche deine liebe Nähe, wie man die Luft zum Atmen braucht. Muß ich dir das denn immer wieder sagen, Milly?«

Sie lächelte unter Tränen.

»Es ist ja so schön, Johann, sich so geliebt zu wissen – aber auch schwer, ein solches Opfer, wie du es um unserer Liebe willen bringst, anzunehmen.«

»Du sollst nicht so sprechen, Milly! Du sollst mit mir an unser Glück glauben. Ich will mit dir leben, Milly, ich will mit dir glücklich sein. Zum Sterben sind wir beide noch viel zu jung!«

»Was wollen wir aber beginnen, Johann?«

Er strich ihr beruhigend über das Gesicht.

»Davon sprechen wir morgen, mein Liebling. Erst mußt du dich erholen.«

»Nein, sage mir noch in dieser Stunde alles, was du planst, Johann. Ich muß Klarheit haben, sonst finde ich keine Ruhe.«

»Milly, ich kenne dich ja nicht wieder! – Es ist uns doch nicht unerwartet gekommen, daß der Kaiser seine Einwilligung versagt hat.«

»Aber wir haben niemals daran gedacht, daß du so völlig in Ungnade fällst.«

»Laß nur ein paar Wochen, vielleicht auch ein paar Monate hingehen, mein Kind, dann wird sich der Kaiser eines anderen besinnen, und wenn er es nicht tut, dann wird Kronprinz Rudolf bestimmt das, was sein Vater versäumt hat, nachholen. Um aber zunächst allem Klatsch, der infolge meiner Verabschiedung einsetzen wird, aus dem Wege zu gehen, werde ich nach Paris reisen und dort einige Zeit leben.«

»Und ich? – Was soll mit mir werden?«

»Auch daran habe ich schon gedacht, Liebes, und ich hoffe, du wirst meinem Plan zustimmen. Haben wir bis jetzt die Kraft und Geduld aufgebracht, auf unsere endgültige Verbindung zu warten, so werden wir das auch noch eine Zeitlang fertigbringen. Scheinbar vollziehen wir eine Trennung. Du begleitest deine Mutter nach Berlin, wo Lori ein Engagement angenommen hat. Dort taucht ihr zunächst unter, genau so, wie es bei mir in Paris der Fall sein wird. Haben sich dann die Gemüter wieder beruhigt, werden wir unentwegt auf unser gemeinsames Ziel lossteuern, aber du mußt mir dein Wort verpfänden, Milly, daß du keine Torheiten wieder begehst.«

Sie lächelte ein wenig und flüsterte:

»Ein zweites Mal werde ich einen solchen Schritt kaum unternehmen, Johann!«

Und sie hob ihre Arme, legte sie um seinen Hals, zog ihn zu sich nieder und küßte ihn lange.

Sie fühlte sich in dieser Stunde noch inniger als je zuvor mit dem Geliebten verbunden und zweifelte nun nicht mehr daran, daß sie durch den Willen eines Höheren füreinander bestimmt waren.

* *
*

Die Nachricht von dem Attentat auf die Kaiserin traf Kaiser Franz Joseph wie ein Blitz aus heiterem Himmel.

Er wollte sofort nach Triest eilen, hatte schon alle Vorbereitungen zur Abreise getroffen, als ihn das Telegramm Elisabeths erreichte, in dem sie ihm ihre Ankunft in Wien meldete.

Tiefbewegt schloß er die geliebte Frau beim Wiedersehen in seine Arme, hielt sie eine Weile ganz fest und sagte dann mit einem tiefen Aufatmen:

»Gott sei Dank, daß du heil geblieben bist, meine liebe, liebe Sissi!«

»Damit ihr euch davon überzeugen konntet, kehrte ich unverzüglich heim«, entgegnete die Kaiserin lächelnd.

»Wir hätten keine ruhige Stunde mehr gehabt«, erklärte Rudolf, der die Mutter innig umarmte und an sich drückte.

Trotz der großen Differenzen, die trennend zwischen ihm und dem Vater standen, hatten sie sich doch in diesen Stunden in der quälenden Sorge um die Kaiserin eins gefühlt.

Und ein Alpdruck war von ihrem Herzen genommen, als sie die Kaiserin nunmehr wohlbehalten wiedersahen.

Auf der Fahrt nach der Hofburg wurden dem Kaiserpaar von der Bevölkerung begeisterte Ovationen dargebracht.

Aber trotz dieses Jubels blieb Elisabeth still und nachdenklich. Es hatte sie doch zutiefst getroffen, daß einer ihrer Untertanen es gewagt hatte, ihr nach dem Leben zu trachten.

Schon während der Heimfahrt von Triest hatte sie sich unablässig mit Vorwürfen gequält, daß sie es unterlassen hatte, um die Liebe des Volkes zu werben.

An all das dachte sie, während sie an der Seite des Kaisers in die Hofburg heimkehrte – heimkehrte mit dem Vorsatz, Versäumtes nachzuholen und ihre Pflichten als Kaiserin zu erfüllen.

Wochen gingen dahin, in denen die Kaiserin wie in einem Traum lebte.

Äußerlich spielte sich das Leben in einem gleichmäßigen Einerlei ab. Jeder, der die kaiserliche Familie sah, glaubte, glückliche Menschen vor sich zu haben.

Um nicht an Wunden zu rühren, stellte die Kaiserin keine Fragen an Rudolf, sprach auch mit dem Gatten nicht mehr über Rudolfs Ehe.

Es war, als hätten sie alle eine heimliche Angst davor, einen Stein ins Rollen zu bringen.

So ging der Winter dahin.

Elisabeth nahm an allen Hofbällen teil und erregte immer wieder aufs neue durch ihre Schönheit Aufsehen und Bewunderung.

Keine der vielen schönen Frauen am Hof konnte mit ihr wetteifern.

Es war, als gäbe es für sie kein Verblühen, kein Altern, als ginge die Zeit spurlos an ihr vorüber.

Aber was jede andere Frau beglückt hätte, machte auf sie keinen Eindruck mehr. Sie atmete jedesmal wie erlöst auf, wenn sie sich zurückziehen konnte.

Am liebsten weilte sie in dem idyllischen »Waldesruh«. Gar oft war dort auch Katharina Schratt zu Gast.

In der Liebe zum Kaiser hatten sich die beiden so verschiedenartigen Frauen in herrlicher Freundschaft gefunden.

Doch die Kronprinzessin Stephanie neidete nicht nur Katharina Schratt die Gunst des Kaiserpaares, sondern fand es auch unpassend, daß diese von ihren Schwiegereltern so in aller Öffentlichkeit protegiert wurde.

Eines Tages konnte sie sich einer abfälligen Bemerkung darüber nicht enthalten, so daß Elisabeth sie ärgerlich zurechtwies und erklärte:

»Eine Kritik über des Kaisers und mein Freundschaftsverhältnis zu Fräulein Schratt steht dir nicht zu, Steffi. Du bist noch viel zu jung, um das alles zu verstehen. Du mußt erst in der Schule des Lebens reifen, mein Kind, und ich hoffe, daß sie nicht so hart und schwer sein wird wie die, die ich durchmachen mußte.«

Spöttisch lächelte Stephanie.

»Mir scheint beinahe, liebste Mama, als glaubtest du, daß ich auf Rosen gebettet sei.«

Elisabeths Gesicht hatte sich bei Stephanies Worten wie versteinert.

»Hast du schon wieder Klagen gegen Rudolf?« fragte sie sehr ungnädig.

Schnippisch verzog die Kronprinzessin den Mund und entgegnete: »Ich bin sehr erstaunt, daß du darüber nicht unterrichtet bist, Mama, und bedaure es aufrichtig, daß ich es wieder sein muß, die dich über die letzten Vorgänge aufklärt.«

»Wer sollte es sonst tun, Stephanie?«

»Ich dachte, die Schratt hätte dir davon erzählt.«

»Fräulein Schratt klatscht nie.«

»Soll das ein Vorwurf für mich sein, Mama?«

»Ich möchte dich nur bitten, es in Zukunft zu unterlassen, dich abfällig über eine Freundin unseres Hauses zu äußern.«

»Ich wünschte, ich besäße deine Seelengröße, Mama«, lachte die Kronprinzessin, »dann würde es sicherlich um den Frieden meiner Ehe besser bestellt sein. Aber ich bin eben noch nicht alt genug, um ruhig und gelassen meinen Mann mit einer anderen zu teilen.«

»Du benimmst dich wie ein ungezogenes Kind, Stephanie«, brauste die Kaiserin auf. »Wenn du dich Rudolf gegenüber auch so verhältst, dann kann ich allerdings begreifen, daß du ihn aus dem Hause treibst.«

»Ja, ja, nimm ihn nur wieder in Schutz, deinen Sohn. – Klagt mich nur wieder an, daß ich die Schuld daran trage, daß wir nicht miteinander auskommen. Das beste wird sein, ich fahre wieder nach Hause, dort finde ich wenigstens Verständnis für mein Unglück.«

Elisabeth, die sich in diesem Augenblick darauf besann, wie schwer ihr als junger Frau unter der Tyrannei ihrer Schwiegermutter das Leben am Hofe gewesen war, wollte Stephanie helfen.

Sie legte ihren Arm um die zarten Schultern der jungen Frau und zog sie zu sich nieder.

»Beruhige dich erst einmal, Stephanie«, sagte sie mit erzwungener Herzlichkeit. »Dann laß uns vernünftig miteinander reden. Ein Arzt kann nur helfen, wenn er das Leiden seines Patienten kennt. Sprich dich also aus, erleichtere dein Herz, und ich will versuchen, Abhilfe zu schaffen, so gut ich es vermag.«

Stephanie legte ihren Kopf an die Schultern der Kaiserin.

»Ich bin ja so unglücklich, Mama, weil wieder alles beim

alten ist. Rudolf betrügt mich nicht nur mit einer – sondern mit mehreren Frauen. Ich würde nicht davon sprechen, wenn ich nicht Beweise dafür in Händen hätte.«

»Aber diese Beweise werden dir doch von Menschen geliefert, die du dafür bezahlst, daß sie dir Spitzeldienste leisten, nicht wahr?«

»Ich muß doch wissen, was Rudolf außerhalb des Hauses treibt! Hätte ich meine Leute nicht gehabt, dann würde ich über die Geschichte mit der polnischen Fürstin O. nichts erfahren haben. So aber war es mir möglich, Rudolf aus den Netzen dieser Frau zu befreien.«

»Und wie hast du das angefangen, Stephanie?«

»Als ich eines Tages erfuhr, daß Rudolf mit der Fürstin nach Mayerling gefahren sei, um dort einige schöne Stunden zu verleben, bin ich auch hinausgefahren. Ich habe erreicht, daß die Fürstin schleunigst von Wien abreiste und bis zum heutigen Tage noch nicht wieder aufgetaucht ist.«

»Dann hat es also zwischen dir und der Fürstin einen Zusammenstoß gegeben?«

»Ja! – Die beiden waren peinlich überrascht, als ich plötzlich in Mayerling auftauchte. Anfangs wollte mir die Dienerschaft den Eintritt verwehren, denn ich hatte mich tief verschleiert, um unerkannt zu bleiben. Aber schließlich gab ich mich zu erkennen und gelangte ungehindert in das Zimmer, in dem Rudolf mit der Fürstin in zärtlichem Tête-à-tête saß.«

Erregt sprang die Kaiserin auf und begann nervös im Zimmer hin und her zu gehen.

»Kind, Kind, das hättest du nicht tun dürfen! So durftest du ihn nicht bloßstellen. Versprich mir eins, Stephanie, daß du in Zukunft die häßliche Nachspioniererei aufgibst.«

Erwartungsvoll schaute Elisabeth die junge Frau an. Doch sie wartete vergebens darauf, daß Stephanie ihr dieses Versprechen gab.

»Ist es denn so schwer, meine Bitte zu erfüllen?«

Stephanie nickte unter Tränen und gestand:

»Ich habe doch meiner Schwester Luise versprochen, meinen Mann nicht aus den Augen zu lassen und mir über alle seine Affären Gewißheit zu verschaffen.«

Unwillig und empört wandte sich die Kaiserin ab und erklärte hart:

»Dann will ich dich nicht länger mehr bedrängen, Stephanie, tue das, was du für gut hältst. Doch ich bitte dich, noch einmal ernstlich zu erwägen, welcher Rat der bessere ist – der deiner Schwester – oder der meine – und nun geh! – Morgen kannst du mir ja die Antwort bringen.«

Mit einem Handkuß verabschiedete sich Stephanie.

Fast fluchtartig eilte sie aus dem Zimmer.

Elisabeth aber schüttelte den Kopf und bedeckte die Augen mit den Händen, als wollte sie die Bilder nicht sehen, die vor ihr auftauchten.

— — — — — — — —

Die Unterredung mit der Kaiserin war doch nicht ohne Eindruck auf die junge Kronprinzessin geblieben.

Sie sah ein, daß sie nicht die rechten Wege gegangen war, um den Gatten an sich zu fesseln, und änderte ihr Benehmen gegen ihn.

Ein paar Wochen flogen ungetrübt dahin.

Es schien, als sollte sich das Glück des Kronprinzen endlich so gestalten, wie Stephanie es erhofft hatte.

Seit sie den Rat ihrer Schwiegermutter befolgte und keine Spione hinter dem Gatten herschickte, gab es keinen Zank und Streit mehr zwischen ihnen.

Und als Stephanie eines Tages Rudolf verriet, daß sie sich wieder Mutter fühlte, herrschte große Freude.

Auch Elisabeth und Franz Joseph waren von dieser Nachricht beglückt. Elisabeth verschob ihre Reisepläne und blieb in Wien, denn ihr war, als könnte ihre Nähe doch einen günstigen Einfluß auf Stephanie und auch auf Rudolf haben.

Im gleichmäßigen Einerlei gingen die Tage dahin.

Rudolf arbeitete viel, erschien stets pünktlich zur Familientafel und war ein aufmerksamer Gatte.

Nur Elisabeth, die ihren Sohn genau kannte, sah das Erzwungene in seinem Wesen. Doch sie stellte keine Frage an ihn. Sie fürchtete sich vor einem Einblick in sein Seelenleben.

Und hoffte – und hoffte –, daß auch die letzten Kämpfe seines heißen Herzens vorübergehen würden.

— — — — — — — —

Eines Tages kam wieder Stephanies Schwester Luise zu Besuch und erzählte alles, was sie über die neuesten Abenteuer Rudolfs in Erfahrung gebracht hatte. Sie berichtete ausführlich über seine Beziehungen zu der Primadonna der Oper.

In den nächsten Tagen bildete Rudolfs Untreue den eifrigen Gesprächsstoff der beiden Schwestern.

Bei Ausfahrten nahmen sie wiederholt den Weg an der Wohnung der Sängerin vorüber. Als sie sich wieder einmal dem Hause näherten, umfaßte Luise erregt den Arm der Schwester und flüsterte ihr zu:

»Ein Wagen hält vor der Tür, Steffi.«

Die Kronprinzessin schaute aufmerksam in die Richtung, die ihr Luise wies, und gab mit heiserer Stimme zurück:

»Es ist Bratfisch mit seinem Wagen. Man hat mir erzählt, daß Rudolf sich mit besonderer Vorliebe bei inoffiziellen Fahrten dieses Fiakers bedient.«

Auf einen Wink Luises hielt die Hofkutsche ganz in der Nähe.

Aufgeregt redete Luise weiter auf die Schwester ein.

»Sicherlich ist dein Mann jetzt bei der Sängerin, Steffi. Wollen wir ihn dort oben in der Wohnung überraschen?«

Stephanie schüttelte abwehrend den Kopf.

»Nein, nein, ich möchte eine so häßliche Szene wie damals in Mayerling nicht wieder erleben.«

»Aber du könntest in meiner Gegenwart deinen Mann der Untreue überführen.«

»Glaubst du, daß er dann für immer geheilt sein würde? – Er nicht! Im Gegenteil, er würde sich bestimmt sofort in andere Abenteuer stürzen. Ich will Rache nehmen, Luise! – Ein solches Überraschen in den Armen seiner Geliebten ist aber keine Rache.«

Luises Augen leuchteten plötzlich in diebischer Freude auf. »Ich hab's«, sagte sie hastig. »Wir steigen aus, verlangen von Bratfisch, daß er uns nach der Hofburg zurückfährt und lassen die Hofequipage vor dem Hause der Sängerin warten. Wenn Rudolf seine Geliebte verläßt, dann werden bestimmt eine Anzahl Neugieriger rechts und links vom Hause Spalier bilden. Sicherlich wird er fuchsteufelswild darüber werden, wenn er sieht, daß seine Besuche in diesem Hause in der Öffentlichkeit bekannt werden. Ganz Wien wird davon erfahren, und du hast deine Rache!«

»Einverstanden!« stimmte Stephanie zu und verließ sofort den Wagen.

Sie stand vor Bratfisch.

Er sollte um alle Liebesgeheimnisse des Kronprinzen wissen. So war ihr berichtet worden.

Von ihm selbst erfuhr man nichts.

Aber heute hatte ihn die Nähe der Hofequipage, die dicht hinter seiner Kutsche hielt, unruhig gemacht.

Er konnte sich nicht erklären, was das zu bedeuten habe. Er glaubte auch, daß ihn niemand bei Hofe kenne, da er seinen hohen Gast ja stets nur zu einem versteckt liegenden Eingang der Hofburg fuhr.

Plötzlich sah er die Kronprinzessin vor sich und erschrak so heftig, daß ihm beinahe die Peitsche aus den Händen gefallen wäre.

»Fahren Sie uns nach der Hofburg«, herrschte ihn Luise von Coburg an, da sie bemerkte, daß Stephanie zu erregt war, um sprechen zu können.

Bratfisch warf einen ängstlichen Blick nach den erleuchteten Fenstern des Hauses und meinte:

»Verzeihung, Euer Gnaden, aber ich muß hier warten, ich bin bestellt!«

Luise lachte höhnisch auf, und Stephanie stimmte ein.

»Trotzdem wünschen wir von Ihnen nach der Hofburg gefahren zu werden. Unser Wagen mag inzwischen auf Ihren Gast warten. Verstanden?«

Bratfisch wußte nicht ein noch aus.

Ehe er irgend etwas erklären konnte, hatten die beiden Damen seinen Wagen bestiegen, und die Kronprinzessin befahl: »Rasch – rasch, fahren Sie los!«

Da blieb dem armen Bratfisch nichts übrig, als die Zügel straff zu ziehen und seine Pferde in Trab zu bringen.

* *
*

Kaiserin Elisabeth war an diesem Tage sehr niedergedrückt, litt schwerer als je an seelischen Depressionen. Um sich davon loszulösen, ging sie nach den kronprinzlichen Gemächern. Sie hatte Sehnsucht nach ihrer kleinen Enkelin.

Das Lächeln des Kindes, das ja noch ahnungslos über sein schweres Los war, das ihm durch Rang und Geburt auferlegt worden war, würde sie vielleicht froher stimmen.

Sie wußte nicht, wie lange sie in den Anblick des schlafenden Kindes versunken war, als sie im Nebenzimmer Schritte und die erregte Stimme des Sohnes vernahm.

»Augenblicklich wirst du mich um Entschuldigung bitten, daß du mir die allergrößten Unannehmlichkeiten bereitet hast.«

»Ich soll dich um Entschuldigung bitten? – Ich? – Du bist wohl wahnsinnig geworden?«

»Noch bin ich es nicht, aber wenn du es so weiter treibst, dann werde ich es wohl eines Tages werden. Dir habe ich es zu verdanken, daß ganz Wien wieder über uns zwei klatscht.«

»Nun, mich, die arme, betrogene Frau, wird man wohl bedauern, und dich wird man hoffentlich mit Verachtung strafen, so wie du es verdienst.«

Elisabeth sah es unter ihrer Würde, im Nebenzimmer zu bleiben. Obwohl sie sich elend fühlte, raffte sie sich auf und betrat das Zimmer des Kronprinzenpaares.

Ihr Gesicht sah totenblaß aus, als sie über die Schwelle trat.

»Ich war bei Elisabeth. Der Zufall ließ mich zum Zeugen eurer Auseinandersetzung werden.«

Bedrücktes Schweigen.

Dann sagte Elisabeth in vorwurfsvollem Ton:

»Könnt ihr denn keinen Frieden halten? Muß es denn immer und immer wieder Streit und Differenzen geben? Gerade jetzt sollten alle Aufregungen vermieden werden.«

»Ich bin rücksichtsvoll genug gewesen«, entgegnete der Kronprinz verbittert. »Aber alles hat seine Grenzen. Und wenn mir Stephanie das kleinste Vergnügen mißgönnt und es zu einer Staatsaktion macht, dann reißt mir eben die Geduld.«

Empört wandte sich die Kronprinzessin an die Kaiserin: »Es paßt ihm nicht, daß ich hinter eine neue Liebschaft gekommen bin. Deshalb der ganze Streit, deshalb die Vorwürfe.«

Leidenschaftlich entgegnete Rudolf:

»Es ist keine Liebschaft, die ich mit der Primadonna habe. Eine Plauderstunde mit dieser geistvollen Frau bedeutet für mich Erholung und Entspannung. Anstatt mir das zu gönnen, machst du durch deinen unglaublichen Streich dieses harmlose Vergnügen zu einem Riesenskandal.«

Er erzählte nun kurz den Vorgang, um seine Mutter, die Zeugin seiner Auseinandersetzung mit Stephanie wurde, aufzuklären.

Elisabeth seufzte.

»Nichts ist dem Kaiser verhaßter, als wenn die Mitglieder des Hofes in einen Skandal verwickelt werden. Es muß sofort etwas geschehen, um die Klatschmäuler zum Schweigen zu bringen.«

»Das wäre mir auch das liebste«, entgegnete Rudolf hastig.

»Wir werden zusammen eine Ausfahrt unternehmen«, drängte die Kaiserin. »Sieht man uns drei zusammen, dann wird das Volk an allen üblen Nachreden irrewerden.«

Stephanie erregte es maßlos, daß die Kaiserin wieder auf der Seite des Kronprinzen war.

»Ich fahre nicht mit«, entschied sie nach kurzem Überlegen. »Ich denke nicht daran, diese lächerliche Komödie mitzuspielen.«

»Du wirst mitkommen!« herrschte Rudolf sie an.

»Ich lasse mich nicht zwingen!« trotzte Stephanie.

Ohne eine Antwort abzuwarten, verließ sie das Zimmer und eilte zu ihrer Schwester Luise.

Luise schien ihr Kommen erwartet zu haben.

»Na, wie war es? Hat er um Verzeihung gebeten?«

»Gescholten haben sie mich wieder, als wäre ich ein dummes, kleines Mädel.«

»Und du hast dir das gefallen lassen?«

»Nein, ich bin davongelaufen.«

»Weiß er, daß du zu mir geflüchtet bist?«

»Sicherlich wird er das durch die Lakaien erfahren.«

»Gut, mag er kommen! – Laß mich nur mit ihm reden, dann sollst du einmal sehen, wie klein er wird – so klein!«

Die Kronprinzessin wehrte müde ab, als sie die verächtliche Handbewegung der Schwester sah.

»Rudolf bekommst du nicht klein, Luise! Im Gegenteil! Er wird es noch toller treiben!«

Ein Klopfen an der Türe erklang.

Erschrocken starrte Stephanie die Schwester an. Auf den Zuruf Luises trat der Kammerdiener ein und meldete, daß Ihre Majestät die Kaiserin die Frau Kronprinzessin zu sich bitten lasse.

Luise schickte ihn mit dem Bescheid fort, daß die Frau Kronprinzessin kommen werde.

Kaum war der Lakai fort, da brauste die Kronprinzessin auf:

»Wie kannst du, ohne mich zu fragen, eine solche Entscheidung treffen, Luise?«

»Still, still, rege dich nicht auf, Kleines«, tröstete Luise, zog die Kronprinzessin mit sich nach dem Sofa, legte den Arm um ihre Schulter und flüsterte dicht an ihrem Ohr:

»Ich werde dich doch nicht wieder in die Höhle des Drachen schicken, Kleines. Im Gegenteil! Wir brennen durch!«

»Nach Brüssel?«

»Unsinn, so weit treiben wir es nicht. Außerdem würde Papa wohl kaum damit einverstanden sein, daß du Zuflucht im Elternhause suchst. Du kennst seine Ansicht. Ganz gleich, wie eine Ehe wird – es heißt für beide Teile ausharren und zusammenbleiben.«

»Wo wollen wir dann hin?«

»Irgendwohin! Vielleicht in ein Bad oder in einen Gebirgsort.«

»Aber da müssen wir doch Kleider, Wäsche und anderes

mitnehmen, Luise. Wir können doch nicht einfach so davonlaufen.«

Luise lachte belustigt auf.

»Du hast wirklich gar kein bißchen Unternehmungsgeist, Steffi! Gar kein Abenteurerblut in den Adern! Und vor allem hast du Angst! – Vor deinem Mann! Vor deiner Schwiegermutter! Vor einem übermütigen Streich! – Ach, weißt du, es ist recht schwer, dir zu helfen. – Also reiß dich zusammen und tue, was ich dir rate. Hole dir Hut und Mantel, laß deinen Wagen vorfahren, dann verlassen wir das Schloß, fahren nach dem Bahnhof und von dort irgendwohin, wo uns der Zufall hinführt. Alles, was wir an Kleidern, Wäsche usw. benötigen, kaufen wir unterwegs. Die Kronprinzessin hat doch überall Kredit. Und die in Wien sollen sich einmal ordentlich um dich ängstigen! Dann werden sie sich in Zukunft hüten, dir die Schuld an der unglücklichen Ehe zu geben. Also rasch, rasch, beeile dich, daß wir fortkommen, sonst schickt die Kaiserin noch einmal oder kommt selbst, wenn du so lange ausbleibst. Und ich möchte dieser Frau heute nicht begegnen. Du weißt, wir können uns nicht ausstehen.«

Stephanie stand unschlüssig da, doch als ihr Luise abermals zurief: »Überlege nicht lange, sondern handle!«, da nickte sie zustimmend und meinte:

»Ja – ja, du hast recht, ich muß ihnen einmal zeigen, daß ich kein Kind mehr bin.«

Rasch begab sie sich nach ihrem Zimmer, nahm Hut und Mantel und hastete wiederum durch die Gänge, als fürchte sie, daß sie von jemand eingeholt und an der Ausführung ihrer Pläne gehindert werden könnte.

Plötzlich glitt sie im eiligen Lauf aus, griff mit den Händen wie haltsuchend um sich und stürzte ein paar Stufen hinunter. Ein gellender Schmerzensschrei zerriß die Stille der Hofburg.

Gleich darauf kamen von allen Seiten Menschen herbei. Lakaien, Kammerherren, Offiziere –

Überall hatte man den Schrei vernommen.

Zunächst blieben alle betroffen stehen, als sie die junge Kronprinzessin auf den Steinfliesen sahen.

Ein leises, schmerzliches Wimmern kam über die blutleeren Lippen.

Da faßte sie einer der Herren und hob die Ohnmächtige auf seine Arme.

Nun kam Bewegung in die Umherstehenden.

Man brachte die Bewußtlose nach ihrem Zimmer, die Hofdamen und Kammerfrauen eilten herbei.

Unterdessen wartete Luise voll Ungeduld auf die Rückkehr der Schwester. Immer wieder lauschte sie nach der Tür. Endlich hielt sie es nicht mehr länger aus, sondern ging nach dem Zimmer Steffis. Auf dem Wege dorthin sah sie erregte Gruppen zusammenstehen, bemerkte, daß die Dienerschaft eilig hin und her lief, und hielt einen der Lakaien an.

»Was gibt es? Ist etwas geschehen?«

»Die Frau Kronprinzessin ist im Treppenhaus gestürzt«, berichtete dieser, »so unglücklich gestürzt, daß –«

Aber Luise nahm sich gar nicht erst Zeit, den Bericht zu Ende anzuhören, sondern hetzte weiter.

Steffi gestürzt – mein Gott, das konnte ja das Leben der Schwester und des zu erwartenden Kindes in Gefahr bringen –

Sie mußte zu Steffi, mußte sie sehen, sprechen –

Aber als Luise sich den Gemächern des Kronprinzenpaares näherte, begegnete ihr die Kaiserin, die sie in diesem Augenblick kaum wiedererkannte, so alt und verfallen sah sie aus.

»Was ist – mit – mit Steffi?« brachte Luise mühsam hervor.

Leise entgegnete Elisabeth:

»Niemand darf zu ihr. Weder ich – noch Sie! Die Ärzte haben es verboten. Wir müssen uns fügen. Wir können nur beten – beten, daß alles –«

Sie vermochte nicht weiterzusprechen. Ein Schluchzen erstickte ihre Stimme.

Luise war von dem Weinen der Kaiserin so erschüttert, daß es ihr plötzlich war, als müßte sie dieser Frau alles abbitten, was sie Häßliches über sie gesprochen hatte.

Mit sanftem Zwang fügte es Elisabeth, daß Luise bei ihr blieb.

»Sie sollen den Bericht der Ärzte mit hören«, erklärte sie, als sie merkte, daß Luise sich zurückziehen wollte. »Sie müssen ja nach Brüssel berichten, Sie sind die Berufene dazu.«

Schweren Herzens fügte sich Luise. Es war ein trauriger, sehr trauriger Bericht, den sie nach Stunden empfingen.

Eine Frühgeburt.

Ein Junge – –

Aber lebensunfähig. Tot.

Und zugleich mußten die Ärzte dem Kronprinzen die Mitteilung machen, daß mit diesem Unfall jede Hoffnung auf weitere Mutterschaft der Kronprinzessin für immer zerstört worden war.

Tage vergingen, ehe Elisabeth die rechte Stunde zu einer wichtigen, schicksalsschweren Aussprache mit dem Gatten für gekommen hielt.

Selten trafen sie sich allein.

Während Franz Joseph sonst so gern ein Alleinsein mit der geliebten Frau gesucht hatte, wich er ihr gerade in diesen Tagen wiederholt aus. Es war, als fürchtete er sich, von Rudolfs und Stephanies Zukunft mit ihr zu sprechen.

Aber sie wollte endlich Gewißheit haben, deshalb suchte sie den Gatten in seinem Arbeitszimmer auf.

Die Nacht war bereits weit vorgeschritten. Tiefe Stille herrschte in den Gängen des Schlosses.

Im Vorzimmer zu dem Kabinett des Kaisers hockten verschlafen die Lakaien und warteten sehnlichst darauf, daß der Herrscher sich zur Ruhe begab. Erschrocken taumelten sie auf, als sie die Kaiserin kommen sahen.

Elisabeth winkte mit einer gnädigen Handbewegung ab und schickte sie schlafen. Sie wollte sicher sein, daß ihr Gespräch mit dem Kaiser unbelauscht blieb.

Franz Joseph war so vertieft in seine Arbeit, daß er ihr Kommen gar nicht bemerkte. Emsig schrieb er weiter.

Eine Weile stand Elisabeth in der Nähe der Türe still und schaute unverwandt auf den Gatten. Der matte Lichtschein der Arbeitslampe beleuchtete sein Gesicht.

Es sah blaß und abgespannt aus. In dem dichten Haar zeigten sich bereits viele weiße Fäden. Das Herz tat ihr weh bei diesem Anblick.

Leise näherte sich Elisabeth dem Gatten und strich ihm zärtlich über das Haar.

Franz Joseph schaute auf.

»Du?« kam es erstaunt über seine Lippen. Hastig sprang er auf und bot der Kaiserin seinen Stuhl an.

»Du kommst zu mir, Sissi? Zu dieser Stunde?«

Er zog sich einen Stuhl heran und setzte sich ihr gegenüber.

»Ich muß dich sprechen, Franzl.«

»Um Mitternacht, Sissi?«

»Ich habe die letzten Tage vergebens darauf gewartet, daß du einmal eine Stunde für mich Zeit haben würdest, Franzl.«

»Aber, Sissi, davon ahnte ich ja nichts. Hättest du ein Wort gesagt, dann würde ich dir selbstverständlich zur Verfügung gestanden haben.«

»Ich hoffte, es würde sich eine Gelegenheit finden, ohne daß ich dich erst darum bitten müßte, Franzl. Aber nun ist meine Unruhe so groß, daß ich das Warten nicht länger ertrage.«

»Sprich nur, Liebes! Was quält dich? Brauchst du meine Hilfe?«

»Ja, ich brauche deine Hilfe. Nicht für mich, sondern für unseren Sohn.«

Kaum hörte der Kaiser diese Worte, da verdunkelte sich sein Gesicht, seine Augenbrauen zogen sich zusammen, und nervös trommelten seine Finger auf der Schreibtischplatte.

»Rudolf schickt dich also zu mir. Warum kommt er nicht selbst? Er ist doch alt genug, um seine Sache selbst zu vertreten.«

»Versteh mich nicht falsch, Franzl. Rudolf schickt mich nicht zu dir, sondern meine Mutterliebe treibt mich dazu, noch einmal über sein Schicksal mit dir zu sprechen.«

Franz Joseph schüttelte traurig den Kopf. »Wozu, Sissi? An Rudolfs Schicksal läßt sich nichts mehr ändern; er muß sich damit abfinden, er muß es ertragen lernen.«

»Muß er das wirklich, Franzl? Gibt es nicht eine Möglichkeit, ihm zu helfen?«

»Ich weiß keine.«

»Aber ich, Franzl. Wir beide müssen ihm helfen, daß er auf diesem Weg zu seinem Glück kommt.«

»Und das wäre?«

»Du mußt beim Papst die Scheidung Rudolfs erbitten, Franzl.«

Erregt sprang der Kaiser auf.

»Niemals! – Niemals willige ich in eine Scheidung.«

»Auch jetzt nicht, da die Ärzte erklärt haben, daß der Ehe Rudolfs mit Stephanie jede weitere Nachkommenschaft versagt bleiben wird?«

»Auch dann nicht, Sissi! So hart auch dieser Schlag ist, will ich doch der Welt kein Schauspiel geben.«

»Ist das dein letztes Wort, Franzl?«

»Ja.«

»Und nichts kann dich umstimmen? Nicht einmal meine Bitten?«

Mit ernstem Blick schaute er sie an und entgegnete:

»Du solltest mich nicht darum bitten, Sissi! Gerade du solltest wissen, daß ich in diesem Punkt nicht zu Konzessionen bereit bin. Unsere Kirche weiß von keiner Scheidung. Nur der Tod kann eine Ehe lösen. Wir müssen uns damit abfinden, daß Stephanie dem Lande keinen Thronerben mehr schenken kann. So schwer es mir auch wird, auf diese Hoffnung zu verzichten, so heißt es doch, sich unter Gottes Willen beugen. Und das muß Rudolf auch tun. Er soll nicht immer klagen. Er soll wie ein Mann sein Schicksal tragen. Sage ihm das.«

»Wenn er nun nicht die Kraft hat, sein Schicksal zu tragen, Franz? Wenn er nun darunter zusammenbricht?«

»Dann müßte ich mich meines Sohnes schämen, Sissi! Ich hoffe, daß er mir das ersparen wird.«

»Nicht alle sind so stark wie du, Franzl! Nicht alle sind so tapfer und lebenstüchtig wie du.«

»Dann soll er es lernen, so zu werden, Sissi. Geben wir diesem Wunsche Rudolfs nach, dann wird er es, sobald er seine Freiheit wiedererlangt hat, noch toller treiben als bisher. Er braucht den Zwang der Ehe. Und einmal muß die Zeit kommen, da er sich die Hörner abgelaufen hat. Ich bitte dich deshalb ernstlich, das deine zu tun, um ihn zur Vernunft zu bringen.«

Müde erhob sich Elisabeth und wandte sich zum Gehen.

»Du bist hart, Franzl, sehr hart«, sagte sie leise. »Du vergißt über dem Kaiser immer mehr den Vater. Gebe der Himmel, daß du das nicht einmal bereust.« – –

Elisabeth sah am anderen Morgen, als Rudolf zu ihr kam, maßlos elend aus, so daß er besorgt fragte:

»Was ist dir, Mutter? Hast du Schmerzen?«

Sie nickte ernst.

»Um dich, mein Sohn!«

»Hast du mit Papa gesprochen?«

»Ja, Rudi. Ich hatte in dieser Nacht eine ernste Aussprache mit deinem Vater. Er will, daß du dein Schicksal trägst.«

»Und mein Glück ist ihm ganz gleichgültig, nicht wahr?«

»Frage nicht, Rudi? Erspare mir, dir Einzelheiten zu berichten. Ich leide ja so unsagbar unter allem.«

Rudolf preßte die Lippen zusammen und starrte mit finsterem Blick vor sich hin. Dann erklärte er:

»Gut, ich werde mich dem Willen meines Vaters fügen, werde mir aber von niemanden mehr Vorschriften machen lassen.«

Er erhob sich, küßte seiner Mutter die Hände und bat:

»Verzeih mir, daß ich die Ursache zu dieser schweren Mission war. Es soll nie wieder geschehen, Mama. Vergiß alle meine Klagen, mache dir um meinetwillen keine Sorgen, keine unnützen Gedanken. – Doch jetzt entschuldige mich. Ich muß ins Freie, muß mir ordentlich den Wind um die Stirn wehen lassen, sonst ersticke ich.«

Angstvoll hielt ihn die Kaiserin fest.

»Rudi, gib mir dein Wort, daß du keine Torheiten begehen wirst«, bat sie mit erstickter Stimme.

Aber er riß sich los und stürzte aus dem Zimmer.

Die Kaiserin wollte ihm nacheilen, doch vor ihren Augen wallten plötzlich bunte Nebelschleier – sie hatte nur noch so viel Kraft, sich tief in die Polster des Sofas zurückzulehnen, dann schwanden ihr die Sinne.

Eine der Hofdamen fand die Kaiserin später in tiefer Ohnmacht und eilte sofort, um Hilfe herbeizurufen. Die rasch herbeigeholten Ärzte stellten einen schweren Nervenzusammenbruch fest.

— — — — — — — —

Wochenlang war Kaiserin Elisabeth krank. Man hatte sie nach Waldesruh gebracht, wo fern allem höfischen Leben in Ruhe und Stille die Tage abrollten.

Anfangs war die Kranke gegen alles, was um sie vorging, teilnahmslos und apathisch. Wenn Franzl oder Rudolf sie besuchten, antwortete sie nur einsilbig auf ihre besorgten Fragen. Am liebsten war es ihr, wenn man sie allein ließ.

In dieser Zeit erwachte wieder stärker als je zuvor die heiße Sehnsucht nach fernen Ländern.

Sie vertrieb sich die Langeweile des Krankenlagers damit, Reisewerke zu lesen, und so kam es, daß sie, als sie kaum genesen war, den Ihren erklärte, sie werde Wien abermals verlassen und Valerie mitnehmen.

Weder Franz Joseph noch Rudolf wagten eine Einwendung, zumal die Ärzte dem Kaiser erklärten, daß eine Reise die beste Erholung für die Kaiserin sein würde.

Sie hatte diesmal große Pläne – sie wollte den Orient besuchen.

Franz Joseph begleitete die geliebte Frau noch bis Genua, wo die Jacht der Kaiserin fahrbereit lag.

Als sie das herrliche Schiff im strahlenden Sonnenschein vor sich liegen sah, faßte Elisabeth heimlich nach der Hand des Gatten und bat:

»Komm mit, Franzl! Reiße dich einmal von allem los, was dich in Wien festhält – ziehe mit mir in die Ferne, laß uns einmal ganz losgelöst von allem Zwang leben.«

In Franz Joseph flammte heiße Sehnsucht auf.

Konnte es etwas Schöneres, etwas Herrlicheres geben, als mit der geliebten Frau zusammenbleiben zu können, mit ihr die Schönheiten des Orients zu genießen?

Noch einmal hörte er die leise, bittende Stimme:

»Komm mit, Franzl, und schenke mir einmal ein paar Wochen, in denen du nur mir gehörst.«

Schon wollte der Kaiser zustimmen, da erschien ein Kurier mit wichtigen Nachrichten aus Wien. Und sofort erklärte Franz Joseph:

»Leider kann ich deinen Wunsch nicht erfüllen, Sissi. Es ist nun einmal mein Schicksal, die Staatsinteressen über die eigenen Wünsche stellen zu müssen.«

Elisabeth schaute ihn wehmütig an, nickte und sagte müde:

»Ja, es ist unser Schicksal! Die Staatsinteressen sind die Mörder unseres Glückes.« –

Doch als die Jacht »Miramare« in See ging, als Elisabeth wieder in dem großen, runden Glaspavillon saß, der auf Deck errichtet worden war und nach allen Seiten einen wundervollen Blick über das Meer bot, da ließ sie sich von der Freude ihres Kindes mitreißen und vergaß alles, was hinter ihr lag.

In der herrlichen Meeresluft erholte sie sich sehr rasch, fühlte sich wieder frei und ungebunden und wurde nicht müde, stundenlang an Deck auf und ab zu gehen und die Schönheiten der Meeresreise zu genießen.

Eine Zeitlang kreuzten sie, wie es am Anfang ihrer Reise bestimmt war, ohne Ziel auf dem Meer, dann aber gab sie dem Kapitän den Befehl, den Kurs nach Tunis zu nehmen.

Unerkannt ging sie dort an Land und nahm mit offenen Augen all die Schönheiten des fremden Landes in sich auf.

Trotz Franz Josephs dringender Bitte hatte sie es abgelehnt, mit großem Gefolge zu reisen. Nur ein kleiner Kreis vertrauter Menschen, die gleich ihr kunstbegeistert waren, durfte sie begleiten.

Sie, die sonst einen Abscheu vor allem Staub und Schmutz hatte, sah hier im Orient nur das Malerische dieser unsauberen Städte.

Elisabeth verlebte viele Wochen in Algier, in Alexandria und vor allem in Kairo. Stundenlang konnte sie durch das dichteste

Gedränge der Stadt wandern, ohne sich durch das Schreien und Lärmen der Händler und Lastträger belästigt zu fühlen.

Sie schrieb begeisterte Briefe nach Hause. Sie fühlte sich innerlich wieder leicht und froh, und alle Sorgen des Alltags lagen weit, weit hinter ihr.

Tiefen Eindruck machten die Besuche in den großen Trappistenklöstern auf sie.

Sie interessierte sich außerordentlich für die Arbeiten der Mönche und stiftete den Klöstern große Summen, damit sie ihr Barmherzigkeitswerk an den Ärmsten der Armen ausführen konnten.

So ging Woche um Woche dahin, ein Monat reihte sich an den anderen, und Elisabeth wußte kaum, wie die Zeit verflog.

Anders in Wien.

Die Kronprinzessin Stephanie hatte sich, nachdem sie von den Folgen des selbstverschuldeten Unfalles wieder genesen war, nach Laxenburg zurückgezogen.

Ihre Tage gingen im trostlosen Einerlei dahin.

Nur ganz selten kam Rudolf nach Laxenburg. Er war viel auf Reisen, viel auf der Jagd, vergrub sich auch eine Zeitlang wieder in seine wissenschaftlichen Arbeiten, kurz – das Kronprinzenpaar lebte sich immer mehr auseinander.

Anfangs ertrug Stephanie ohne Murren ihr Los.

Sie fühlte sich selbst als Schuldige, da sie in verblendetem Trotz und Zorn jenes Unglück, das alle Hoffnungen auf weitere Mutterschaft zerstörte, selbst herbeigeführt hatte.

Eine Zeitlang trug auch sie sich mit dem Gedanken einer Scheidung. Leicht wurde es ihr nicht, sich mit diesem Plan vertraut zu machen, denn noch immer wollte in ihrem Herzen die leise Hoffnung, Rudolf doch noch für sich zu gewinnen, nicht stille werden.

Aber als Monat um Monat verging, ohne daß er mehr als konventionelle Höflichkeit für sie übrig hatte, da wurde sie immer verzagter. Sie sah ein, daß sie Rudolf nichts mehr bedeutete.

Wohl liebte er sein Kind – aber er würde das kleine Prinzeßchen sicherlich nicht vermissen, wenn er eine andere Frau hatte, die ihm auch Kinder schenkte.

Große innere Zerrissenheit und die bitteren Enttäuschungen ihrer Ehe machten die Kronprinzessin zu einer unglücklichen Frau, der es schwer wurde, in der Öffentlichkeit ein Lächeln zu zeigen, um das Volk über ihre innersten Empfindungen zu täuschen.

* * *

Mitten im Rausch der Orientreise überkam Elisabeth plötzlich die Ernüchterung.

Sie konnte die heiße Luft dieses Landes nicht mehr ertragen, sah mit einem Male die Landschaft und die Menschen, sah das fremde Leben und Treiben mit anderen Augen und spürte Sehnsucht nach der Heimat.

Diese Wandlung hatte ein Brief ihrer Mutter mit sich gebracht.

»Bei uns wird es nun Frühling«, schrieb die Herzogin Ludovica, »überall grünt und blüht es. Auf den Bergen beginnt der Schnee zu schmelzen, und aus dem fernen Süden kehren die Zugvögel wieder zurück. Und Du, auch so ein ruheloser Zugvogel – wann wirst Du wieder einmal den Weg zu uns finden? Wir haben in den letzten Wochen oft und viel von Dir gesprochen, Sissi, denn wir tragen Sorge um Dich, wie Du die beunruhigenden Nachrichten über König Ludwig aufnehmen wirst. Obwohl wir seit jener aufgelösten Verlobung mit Sophie keinerlei Beziehungen mehr zum Hofe haben, nehmen wir an dem tragischen Schicksal des armen Ludwig aufrichtigen Anteil. Es wird in kurzer Zeit dahin kommen, daß man ihn absetzt und in Gefangenschaft, das heißt unter die ständige Aufsicht von Irrenärzten und Wärtern bringt. Ein trauriges Los! Dabei sind so viele Stimmen im Volk laut, die für ihren König Partei nehmen. Das Volk glaubt den Ärzten nicht, die erklären, Ludwig sei irrsinnig und unheilbar erkrankt. Es liebt seinen König und will ihn in Freiheit wissen. Wir selbst stehen natürlich auf der Seite jener, die davon überzeugt sind, daß Ludwig auch ein Opfer des unseligen Erbes der Wittelsbacher geworden ist –«

»Nein – nein – nein – das kann nicht sein!« schrie Elisabeth auf, als sie den Brief ihrer Mutter gelesen hatte. »Ludwig ist ein Genie, Ludwig ist nicht wahnsinnig!«

Doch als auch die Zeitungen von der schweren Erkrankung Ludwigs berichteten, da gab es für Elisabeth kein Halten mehr. In großer Hast reiste sie nach München. Noch am Tage ihrer Ankunft fuhr sie nach Neuschwanstein, wo sich Ludwig aufhielt. Sie hatte ihre Ankunft nicht gemeldet.

Als sie sich Füssen näherte, begegnete sie einer Menge Bauern, die alle mit Äxten, Sensen, Dreschflegeln und Jagdgewehren bewaffnet waren.

Sie befahl ihrem Kutscher, zu halten, und fragte einen der Männer: »Was soll das alles bedeuten? Warum seid ihr bewaffnet? Wohin wollt ihr?«

»Wir sind auf dem Wege nach Neuschwanstein. Wir wollen unseren König schützen.«

Elisabeths Augen leuchteten auf. Tiefbewegt streckte sie den Männern die Hände entgegen.

»Jetzt weiß ich, daß der König nicht verloren ist –« rief sie freudig erregt. »Glücklich der Fürst, für den sich sein Volk so einsetzt, wie ihr es für euren König tut.«

Viele, fast alle, die sich zur Hilfe für den König zusammengerottet hatten, drängten sich nun herbei, um der österreichischen Kaiserin die Hände zu küssen.

Liebe und Bewunderung leuchteten Elisabeth aus den Blicken dieser einfachen Leute entgegen.

Da aber erklärte einer der Bauern:

»Es ist ratsam, wenn Sie jetzt umkehren. Es wird vielleicht heiß hergehen in Neuschwanstein.«

Sie zögerte ein paar Minuten, überlegte hin und her, fügte sich aber schließlich doch den Bitten des Bauern.

»Gut, ich kehre um«, entschied sie, »doch ich verlasse mich auf euch und hoffe, daß ihr mir gute Nachrichten schickt.«

Zustimmend nickten die Bauern.

»Was in unseren Kräften steht, das soll geschehen!« sagte der Sprecher.

— — — — — — — —

In großer Unruhe verbrachte Elisabeth den nächsten Tag. Sie wagte kaum ihr Zimmer zu verlassen, um den Boten, den ihr die Bauern schicken wollten, sofort bei seinem Eintreffen empfangen zu können.

Doch keine Nachricht kam.

Ein wolkenbruchartiger Regen hatte eingesetzt. Der Sturm heulte und peitschte die Wogen des Sees.

Ruhelos wanderte Elisabeth in ihrem Zimmer auf und ab.

Gegen Morgen fiel sie in einen bleiern-schweren Schlaf, aus dem sie erst um Mittag erwachte.

Mit bleichem Gesicht erschien eine ihrer Hofdamen.

»Ist etwas geschehen? Sind Nachrichten gekommen?« stieß Elisabeth angsterfüllt hervor.

»Ja, Majestät. Soeben sind Berichte eingetroffen, daß König Ludwig, begleitet von dem Direktor der Staatlichen Irrenanstalt, Doktor Gudden, sowie der Grafen Crailsheim, Holstein und Töring und des Herrn von Washington und acht Krankenwärtern nach Schloß Berg überführt worden ist.«

Elisabeth sank mit einem schweren Aufstöhnen in die Kissen zurück.

»Also doch! Armer, armer Ludwig!«

Eine Weile gab sie sich diesem Schmerz hin, dann aber richtete sie sich auf.

»Schicken Sie mir meine Kammerfrau. Rasch, rasch, ich muß sofort hinüber nach Berg.«

Betroffen starrte die Hofdame ihre Herrin an.

»Der König ist ein Gefangener, Majestät«, wagte sie einzuwenden.

»Trotzdem wird man mir, seiner Base – mir, der Kaiserin von Österreich, nicht verweigern, ihm einen Besuch abzustatten. Ich muß mich mit eigenen Augen überzeugen, wie es um ihn steht. Diesmal lasse ich mich nicht zurückhalten, diesmal erzwinge ich den Zutritt zu ihm. Gehen Sie also – ich will und muß nach Berg hinüber.«

Da wurde Sophie Charlotte gemeldet, die, als sie nach Paris die Nachricht erhielt, daß ihre geliebte Schwester Sissi zu längerem Aufenthalt in der Heimat eingetroffen sei, sofort herbeieilte, um wieder einmal mit Elisabeth zusammenzusein.

Auch Sophie Charlotte sah blaß und erregt aus.

Stumm umarmten sich die Schwestern und hielten sich eine Weile fest.

»Es muß entsetzlich gewesen sein«, flüsterte Sophie Charlotte und hatte Mühe, die Tränen zurückzudrängen.

»Weißt du Näheres?« erkundigte sich Elisabeth.

»Ja, einer der Diener hat mir Einzelheiten berichtet. Ludwig soll genau wissen, was ihm bevorsteht. Er hat seinen Diener um Zyankali gebeten. Natürlich hat man ihm das Gift verweigert. Schließlich sah er sich so bedrängt, daß er den Krankenwärtern erklärt haben soll, freiwillig mit ihnen zu gehen. So hat man ihn nach Berg gebracht.«

»Ich muß zu ihm!«

Doch als sie sich erhob, schwankte sie plötzlich. Eine schwere Ohnmacht hielt lange Zeit ihre Sinne umfangen. Als sie wieder erwachte, schaute sie fragend um sich und schrie erregt auf:

»Helft ihm – helft ihm, sonst ist er verloren – sonst ist alles aus! – Ludwig, nicht das, nicht das! – Ich komme – ich rette dich!«

Dann sank sie wieder in die Kissen zurück.

Noch in der gleichen Nacht brachte man die Kunde, daß König Ludwig mit seinem Arzt Doktor Gudden tot im Starnberger See gefunden worden sei.

* *
*

Gräfin Maria Larisch war wieder einmal in Wien. Nicht allein um die Sehnsucht zu ersticken, die sie immerfort nach Wien zog und die sie nie so recht in Pardubitz heimisch werden ließ, sondern um endlich auch genaue Informationen über den Hof zu erhalten.

Wohl wußte sie, daß die Kaiserin sich auf einer Orientreise befand, davon berichteten ja auch die Zeitungen des öfteren, aber sie selbst hatte keine direkten Nachrichten von der geliebten Tante.

Maria zerbrach sich den Kopf darüber, was wohl die Schuld daran tragen könne. Sie fand keine Erklärung und hoffte, nun in Wien Näheres zu erfahren.

Wie immer, wenn sie unerwartet in Wien eintraf, stieg sie auch diesmal im Grandhotel ab. Der erste Tag sollte zunächst zu einem ausgiebigen Bummel durch ihre geliebte Wienerstadt benützt werden.

Als sie die Ringstraße entlangbummelte, hörte sie plötzlich einen freudigen Ausruf:

»Maria, bist du es wirklich!?«

Die junge Gräfin wandte sich der Ruferin zu und sah die Baronin Vetsera vor sich stehen.

»Trifft man dich auch einmal wieder? Du bist oft in Wien gewesen, Maria, ohne daran zu denken, uns einmal mit deinem Besuch zu erfreuen.«

Maria Larisch wurde ein wenig verlegen. Der Vorwurf der Baronin Vetsera war nicht unberechtigt. Sie trug wirklich die Schuld daran, daß sie sich in der letzten Zeit fast nie mehr gesehen hatten – das heißt, eigentlich war Georg schuld, auf dessen Veranlassung sie im Hause Vetsera keine Besuche mehr gemacht hatte. Georg hatte eine Abneigung gegen diese Familie.

Daran dachte Maria Larisch und fand nicht gleich eine Antwort für die Baronin.

Diese schob lächelnd ihren Arm durch den Marias und zog sie mit sanfter Gewalt mit sich.

»Nun der Zufall mir gnädig gesinnt ist, Maria, und dich in meinen Weg geführt hat, kommst du nicht gleich wieder los. Ausreden lasse ich heute nicht gelten – du mußt mit mir kommen, mußt mir ein Plauderstündchen schenken. Meine Töchter Hanna und Mary sind zu Hause und werden sich riesig freuen, dich wieder einmal begrüßen zu können.«

Maria wagte keine Einwendungen. Und als sie dann im Hause Vetsera stürmisch von den beiden Töchtern der Baronin begrüßt wurde, da freute sie sich, wieder einmal in den vertrauten Räumen zu sein. Erst jetzt kam es ihr zum Bewußtsein, wie lange sie fortgeblieben war.

Die Mädels waren herangewachsen und sehr schön geworden. Besonders Mary. Trotz ihrer sechzehn Jahre war sie schon voll entwickelt. Sie war nicht groß, aber wundervoll gewachsen.

Hanna, die ältere der Schwestern, war eine talentierte Malerin. Sie hatte Mary gebeten, ihr zu einem Aktbild Modell zu sitzen, und so kam es, daß Maria Larisch das junge Mädchen ganz leicht bekleidet sah und unwillkürlich an die Statuen griechischer Göttinnen denken mußte, so göttergleich in ihrer Schönheit erschien ihr dieses junge Mädchen.

»– und wie die Sünde zugleich –« fügte sie in Gedanken noch hinzu.

Die Baronin drängte ihre Töchter, sich rasch umzukleiden und dann im Salon den Tee zu nehmen.

Während Maria Larisch mit der Baronin Vetsera allein war, sagte sie:

»Deine Töchter sind schön geworden, Helene, gefährlich schön.«

Die Baronin lächelte und meinte:

»Ich hoffe, sie werden es einmal verstehen, mit dieser Mitgift zu wuchern.«

»Also spekulierst du auf reiche Freier?«

»Welche Mutter täte das nicht, liebste Maria?«

»Ja, ja, du hast recht!« entgegnete die Gräfin Larisch nachdenklich.

»Nur vergiß nicht, auch nach ihren Herzen zu fragen.«

Sie sprachen noch eine Weile über dieses Thema, so daß die beiden Mädchen, die nach kurzer Zeit in den Salon traten und in den duftigen Sommerkleidern ganz entzückend aussahen, noch »Liebe« und »Glück« hörten.

Bewundernd hing Marias Blick an Marys süßer, bildschöner Erscheinung.

»Ich muß dir etwas verraten, Maria«, tuschelte Hanna der Gräfin ins Ohr. »Etwas, das auch dich interessieren wird. Mary ist in deinen Vetter, den Kronprinzen Rudolf, verliebt.« Sie lächelte diabolisch, als sie das Geheimnis der Schwester preisgegeben hatte.

Maria Larisch blickte überrascht von einem zum anderen, sah, daß die Baronin Vetsera ein bekümmertes Gesicht machte.

Mary aber erklärte:

»Meinethalben schelte mich eine Närrin, nenne mich töricht – aber ich kann nicht anders, ich liebe ihn!«

»Mary, Kind, was redest du da«, wehrte die Gräfin Larisch ab. »Vergißt du denn ganz, daß Rudolf verheiratet ist?«

»Diese Ehe ist ja schon längst keine Ehe mehr. Die Spatzen pfeifen es von allen Dächern, daß sie ihm gegen seinen Willen aufgezwungen worden ist. Aber das weißt du ja selbst viel besser als ich. Erzähle mir von ihm, Maria. Ich möchte so gern alles, alles von ihm wissen: was er gern ißt und trinkt, welches Parfüm er liebt, was seine Lieblingsblumen sind.«

Ein Auflachen Hannas unterbrach die Schwärmereien Marys, und spöttisch rief diese dazwischen:

»Nun hörst du es einmal mit eigenen Ohren, was wir Tag um Tag vernehmen müssen, Maria. Mary ist wie besessen von ihrer Liebe zu Rudolf.«

Die Baronin Vetsera nickte zustimmend und seufzte:

»Ja – wie besessen, und weder Güte noch Strenge können sie zur Vernunft bringen, Maria! – Ach, was soll daraus nur werden? – Weißt du keinen Rat, das Mädel von dieser unseligen Leidenschaft zu heilen?«

»Unseligen Leidenschaft«, brauste Mary erregt auf. »Eine solche große, heilige Liebe nennt ihr profan eine unselige Leidenschaft?«

Mary Larisch, die sich ein paar Minuten um das junge Ding geängstigt hatte, lachte nun und meinte:

»Wir haben als Backfische alle irgendeinen Schwarm gehabt. Das ist eine Kinderkrankheit, die vorübergehen wird, und das werden wir bei unserer kleinen Mary auch erfahren. Übrigens –« sie wandte sich dem jungen Mädchen zu, hob dessen Kopf mit sanfter Gewalt und zwang sie, ihr in die Augen zu schauen, »– hat Rudolf für so kleine Mädchen, wie du es bist, nicht viel übrig, Mary. Er bevorzugt mehr reifere Frauen, besonders solche vom Theater, mit denen er sich angenehm amüsieren kann. Auch ist er nicht so unglücklich, wie du meinst. Er versteht es schon, sich zu zerstreuen. Wahrscheinlich würdest du, wenn du ihn einmal kennenlernst, von deinem Ideal sehr enttäuscht sein, wie das zumeist im Leben der Fall ist.«

»Vielleicht würde sie geheilt werden, wenn sie Rudolf einmal persönlich kennenlernt«, meinte Hanna. »Kannst du das nicht einmal arrangieren, Maria?«

Marys Augen leuchteten heiß auf.

»Ach ja, liebste, beste Maria, tue das – lade mich und Rudolf einmal ein, damit wir uns sprechen können, dann wird die schönste Zeit meines Lebens beginnen. Meine Liebe wird die seine wecken, er wird das Lachen wiederfinden, er wird glücklich sein – und ich mit ihm.«

»Aber, Kind, Kind, wohin verirren sich deine Gedanken«, wehrte die Gräfin heftig ab. »Niemals werden sich solche Träume erfüllen –«

»– und wenn sie es aber doch täten, Maria –?«

»Dann würde es für dich und für Rudolf ein großes Unglück werden.«

»Kann denn Liebe zum Unglück werden, Maria?«

Ernsthaft schaute die junge Baronesse die Gräfin an.

»Für den Kronprinzen bestimmt – aber sprechen wir nicht mehr davon. Ich will nichts weiter hören, denn sonst würde ich bereuen, daß ich der Einladung deiner Mutter gefolgt und hierher in euer Haus gekommen bin.«

»Siehst du, nun hörst du es«, ereiferte sich Hanna. »Alle sind entsetzt über deine Verrücktheiten, und Papa und Mama täten besser daran, dich in ein Institut zu stecken, damit man dich dort auf andere Gedanken bringt.«

Kaum aber hatte Hanna diese Worte gesprochen, da stürzte Mary wütend auf die Schwester zu, umfaßte sie, schüttelte sie derb hin und her, so daß die Baronin Mühe hatte, die beiden Streitenden auseinander zu bringen. Scheltend schickte sie die Töchter dann aus dem Zimmer.

»Ach, du ahnst nicht, welche Streitigkeiten es täglich zwischen den Schwestern wegen dieser unseligen Leidenschaft Marys gibt. Ich weiß nicht, wie das alles noch einmal enden wird. Mary denkt nur an Rudolf. Es hat bisher gar nichts genützt, daß wir ihr von seinen vielen Liebesabenteuern, von seiner unmäßigen Trinkerei erzählt haben – sie erklärt uns auf diese Vorhaltungen, daß Rudolf ganz anders werden würde, wenn er die richtige Frau fände und die wahre Liebe kennenlernen würde.«

Maria Larischs Gesicht wurde sehr ernst.

»Das grenzt beinahe an Liebeswahn, Helene, und kann gefährlich für dein Kind – und für euch alle werden.«

»Aber was kann ich tun, was soll ich tun, Maria? Mary ist so eigensinnig, wir alle sind machtlos gegen sie, und was sie sich einmal in den Kopf gesetzt hat, das führt sie auch durch.«

»Wäre ich an deiner Stelle, dann würde ich mit ihr von Wien fortgehen, Helene.«

»Daran habe ich auch schon gedacht, doch auf einige Zeit muß mein Mann wichtiger Geschäfte wegen noch hier bleiben, und allein läßt er mich nicht gern reisen.«

»Weißt du was, Helene«, fiel die Gräfin von einem plötzlichen Gedanken erfaßt ein, »schicke mir Mary morgen vormittag noch einmal ins Hotel. Ich werde versuchen, ihr in aller Ruhe und Güte ihre Torheit auszureden. Vielleicht haben meine wohlgemeinten Worte größeren Einfluß auf sie als die deinen.«

Beglückt drückte die Baronin Maria Larischs Hände.

»Du würdest mich zu großem Dank verpflichten, Liebste.«

Sie saßen noch eine Weile im ernsten Gespräch zusammen, dann verabschiedete sich die Gräfin, ohne die Schwestern noch einmal zu sehen.

— — — — — — — —

Es war am anderen Morgen.

Maria Larisch hatte in dieser Nacht unruhig geschlafen. Mehr als ihr lieb war, hatten sich ihre Gedanken mit Mary Vetsera beschäftigt. Sie war entschlossen, sehr energisch mit diesem verdrehten Mädel zu reden und es gründlich von seiner Narretei zu heilen.

Während sie wartend am Frühstückstisch saß, sich die Schokolade schmecken ließ und ab und zu einen Blick in die Zeitung warf, erschien ihre Zofe mit einem silbernen Tablett, auf dem Maria eine Besuchskarte liegen sah.

»Die Baronesse Vetsera?« fragte Maria, noch ehe das Mädchen bis zum Tisch herangekommen war.

»Nein, Seine Kaiserliche Hoheit der Kronprinz wünscht Ihnen einen Besuch zu machen«, meldete das Mädchen.

Erschrocken sprang Maria auf.

Rudolf? – Und er kam zu ihr? – Das war bisher noch nie der Fall gewesen! – Was wollte er von ihr? – Daß sein Kommen einen bestimmten Grund hatte, ahnte sie voraus. Aber was konnte es sein?

Da erklang abermals ein Klopfen an der Türe, und ehe sie zum Eintreten aufforderte, stand Rudolf auf der Schwelle.

Sie schickte die Zofe hinaus. Kaum hatte diese das Zimmer verlassen, da eilte Rudolf auf Maria zu und umfaßte deren Hände, die er zärtlich küßte. Dabei sah sie, daß sein Gesicht blaß und verstört aussah. Wie ein Kranker erschien er ihr.

»Gott sei Dank, daß du endlich einmal wieder gekommen bist.«

Erschrocken sah ihn die Gräfin an.

»Mein Gott, was ist denn geschehen? – Was hat dich so aus aller Fassung gebracht, Rudi?«

»Mußt du wirklich erst danach fragen, Maria? – Ganz Wien weiß doch, wie unglücklich ich bin.«

»Mein lieber Rudi, glücklich sind wir alle nicht. Es gibt eben viele Träume, die unerfüllt bleiben müssen. Aber darüber sollte ein Mann wie du nicht zusammenbrechen.«

Er lächelte bitter.

»Ich würde mein Schicksal ja auch tragen, Maria, wenn ich nur wenigstens einen Menschen hätte, mit dem ich mich verstehe, mit dem ich mich aussprechen kann. Und dazu brauche ich einen lieben Menschen – brauche ich die Mutter! Aber seit Monaten reist sie schon wieder ruhelos in der Welt umher, weil sie nicht mit ansehen konnte, wie sehr ich litt. Anfangs versuchte ich, mich mit dem seelischen Alleinsein abzufinden. Doch jetzt kann ich nicht mehr weiter.«

»Wie soll ich dir helfen, Rudi?«

»Du sollst zu meiner Mutter fahren, sollst ihr sagen, wie du mich gefunden hast – schreiben kann ich es ihr nicht – doch wenn sie es von dir hört, dann wird sie heimkehren nach Wien – und habe ich sie erst wieder in meiner Nähe, dann finde ich hoffentlich die Ruhe meines Herzens wieder. Ich habe versucht, mich mit Frauen, mit Wein zu betäuben. Aber ich bin davon so übersättigt, mich ekelt das alles an, daß ich nur einen Wunsch habe, aus diesem Sumpf herauszukommen. Und deshalb bitte ich dich, vermittle zwischen mir und meiner Mutter, dir wird es gelingen, sie zur Heimkehr zu bewegen – und dann –« sehnsüchtig schauten seine Augen ins Weite, »dann werde ich vielleicht doch noch ein bißchen Glück haben.«

Sie schwiegen. – Plötzlich klangen von draußen Stimmen.

»Ich bin von der Frau Gräfin eingeladen – ja, ja, Frau Gräfin hat mich um diese Zeit bestellt, Sie müssen mich deshalb anmelden –«

Maria zuckte zusammen.

Mary Vetsera!

»Du erwartest Besuch, Maria?«

»Ja, die Baronesse Vetsera.«

Ein Lächeln huschte über Rudolfs Gesicht.

»Die kleine Vetsera? – Sie kommt zu dir? – Ein verteufelt schönes Mädchen. Hoyes hat mich schon einmal auf sie aufmerksam gemacht.«

»Möchtest du sie kennenlernen?« fragte Maria Larisch wie mechanisch.

Unschlüssig schaute Rudolf vor sich hin, strich sich einige Male nervös über sein bleiches Gesicht, dann erhob er sich hastig und erklärte:

»Nein, ich habe kein Verlangen danach, einen Backfisch zu begrüßen. Erspare es mir, Maria – es könnte sonst passieren, daß ich zu deinem Gast unfreundlich sein würde. Ist es nicht möglich, daß ich zu einer anderen Tür hinausgelangen kann, damit ich der kleinen Baronesse nicht in den Weg laufe?«

»Gewiß, durch das anschließende Zimmer meiner Zofe kannst du, während ich die Baronesse empfange, verschwinden.«

Rudolf küßte Marias Hände und murmelte:

»Dann lebe wohl – überlege dir meine Bitte und gib mir bis heute abend Bescheid darüber, ob du mir helfen willst und kannst – oder ob auch du mich im Stich läßt.«

Maria flüsterte ihm rasch zu:

»Ich werde dir helfen, Rudi –!«

Noch ein letzter Händedruck, ein letzter dankerfüllter Blick, dann verließ Rudolf hastig das Zimmer.

Kaum hatte sich die Türe hinter ihm geschlossen, da erschien die Zofe und meldete Mary Vetsera an.

»Haben Sie der Baronesse gesagt, daß Seine Kaiserliche Hoheit der Kronprinz da ist?«

»Die Baronesse wußte es bereits, Frau Gräfin, das Hotelpersonal hat es ihr verraten.«

Was sollte sie nun Mary erklären?

»Ich lasse bitten«, entgegnete sie nach kurzem Überlegen.

Auf den ersten Blick bemerkte Maria, daß sich die Kleine in höchster Erregung befand. Sie nahm sich auch kaum Zeit zur Begrüßung, stieß hastig hervor:

»Wo ist er? – Werde ich ihn endlich persönlich kennenlernen? – Hast du Erbarmen mit mir und –«

Aber Maria Larisch ließ sie nicht ausreden, sondern umfaßte sie, drückte sie in die Polster des Sofas und unterbrach sie:

»Zunächst beruhige dich erst einmal, Mary, dann werden wir vernünftig miteinander reden.«

»Vernünftig? – Soll das heißen, daß ich den Kronprinzen nicht sehen und sprechen darf?«

»Du hast es erraten, Mary. Rudolf ist bereits wieder fort.«

»Nein – nein – das kannst du mir nicht angetan haben, Maria –«

»Ich nicht, Mary«, entgegnete die Gräfin gelassen, »Rudolf selbst wünschte deine Bekanntschaft nicht.«

Mary Vetsera saß wie erstarrt und schaute aus weit offenen Augen die Gräfin an. Mit zuckenden Lippen wiederholte sie:

»Er – er wünschte – meine Bekanntschaft nicht.«

»Ja, Mary, so ist es, leider kann ich dir diese bittere Wahrheit nicht ersparen.«

»Hast du ihm denn nicht gesagt, wie sehr ich ihn liebe?«

»Kind, so etwas sagt man doch nicht.«

»Du hättest ihm eben Gelegenheit geben sollen, auf mich aufmerksam zu werden! – Dann würdest du ein gutes Werk getan haben, denn ich – ich weiß doch, daß ich Rudolfs Glück bin –, ich weiß, daß ich die Frau bin, nach der er sich sehnt.

Aber –« sie lachte auf und warf der Gräfin einen bösen Blick zu –, »aber wie konnte ich so töricht sein und auf deine Hilfe rechnen. Du liebst ja Rudolf selbst und bist eifersüchtig, deshalb – ja – ja – deshalb willst du mich von Rudolf fernhalten – aber ich werde schon allein meinen Weg zu ihm finden – das schwöre ich dir –«

Und ehe Gräfin Larisch noch recht die Situation erfassen konnte, war Mary Vetsera aufgesprungen und eilte aus dem Zimmer.

In Ungeduld wartete Maria Larisch auf einen weiteren Besuch des Vetters. Sie war entschlossen, ihn vor dem Liebeswahn der kleinen Baronesse Vetsera zu warnen.

Aber sie kam nicht dazu, denn am Abend erreichte sie die Nachricht, daß König Ludwig von Bayern mit seinem Arzt im Starnberger See den Tod gefunden habe, und daß der Kronprinz – mit seinem Vater – zu den Beerdigungsfeierlichkeiten nach München reise.

»– dort werde ich Mama wiedersehen –« schrieb er, »– und dabei wird es zu einer entscheidenden Aussprache zwischen uns kommen –«

Maria Larisch atmete ein wenig erleichtert auf, daß sie durch diese wunderliche Fügung des Schicksals von ihrer schweren Mission frei wurde.

* *
*

Als die Kaiserin Elisabeth aus ihrer Ohnmacht erwachte, starrte sie die Schwester an, die bei ihr gewacht hatte, aber nun eingeschlafen war. Langsam kehrte ihr die Erinnerung an die letzten Stunden zurück. Sie richtete sich im Bett hoch.

Ganz leise und behutsam erhob sie sich, schlüpfte in die Pantoffeln und zog den Morgenrock über.

Auf den Zehenspitzen gehend schlich sie zum Fenster, schob

die Vorhänge zurück und preßte das Gesicht dicht an die Scheiben. Plötzlich kam ein erstickter Aufschrei über ihre Lippen.

Sie umklammerte den Messingknauf des Fensters und starrte mit weit geöffneten Augen über den See.

Von ihrem Schrei war Sophie Charlotte wach geworden. Schlaftrunken taumelte sie auf und erschrak, als sie die Schwester sah.

»Sissi – du bist schon wach? Mein Gott – und ich habe dich nicht gehört –«

Elisabeth achtete nicht auf ihre Worte, sondern deutete mit zitternder Hand hinaus.

»Dort – siehst du es – Sophie – dort drüben auf Schloß Berg, die Fahne –?«

Die junge Herzogin umfaßte die Schwester.

»Fasse dich, Sissi«, bat sie und wollte Elisabeth vom Fenster fortziehen.

Aber die Kaiserin stand wie gebannt. Unverwandt hing ihr Blick an Schloß Berg.

»Halbmast – die Fahne auf halbmast!« kam es tonlos über ihre Lippen. Dann wurde es still im Zimmer. Nur das leise Rauschen des Regens war zu vernehmen.

»Ludwig –?«

Wie ein Hauch zitterte der Name durch den Raum, aber die ganze große Angst eines leidenden Herzens schwang darin mit.

Sophie Charlotte nickte.

»Ja!«

»Also doch!« flüsterte Elisabeth. »Ich habe es geahnt.«

Sie preßte die Hand auf das Herz und lehnte ihren Kopf an die Schulter der Schwester.

»Sage mir alles! Verschweige mir nichts, Sophie! – Wie konnte das Schreckliche geschehen?«

»Niemand weiß es, Sissi! – Keiner vermag zu sagen, was

sich in den letzten Minuten vor der Katastrophe abgespielt hat. Eins nur ist wohl mit Sicherheit anzunehmen, daß Ludwig seinen Entschluß, freiwillig ein Ende zu machen, durchgeführt hat. Gudden, sein Arzt, hat ihn davon zurückhalten wollen, aber er ist ihm davongelaufen. Möglich, daß Gudden ihn im Wasser noch zu fassen bekam. Aber Ludwig hat sich losgerissen, hat wohl sogar nach Gudden geschlagen. Nun hat er in seinem geliebten Starnberger See den Tod gefunden.«

Elisabeth starrte wieder mit tränenlosem Blick nach Schloß Berg und sagte mit zuckenden Lippen:

»Tot! – Ludwig tot! – Für immer fortgegangen!«

Plötzlich richtete sie sich auf, strich sich wie besinnend über Augen und Stirn und stieß hastig hervor:

»Ich muß zu ihm! Ich muß ihn sehen.«

Erschrocken wehrte Sophie Charlotte ab.

»Du darfst dich nicht neuen Aufregungen aussetzen, Sissi. Du mußt hierbleiben, mußt Ruhe haben. Wir müssen auch Karl Theodor und die Eltern verständigen.«

Da faßte Elisabeth beschwörend die Hände der Schwester und rief:

»Laß mich zu Ludwig gehen, Sophie! Halte mich nicht zurück. Komm mit, Sophie –«

Da wagte diese keinen Widerspruch mehr, richtete sich rasch auf und antwortete:

»Dann laß uns eilen, damit uns niemand sieht!«

Arm in Arm, in tiefstem Schweigen, verließen die Schwestern das Hotel und gingen zum See hinunter, wo schon ein Boot für sie bereit lag.

Als der Schiffer den Kahn an der Roseninsel vorbeitrieb, bat ihn Elisabeth mit leiser Stimme, sie anzusteuern. Sofort kam der Bursche dem Befehl nach, und Elisabeth betrat die Insel, auf der sie so wundervolle, traumhaft schöne Stunden mit König Ludwig verlebt hatte.

Aber sie ging nicht nach dem kleinen Tempel, sondern eilte nur nach einem der Rosenstöcke, brach dort eine einzige weiße, halberblühte Rose ab und schritt wortlos zum Boot zurück.

Weiter ging die Fahrt.

Sophie Charlotte saß ganz in sich zusammengesunken da, Elisabeth aber stand hochaufgerichtet und starrte unverwandt nach Schloß Berg.

Eine große Menschenmenge hatte sich am Landungssteg eingefunden. Viele Frauen weinten leise, als sie die beiden Schwestern kommen sahen.

Während man ihnen sonst zujubelte, herrschte heute tiefes, bedrücktes Schweigen.

Je näher sie dem Schlosse kamen, um so schwerer und unsicherer wurden Sophie Charlottes Schritte. Und als sie vor dem hohen Portal standen, da stammelte sie mit bebenden Lippen:

»Ich kann nicht mit dir gehen, Sissi! Ich bin am Ende meiner Kraft. Ich kann ihn als Toten nicht sehen.«

Ohne eine Antwort der Schwester abzuwarten, wandte sie sich ab und lief davon.

Elisabeth ging allein weiter. Man führte sie nach dem Zimmer, wo der Tote aufgebahrt war.

Lange stand Elisabeth an den Türrahmen gelehnt und starrte auf den Freund, der die Rittertracht des Hubertusordens trug und im Arm ein Schwert hielt.

Dann schlich sie auf den Zehenspitzen zu seinem Lager. Ihre Hand tastete nach der seinen.

Sie strich liebkosend darüberhin und sagte leise, voller Zärtlichkeit:

»Armer, du – haben sie dich so gehetzt, daß du keinen anderen Weg mehr wußtest? Ist dir jetzt wohl? – Du lächelst, Ludwig? – Lächelst wie in jenen Stunden, da wir zusammen träumten und schwärmten. Und nun soll das alles vorbei sein, Ludwig? – Nein, nein, das kann nicht das Ende unserer großen Freundschaft sein! Du kannst nicht ohne Abschied von mir gegangen sein! – Sieh, was ich dir mitgebracht habe? Eine Rose! Eine weiße Rose, Ludwig! Aus unserem Reich! – Bald werden wieder Tausende in Pracht erblühen! Und du willst dich nie wieder an diesem Anblick erfreuen?«

Ihren Händen war die zarte, weiße Rosenknospe entglitten und blieb auf der Brust des Königs liegen, gerade an jener Stelle, wo sein heißes Herz geschlagen hatte.

Da schluchzte sie bitterlich auf, sank vor dem Lager auf die Knie nieder und stöhnte:

»Ludwig – warum hast du das getan?«

Und plötzlich spürte sie wieder jenes beängstigende Gefühl, das ihr Herz und Hirn verwirrte, sie sah das Gesicht des Toten nur noch durch einen bunten Nebelschleier, hörte in ihren Ohren ein seltsames Singen und Klingen und stürzte zu Boden.

Draußen aber stand die Dienerschaft und schaute sich gegenseitig immer unruhiger an.

Über eine Stunde war bereits vergangen, und noch immer weilte die Kaiserin von Österreich bei dem Toten.

Kurz entschlossen faßte sich einer der jungen Offiziere der Ehrenwache ein Herz und klinkte die Tür auf.

Kaum hatte er dies getan, da kam ein erschrockener Ausruf über seine Lippen. Er riß die Türe weiter auf. Die Dienerschaft umdrängte ihn, und nun sahen alle, daß die Kaiserin neben der Totenbahre ohnmächtig zusammengebrochen war. Sofort griffen hilfsbereite Hände zu und trugen die Bewußtlose fort. Einer der Ärzte wurde rasch gerufen.

Es dauerte lange, sehr lange, ehe es ihm gelang, die Kaiserin ins Leben zurückzurufen.

Als sie erwachte, schrie sie gellend auf:

»Ludwig ist nicht tot! Nein, nein, er schläft nur – man darf ihn nicht begraben – man darf ihn nicht fortschaffen! – Er hat es mir selbst gesagt, daß er sich nur totstellt, um endlich Ruhe zu haben. – Aber er lebt – ja, ja, er lebt –!«

Besorgt schauten sich die Ärzte an, und einer von ihnen murmelte:

»Sollte auch ihr das unheilvolle Erbe der Wittelsbacher nicht erspart bleiben?«

Trotz ihrer großen Erregung hörte Elisabeth diese Worte, richtete sich erschrocken auf und umklammerte angstvoll die Hände des Arztes. »Helfen Sie mir, stehen Sie mir bei. Ich will nicht so enden, wie viele meines Stammes. – Helfen Sie mir!«

Beruhigend redeten die Ärzte auf sie ein. Doch es kostete unendliche Mühe, sie von ihrer Furcht vor dem Wahnsinn zu erlösen.

Ihr Vater und Karl Theodor holten sie ab.

Beide hatten ihr ernstliche Vorwürfe über diesen Besuch machen wollen, aber als sie das verstörte und bleiche Gesicht Elisabeths sahen, schwiegen sie und gingen sehr schonend mit ihr um.

Kaum war Elisabeth in Feldafing und erfuhr, daß Franz Joseph und Rudolf zu den Beisetzungsfeierlichkeiten nach München kommen würden, da stöhnte sie schwer auf.

»Ich kann mit Franzl und mit Rudolf nicht über Ludwigs tragisches Ende sprechen«, schluchzte sie.

Ihr Vater fragte verwundert:

»Du willst deinem Gatten und deinem Sohn ausweichen, Sissi?«

»Ich kann nicht bleiben! Ich kann die Meinen jetzt nicht wiedersehen!«

Und dabei blieb sie.

Alles Bitten, alles Zureden, alle Vorhaltungen waren umsonst.

Sie reiste überstürzt ab und hinterließ für ihren Gatten nur die Nachricht, daß sie nach Korfu in ihr geliebtes »Achilleion« geflüchtet sei, um dort Ruhe zu suchen.

Franz Joseph zuckte mit keiner Wimper, als er diese Botschaft erhielt. Er war an Überraschungen dieser Art gewöhnt.

Doch Rudolf war bitter enttäuscht. Mit jeder Faser seines Herzens hatte er das Wiedersehen mit der geliebten Mutter ersehnt. Er hatte während der Reise die Stunden, die Minuten gezählt, die ihn noch von ihr trennten. Und nun war alles Hoffen umsonst gewesen.

Zerrissener, unglücklicher und verzweifelter als je kehrte er nach den Trauerfeierlichkeiten nach Wien zurück.

* * *

Die Zeit ging unaufhaltsam weiter. Erzherzog Johann Salvators Tage bestanden in einem Warten, in endlosem hoffnungsvollen Warten, daß ihn der Kaiser zurückberufen würde.

Aber als Monat um Monat verging und keine Nachricht eintraf, da hielt Johann Salvator dieses Leben einfach nicht mehr aus.

Er fuhr nach Berlin und erklärte Milly kurzentschlossen: »Nun schreibe ich an den Kaiser, daß ich auf Rang und Titel verzichte, daß ich nicht mehr der Erzherzog Johann Salvator von Toskana sein will. Ich halte dieses ewige Getrenntsein, dieses In-der-Verbannung-Leben nicht mehr aus, Milly – ich muß dich bei mir haben, muß endlich mir mein Glück so schaffen, wie ich es schon so lange ersehne.«

Er ließ sich weder durch ihre Bitten noch durch ihre Mahnungen beirren und schrieb in diesem Sinne an den Kaiser.

Als er dann endlich das wichtige Schriftstück zur Post gebracht hatte, war er froh und heiter.

Sie wurden nicht müde, Luftschlösser über Luftschlösser

zu bauen. Aber als die Tage zu Wochen und gar zu Monaten wurden, ehe eine Antwort aus Wien eintraf, da wurden sie schließlich immer stiller und kleinlauter.

Freilich versuchte Erzherzog Johann Salvator oft mit einem Scherzwort alle Angst und Sorge um die Zukunft zu bannen. Aber das Warten machte sie beide nervös.

Heimlich schrieb Johann Salvator an Rudolf und beschwor ihn, ihm zu helfen.

Aber auch von Rudolf kam keine Antwort.

Johann Salvator wußte kaum noch ein und aus. Dabei wurde das Heimweh immer größer, er wollte, wenn der Frühling seinen Einzug hielt, auf seinem Gut sein.

In seiner Verzweiflung wandte er sich an seine Mutter und bat sie um Hilfe und Beistand.

Schon nach wenigen Tagen hielt er ihre Antwort in den Händen.

»Ich reise nach Wien und spreche mit dem Kaiser«, schrieb sie. »Vielleicht gelingt meiner Mutterliebe, ihn für deine Pläne gnädig zu stimmen.«

Neue Hoffnung belebte Johann Salvator. Wieder warteten sie. Und eines Tages trafen zwei Schreiben aus Wien ein.

»Welches wollen wir zuerst lesen, Liebes?« fragte er lächelnd, und streckte Milly die Briefe hin.

Kurzentschlossen zog diese einen und sagte:

»Diesen hier –!«

Milly nahm den Bogen und begann:

›*Mein geliebter Sohn! Meine geliebte Tochter!*

*Um Euch endlich den Weg zu ebnen, habe ich die schwere Mission auf mich genommen und mich zur Fürsprecherin für Eure Pläne gemacht. Aber ich hatte kein Glück.*‹

Erschrocken hielt Milly inne.

»Kein Glück –« wiederholte sie mit zitternder Stimme. Auch Johann Salvators Gesicht hatte sich verfärbt.

Er nahm Milly den Brief fort und las:

*›Der Kaiser war sehr ungnädig. Er kann und will nicht verstehen, daß Du um Deiner Liebe willen zu einem solchen Verzicht bereit bist. Doch da er einsieht, daß Du nicht umzustimmen bist, will er Deine Bitte erfüllen, allerdings unter Bedingungen, die Dich hart treffen werden. Du sollst Deinem Heimatrecht entsagen, sollst nicht in Österreich leben dürfen –‹*

Der Brief flatterte zu Boden.

Milly hob ihn auf – und las weiter.

»Heimatverwiesen –« stöhnte sie. »Mein Gott, wie sollen wir das ertragen?«

Da riß sich Erzherzog Johann Salvator aus der Erstarrung auf.

»Das kann der Kaiser nicht wollen«, murmelte er. »Diese Bestimmung ist sicherlich von irgendwelchen übereifrigen Hofbeamten getroffen worden. Ich werde nochmals an den Kaiser schreiben, werde ihm schildern, wie sehr ich an meiner Heimat hänge, daß ich ihr als einfacher Bürger ebenso treu dienen werde wie als Erzherzog. Wenn er dieses Treuebekenntnis liest, dann wird er diese harte Bestimmung fallenlassen.«

Und in den nächsten Tagen schrieb er einen langen, ausführlichen Brief nach Wien, der die erschütternde Bitte enthielt, ihn nicht aus der Heimat zu verstoßen.

* *
*

Sehr niedergedrückt kehrte Kronprinz Rudolf aus München zurück. Bei seiner Heimkehr fand er unter den Briefeingängen auch ein Schreiben der jungen Baronesse Mary Vetsera vor, die ihn in schwärmerischer Weise anhimmelte.

Anfangs wollte er den Liebesbrief des kleinen Mädels achtlos beiseite legen, aber dann überlas er ihn ein zweites Mal und fand Gefallen daran.

Es mußte ganz reizvoll sein, dieses junge Mädchen einmal kennenzulernen – so dachte er sich und führte diesen Gedanken auch gleich aus.

Er schrieb ihr, daß er sie erwarte und sie einen an der Ecke der Salesianergasse wartenden geschlossenen Wagen besteigen solle, der sie zu ihm bringen werde – allerdings nur in der Zeit von zwölf bis ein Uhr nachts, da sie um diese Stunde am unauffälligsten die Hofburg passieren könne.

Mary Vetsera war selig, als sie diesen Brief erhielt, aber auch betrübt. Sie wurde ja so streng bewacht, daß es kaum möglich war, einen Schritt allein aus dem Hause zu gehen. Aber die Liebe macht erfinderisch.

Und so fand auch Mary Vetsera einen Ausweg. Sie bestürmte wieder die Gräfin Larisch, ihr zu einem Zusammensein mit Rudolf zu verhelfen, da es ja nun auch sein Wunsch sei.

Anfangs war die Gräfin von dieser Bitte wenig entzückt. Aber als sie Rudolfs Brief las, half sie doch. Sie erließ Einladungen.

Auch der Kronprinz wurde geladen, und die Gräfin vertraute ihm mit vielsagendem Lächeln an, daß eine besondere Überraschung auf ihn warte.

Der Kronprinz ahnte natürlich sofort, daß damit die Begegnung und ein ungestörtes Zusammensein mit der kleinen Baronesse Vetsera gemeint seien. Pünktlich fand er sich zu dem Feste ein.

Während er hier und da einige Worte wechselte, irrten seine Augen suchend umher.

Endlich – er hatte schon alle Hoffnungen aufgegeben, daß sich seine Wünsche erfüllen würden – erbarmte sich die Gräfin Larisch und führte ihn nach dem Nebenraum, der abseits von dem Festsaal lag.

Mit einem verheißungsvollen Lächeln flüsterte sie ihm zu: »Hier drinnen findest du meine Überraschung, Rudolf, hoffentlich hast du Freude daran.«

Sie nickte ihm noch einmal zu, dann kehrte sie eiligst zu ihren Gästen zurück.

Kronprinz Rudolf trat in ein ganz mit roter Seide ausgeschlagenes Boudoir, in dem ein gedämpftes Licht herrschte. Und nun sah er die, um derentwillen er einzig und allein gekommen war.

Sie saß, ganz in Weiß gekleidet, auf einem Diwan.

Wie gebannt starrte Rudolf das bildschöne Geschöpf an. Noch nie, glaubte er, soviel Schönheit und Anmut bei einer Frau vereint gesehen zu haben.

Auge sank in Auge und hielt geheime Zwiesprache – dann aber erfaßte Rudolf Marys Hand und zog diese an seine Lippen.

Und nun fand sein Mund süße Schmeichelworte.

Niemand war glücklicher als die Baronesse Vetsera, deren sehnlichster Wunsch nun endlich Erfüllung gefunden hatte.

Noch in dieser Nacht fanden sich ihre Lippen zum ersten heißen Kuß. Um diese Liebesseligkeit restlos auszukosten und sicher vor indiskreten Nachforschungen zu sein, beschwor Rudolf die Baronesse, mit ihm das Fest zu verlassen und ein paar Stunden mit ihm in seinen Gemächern in der Hofburg zu verbringen.

Und Mary Vetsera schlug ihm diese Bitte nicht ab.

Das Verhängnis nahm seinen Lauf!

Die kleine Baronesse freilich nannte es ihr Glück!

Sie hatte ja nun endlich erreicht, was sie seit langem erwünscht und ersehnt: Rudolf liebte sie!

Und wie liebte er sie! Fast schien ihr alles wie ein Traum, viel zu schön, um Wirklichkeit zu sein.

Sie lebte nur noch für die Stunden, da sie sich mit Rudolf

traf. Sie schmückte sich nur für ihn – nur für ihn wollte sie schön sein.

Doch zu ihrer großen Liebe für Rudolf gesellten sich gleich ein maßloser Haß und Eifersucht auf Stephanie, der sie diesen Mann nicht gönnte.

Wo es nur anging, Stephanie zu ärgern, tat sie es.

Und es gab genug Schwätzer, die der Kronprinzessin die Wahrheit über das Verhältnis ihres Gatten zu der jungen Baronesse Vetsera berichteten.

Anfangs hatte Stephanie den Klatsch überhört, um nicht neue Zwistigkeiten heraufzubeschwören. Doch als immer mehr Gerüchte über das Treiben des Kronprinzen an ihr Ohr drangen, da wandte sie sich hilfesuchend an ihren Schwiegervater.

Auch der Kaiser hatte schon einiges vernommen. Nun bestätigten ihm Stephanies Anklagen alles das, was er nicht hatte glauben wollen.

Sorgenvoll schob er seine Stirn in Falten.

»Unverbesserlich!« murmelte er. »Wie sollen wir ihn nur zur Vernunft bringen?«

Hilflos zuckte Stephanie die Schultern.

»Die einzige, die vielleicht Einfluß auf Rudolf haben könnte, wäre Mama!«

»Ja. Wir müssen Mama alles schreiben und sie bitten, heimzukommen.«

»Mit dem Schreiben wirst du wenig ausrichten, Papa, es wäre schon besser, du fährst selber einmal nach Korfu und sprächst dich mit ihr aus.«

Kaiser Franz Joseph hielt in seiner Wanderung inne und sann den Worten seiner Schwiegertochter nach, dann nickte er und murmelte:

»Du hast recht, Steffi, es wird das beste sein, wenn ich Mama aufsuche und mich mit ihr berate.«

Schon in den nächsten Tagen trat der Kaiser Franz Joseph die Fahrt nach Korfu an.

Elisabeth hatte sich unterdessen ganz in Korfu eingesponnen. Sie fühlte sich in der Villa »Achilleion«, die sie sich ganz nach ihrem Geschmack hatte erbauen lassen, so zu Hause, daß sie ihre Abreise immer wieder hinausschob.

Dabei merkte sie selbst kaum, wie Monat um Monat verrann. Und sie war daher nicht wenig erstaunt, als eines Tages der Kaiser unangemeldet eintraf.

In seiner liebenswürdigen und herzlichen Art begrüßte er sie, ohne zunächst auf den Zweck seines Besuches zu sprechen zu kommen.

Erst als sie am Abend allein auf der Terrasse saßen, als auch Prinzessin Valerie schlafen geschickt worden war, begann der Kaiser:

»Ich komme in einer ernsten Angelegenheit zu dir, Sissi! Länger als ein Jahr bist du von Wien fort, es hat sich in dieser Zeit gar manches ereignet. Allerdings hatte ich gehofft, es würde auch diesmal wieder, wie schon manches Mal, alles im Sande verlaufen, doch es scheint ernster zu sein als je.«

»Von was sprichst du, Franzl?« fragte die Kaiserin erstaunt.

Der Kaiser entgegnete nach kurzem Zögern:

»Von einer neuen Affäre Rudolfs.«

Unwillig schob die Kaiserin die Stirn in Falten.

»Kommst du im Auftrage Stephanies, Franzl?«

»Zum Teil – Stephanies Klagen über Rudolf haben den ersten Anstoß gegeben, daß ich zu dir fuhr. Seitdem du nicht mehr in Wien bist, habe ich den Eindruck, als ob Rudolf allen Halt verloren hätte. Erst hat er sich mit Theaterdamen amüsiert, und nun ist er blindlings in die junge Baronin Vetsera verliebt.«

Die Kaiserin horchte auf.

»Der Vetsera? Wie ist er denn mit ihr bekannt geworden?«

»Durch deine Nichte Maria Larisch. Sie soll der kleinen Vetsera, die in Rudolf vernarrt ist, diesen Dienst geleistet haben. Und nun ist das Unglück geschehen. Rudolf ist wie von Sinnen. Er denkt nur an die Vetsera und hat schon wieder Scheidungsgedanken im Kopf.«

»Stephanie übertreibt mit diesen Gerüchten, Franzl.«

»Das habe ich anfangs auch vermutet, doch meine Gewährsleute berichten mir, daß es Rudolf diesmal mit seiner Liebe sehr ernst sei.«

»Und da soll ich helfen?«

»Wenn es jemand vermag, dann bist du es, Sissi! Rudolf wird deine Ermahnungen ernst nehmen und in sich gehen, wird diesem Liebesverhältnis ein Ende machen. Ich bitte dich also herzlich, komme mit heim und hilf!«

Die Kaiserin fürchtete sich davor, wieder aus ihrem Eiland, in dem sie Frieden gefunden hatte, herausgerissen zu werden. Sie war in den letzten Wochen und Monaten auf Korfu unendlich glücklich gewesen, und so erklärte sie:

»Rudolf wird selber wieder zur Vernunft kommen, Franzl. Wir wollen uns in seine Angelegenheiten nicht einmischen. Schließlich haben wir ja auch kein Recht dazu, ihm das letzte bißchen Freude zu rauben. Mit Stephanie, das wissen wir ja schon seit langem, wird er nie glücklich werden – gönnen wir ihm also, wenn er sich außerhalb seiner Ehe ein wenig Vergnügen schafft.«

Franz Josephs Gesicht beschattete sich.

»So willst du also nicht heimkehren, Sissi?«

»Es ist so schön hier, so voller Frieden, Franzl, den möchte ich mir nicht trüben lassen. Lasse mir noch ein wenig Zeit, Franzl, ich kann mich nicht so plötzlich aus dieser Stille loslösen. Sei mir also nicht böse, wenn ich noch länger hierbleibe. Du wirst mit Rudolf auch ohne meine Hilfe fertig werden.«

Franz Joseph liebte seine Frau viel zu sehr, als daß er ihr eine Bitte hätte abschlagen können. Aber schweren Herzens reiste er wieder ab und sah finstere Schatten über dem Hause Habsburg.

* *
*

Erzherzog Johann Salvator ließ die Zeit des Wartens nicht ungenützt verstreichen.

Für den Fall, daß der Kaiser sein Gesuch doch nicht bewilligen würde, wollte er gerüstet sein.

Er entschloß sich daher, sich auf den Seemannsberuf vorzubereiten.

Er war nicht zum Bummeln geschaffen. Mit eisernem Fleiß bereitete er sich auf das Kapitänsexamen vor. Er gönnte sich weder Rast noch Ruhe, schreckte vor keinen Schwierigkeiten zurück, um sein Ziel zu erreichen.

Aber während der Erzherzog noch immer seine ganze Hoffnung auf die Gnade des Kaisers gesetzt hatte, war sein Gesuch schon längst unbeachtet beiseite gelegt worden.

Unterdessen nahm das Verhängnis mit Rudolf und der Baronesse Vetsera seinen Lauf.

Die Liebenden trafen sich fast täglich, zumeist im Prater bei den Spazierfahrten, oder Rudolf ließ die Geliebte durch einen seiner vertrauten Diener in eines der Hotels bringen, in dem er ständig einige Zimmer bewohnte.

Je öfter er mit Mary Vetsera zusammentraf, um so heißer flammte seine Leidenschaft für dieses bezaubernd schöne Geschöpf auf.

Sie war weich und anschmiegend, dabei voll heißer Liebe, und doch so ganz anders als alle Frauen, die er bisher kennengelernt hatte.

Stephanie suchte er in dieser Zeit kaum noch auf. Er konnte

ihre Nähe nicht ertragen. Sie selbst aber war von rasender Eifersucht gequält.

Immer wieder beklagte sie sich bei ihrem Schwiegervater über den Gatten, so daß Franz Joseph sich erneut an Elisabeth wandte und um ihr Kommen bat.

Da zögerte Elisabeth nicht länger und kehrte heim. Sie mußte den Sohn sehen, mußte mit ihm sprechen.

Aber ihre Geduld wurde auf eine harte Probe gestellt. Auf ihren Wunsch hatte man Rudolf nicht von ihrer unerwarteten Rückkehr benachrichtigt. Sie wollte ihm ganz unverhofft gegenübertreten. Doch sie wartete den ganzen Tag über, wartete auch die ganze Nacht – Rudolf kehrte nicht heim.

Erst am anderen Morgen fand er den Weg zur Mutter. Er sah müde und abgespannt aus, um Jahre gealtert, so daß sie ihn besorgt in die Arme zog.

»Rudolf, was ist dir? Was hat dich so verändert? Brauchst du Hilfe? Kann ich etwas für dich tun?«

Er nahm ihre Hände und küßte sie andächtig.

»Niemand kann mir helfen, auch du nicht, Mama.«

»Aussprechen kannst du dich doch wenigstens, Rudi. Sage mir alles, was dich quält.«

Er lächelte bitter.

Er sah seiner Mutter mit ernstem Blick in die Augen:

»Ich liebe, Mama – zum erstenmal in meinem Leben liebe ich von ganzem Herzen. – Ich kann ohne Mary nicht mehr leben und habe bereits an den Papst geschrieben und ihn gebeten, meine Ehe zu lösen.«

Erschrocken zuckte Elisabeth zusammen.

»Ohne Wissen des Vaters hast du das getan, Rudi?«

»Ich bin wohl alt genug, um selbständig handeln zu können.«

»Rudi, Rudi, wie soll das enden? Der Kaiser wird dir einen solchen Schritt niemals verzeihen.«

Bittend fuhr Rudolf fort: »Sprich du mit ihm, Mama, sage ihm, daß ich nicht anders kann. Ich ertrage das Zusammenleben mit Stephanie nicht länger. Ich weiß ja jetzt erst, was das Glück der Liebe bedeutet. Wenn dir und Papa etwas daran gelegen ist, daß ich glücklich werde – dann laßt mich meinen Weg gehen. Gewiß, es wird Staub aufwirbeln, wenn bekannt wird, daß der Kronprinz von Österreich sich scheiden läßt. Aber wie über alles, so wird auch darüber Gras wachsen. Mein Glück ist Mary Vetsera, das weiß ich mit aller Gewißheit.«

Und nun erzählte er von seinem Kennenlernen mit Mary Vetsera, schilderte mit so beredten Worten deren Liebreiz, sprach so leidenschaftlich von seinem großen Glück, das er durch dieses Mädchen gefunden hatte, daß die Kaiserin keinen Mut mehr hatte, ihn wieder auf seine Pflichten gegen den Staat hinzuweisen. – Sie überließ ihn seinem neuen Glück – verschloß Augen und Ohren, um von dieser Liebe nichts zu sehen und zu hören.

Felsenfest glaubte der Kronprinz daran, daß der Papst seine dringende Bitte um Trennung seiner Ehe erfüllen und ihm dadurch den Weg zum Glück ebnen würde. Doch Wochen vergingen, ehe eine Antwort des Papstes eintraf, und als Rudolf sie endlich in Händen hielt, war er aufs tiefste niedergeschmettert, denn der Papst riet ihm, seine Gefühle zu beherrschen, sich mit seinem Schicksal abzufinden und der Welt nicht das Schauspiel einer Ehescheidung, die von der katholischen Kirche verurteilt werde, zu geben.

Das Schreiben war auch zur Kenntnis des Kaisers gelangt, der daraufhin eine sehr ernste und eindringliche Aussprache mit seinem Sohne hatte.

»Besinne dich auf deine Pflichten, Rudi, laß ab von dieser unsinnigen Leidenschaft, die über uns alle nur Unglück bringen wird«, bat er mit bewegter Stimme. »Versprich mir, endlich vernünftig zu werden und die Vetsera nicht mehr wiederzusehen.«

Rudolf lächelte schmerzlich.

»Du verlangst Unmögliches von mir, Vater!«

»Rudi, versuche dieser Leidenschaft Herr zu werden. Weder der Papst, noch ich und deine Mutter wünschen deine Scheidung.«

»Aber es ist doch ein berechtigter Grund vorhanden, Papa, den alle Welt anerkennen wird. Stephanie kann dem Lande keinen Erbprinzen schenken –«

»Das soll und darf kein Grund zur Scheidung werden«, unterbrach er den Sohn. »Ich sage dir noch einmal, Rudi, daß ich ebensowenig die Einwilligung zu einer Trennung von Stephanie geben werde wie der Papst.«

Da auch die Kaiserin noch hinzukam, fühlte sich Rudolf so in die Enge getrieben, daß er schließlich das Versprechen gab, mit Mary Vetsera zu brechen.

Aber er war nach dieser Auseinandersetzung so erschöpft, daß der Arzt zu Rate gezogen werden mußte.

Besorgt sah er den Kronprinzen an und fragte:

»Hoheit haben sich in letzter Zeit des öfteren des Morphiums bedient, nicht wahr?«

Rudolf lächelte gequält. »Gewiß, ich habe ab und zu einmal zu Morphium gegriffen.«

»– und damit Ihre Nerven vollständig ruiniert, Hoheit«, fügte der Arzt hinzu. »Wenn Sie wieder gesund werden wollen, dann müssen Sie sich einer ganz strengen Abstinenzkur unterziehen.«

»Einverstanden, Doktor! Aber Sie müssen mir versprechen, meinen Eltern gegenüber Schweigen zur bewahren. Ich möchte ihnen nicht neue Sorgen bereiten.«

»Das kann ich verstehen, Hoheit! – Also mein Wort darauf, daß ich schweigen werde, wenn Sie folgsam sind.«

Sie verabredeten nun noch Einzelheiten der Kur, worauf sich der Kronprinz in seine Gemächer zurückzog, während der Kaiser die Kronprinzessin verständigte und ein Familiendiner ansetzte. Dabei sollte es zu einer offiziellen Versöhnung kommen, und der Kaiser hoffte zuversichtlich, daß dann wieder Frieden in seinem Hause und in seiner Familie einkehren würde.

* *
*

Mary Vetsera erfuhr durch gute Freunde von der abschlägigen Antwort des Papstes und von der Unterredung, die zwischen dem Kaiserpaar und dem Kronprinzen stattgefunden hatte.

Zunächst war sie starr vor Schreck, als sie hörte, daß Rudolf zum Verzicht bereit sei.

Ohne lange zu überlegen, eilte sie zu Maria Larisch, die in allem ihre Vertraute geworden war.

In leidenschaftlichen Worten bestürmte sie diese, ihr zu raten und zu helfen, und ihren Bitten gelang es schließlich, die Gräfin dazu zu bewegen, sie in die Hofburg zu Rudolf zu bringen.

Kaum aber war Rudolf mit der Geliebten allein, da warf sie sich an seinen Hals, umklammerte ihn, als wollte sie ihn nie wieder freigeben, und schluchzte:

»Ich lasse dich nicht, Rudi, nein, nein, ich lasse dich nicht – du bist mein und mußt mein bleiben. Sie dürfen uns nicht trennen – jetzt nicht mehr, denn – denn – ich habe Gewißheit bekommen, daß ich – daß ich ein Kind – dein Kind unter dem Herzen trage –«

Rudolf stand wie erstarrt.

»Mary – ist das wahr?« stammelte er.

»Glaubst du, daß ich mit solchen heiligen Dingen einen Scherz treibe? Begreifst du nun, daß du mich nicht verlassen darfst, Rudi? Ich weiß ja nicht ein noch aus, ich habe Angst, daß meine Mutter merkt, wie es um mich steht. Dann wird ein Skandal unausbleiblich sein. Und das kannst du nicht wollen, Rudi, das mußt du verhüten. Sprich noch einmal mit deinen Eltern, sage ihnen, daß wir zwei zusammengehören, daß sie uns nicht trennen dürfen. Sie werden und müssen ein Einsehen haben – und dann werden wir uns irgendwohin zurückziehen, bis deine Scheidung erfolgt ist.«

Rudolf hielt die Geliebte fest an sich gepreßt. Sein Blick ging über sie hinweg ins Leere.

Sein Gesicht sah aschfahl aus, und mit müder Stimme murmelte er vor sich hin:

»Ja, ja, jetzt dürfen sie uns nicht mehr trennen, jetzt sind wir unlösbar miteinander verbunden. Laß mir Zeit, erst alles in Ruhe zu überlegen, Mary! Vertraue mir! Ich gebe dir bald Nachricht, mein Lieb.«

Er küßte sie lange, ehe sie sich trennten.

Stundenlang wanderte Rudolf in seinem Zimmer ruhelos auf und ab und suchte nach einem Ausweg. Dann trieb ihn die Sehnsucht zur Mutter. Ihr hoffte er sein Herz ausschütten zu können, bei ihr Rat und Trost zu finden.

Aber er fand die Mutter in Tränen.

Aus Possenhofen war die Nachricht eingetroffen, daß ihr greiser Vater das Zeitliche gesegnet hatte.

Diese Trauerbotschaft brachte wieder einen großen Umsturz. Die ganze kaiserliche Familie fuhr nach München zur Beisetzung. Auch Rudolf mußte sich anschließen.

Er wagte nicht, mit seinen Eltern nochmals über seine Scheidung zu sprechen. Er hoffte auf ein Wunder, das ihn aus diesem Dilemma erlösen sollte.

Doch er hoffte vergebens.

Das Leben ging seinen Gang weiter, ohne daß sich ein Ausblick auf eine günstige Wendung bot.

Ja, der Kaiser versuchte sogar alles, um eine vollständige Aussöhnung zwischen dem Kronprinzenpaar zustandezubringen.

Er ließ den Kronprinzen zu sich bitten und mußte sich gewaltsam beherrschen, um den Sohn nicht hart anzufassen, der so schlaff und wie zerbrochen vor ihm stand.

Der Kaiser zwang sich dazu, herzlich und eindringlich mit ihm zu reden.

»Du mußt dich mit deinem Schicksal abfinden, mußt tragen, was dir auferlegt ist. Versprich mir, nicht wieder rückfällig zu werden und aufs neue Heimlichkeiten mit der Vetsera zu beginnen. Das muß aus sein, Rudi, hörst du! Gib mir dein Ehrenwort darauf, daß du diese Angelegenheit endlich in Ordnung bringen wirst.«

Rudolf schaute seinen Vater mit einem verlorenen Blick an.

Sollte er dem Vater sagen, wie es um Mary stand?

Nein, nein – er mußte schon versuchen, allein mit seinem Schicksal fertig zu werden.

Und wie mechanisch sagte er:

»Gut, ich werde diese Angelegenheit nunmehr endgültig in Ordnung bringen.«

Kaiser Franz Joseph sah ihn durchdringend an.

»Gibst du mir dein Wort darauf, Rudi?«

»Ja – du kannst auch mein Wort haben – und sei unbesorgt, ich werde es halten.«

Dann aber wartete er keine Antwort des Vaters mehr ab, sondern stürzte fort.

Eine Weile stand der Kaiser reglos da und starrte ihm nach. Schwere Gedanken stürmten auf ihn ein. – Aber er machte sich rasch wieder von allen Sorgen frei.

»Mag es ihn auch heute hart ankommen, sich von dieser Liebe losreißen zu müssen, so wird er doch ein anderer Mensch werden, wenn er von dieser unseligen Leidenschaft wieder frei ist«, so sagte er sich und war beruhigt, das Wort des Sohnes zu haben, denn das würde Rudolf halten.

*   *
*

Unterdessen saß Maria Larisch in Erfüllung ihrer schweren Mission, die sie von der Kaiserin Elisabeth bekommen hatte, die sich an sie um Mithilfe gewendet hatte, im Hause Vetsera und redete auf Mary ein. Es ward ein harter Kampf, aber endlich gelang es, die Baronesse zum Verzicht auf Rudolf zu bestimmen.

»Gut, gut, ich gebe mich besiegt«, erklärte sie leidenschaftlich, »aber ich räume das Feld nur unter einer Bedingung! Ihr verlangt von mir, daß ich auf das große Glück meines Lebens verzichten soll, dann müßt ihr mir – was doch selbst einem Verbrecher vor Vollstreckung des Todesurteils zugebilligt wird – eine letzte Gnade bewilligen –?«

»Und was verlangst du als solche Gnade, Mary?«

»Ein letztes Zusammensein mit Rudolf, Maria«, entschied die Baronesse rasch. »Einmal noch will ich ein paar Stunden mit ihm zusammen verleben, einmal noch möchte ich in unserer Liebe glücklich sein, ehe ich für immer Abschied von ihm nehme.«

»Gut, Mary, ich werde versuchen, dieses Wiedersehen zu ermöglichen«, entgegnete sie müde. »Aber du mußt mir mit Handschlag versprechen, daß es das letzte sein wird, das zwischen dir und Rudolf stattfindet.«

Ohne zu zögern, reichte die Baronesse der Gräfin die Hand. Maria Larisch erhob sich, umarmte die Baronesse noch einmal herzlich und flüsterte ihr ins Ohr:

»Arme, kleine Mary, was gäbe ich darum, wenn ich in einer schöneren Mission hätte kommen und dir zu deinem Glück hätte verhelfen können!«

Stumm zuckte das junge Mädchen die Schultern und beugte schicksalsergeben ihr Haupt.

Die Gräfin fuhr zur Hofburg. Dort erfuhr sie, daß die Kaiserin nach Schloß Waldesruh gefahren sei, um in der Stille und Abgeschiedenheit dieses Landsitzes den Tag zu verbringen.

Unverrichteter Dinge verließ sie die Hofburg wieder. Doch der Zufall fügte es, daß sie vor dem Hauptportal mit ihrem Vetter Rudolf zusammentraf.

Sie erschrak. Er sah elend aus. Das Leid seines Herzens spiegelte sich deutlich in seinem Gesicht wider.

Mit flackernden Blicken trat der Kronprinz auf seine Kusine zu, faßte ihre Hände und zog sie mit sich in den Schloßpark. Kaum war er dort mit der Gräfin allein, da stieß er hastig hervor:

»Ach, Maria, wenn du wüßtest, wie es in mir aussieht! Ich bin mit Gott und der Welt zerfallen. Das Schicksal hat mich allzu hart geschlagen. Doch ich sehe ein, daß es für mich und Mary keinen Weg zum Glück gibt. Ich muß also entsagen. Ich bin auch dazu entschlossen, aber nur unter einer Bedingung: Ich muß Mary noch einmal sehen, muß sie noch einmal sprechen.«

Unwillkürlich mußte die Gräfin über diese Worte lächeln.

Wie sehr waren doch die beiden Liebenden eins!

Doch schon drängte er:

»Du mußt mir helfen, Maria! Bringe sie zu mir in die Burg. Diesen einen Liebesdienst mußt du mir noch erweisen, Maria. Ich habe sonst keinen Menschen, den ich um einen solchen Dienst bitten könnte. Es soll ja das letzte, das allerletzte Wiedersehen sein, Maria!«

Da streckte sie ihm die Hand entgegen und erklärte:

»Ich bringe dir Mary, Rudi! Bestimme nur die Zeit.«

»Morgen vormittag um elf Uhr. Ich will keinen Tag mehr länger auf dieses Wiedersehen warten. Meine Nerven sind zum Zerreißen gespannt. Ich werde von diesem furchtbaren Druck erst erlöst werden, wenn ich mit Mary mich ausgesprochen habe.«

Da auch der Gräfin daran lag, daß die Angelegenheit so rasch als möglich in Ordnung kam, nickte sie zustimmend und sagte: »Also auf morgen!«

Noch ein herzlicher Händedruck, dann trennten sie sich.

— — — — — — — —

Ein eisig kalter Wintersturm pfiff am anderen Tage durch die Straßen.

Der Park von Schönbrunn lag tief im Schnee.

Die Kronprinzessin hatte ein Handschreiben des Kaisers bekommen. Sie nahm den großen, weißen Umschlag von dem Silbertablett, und als der Diener ging, öffnete sie und las:

*›Liebe Steffi!*

*Im Einverständnis mit der Kaiserin und nach Rücksprache mit Rudolf habe ich für heute abend Familien-Diner angesetzt. Ich bitte Dich, um acht Uhr in der Hofburg zu erscheinen, und hoffe zuversichtlich, daß der heutige Abend zum Auftakt für eine glückliche, friedliche Zeit, wie wir sie alle seit langem schon wünschen und ersehnen, wird.*

*Bis zum Wiedersehen grüßt Dich herzlich*

*Dein Schwiegervater Franz Joseph!‹*

Die Kronprinzessin atmete auf.

Endlich, endlich wieder ein Hoffnungsstrahl.

Und als sie dann am Abend zum Familiendiner fuhr, war sie mit ihrer äußeren Erscheinung sehr zufrieden. In dem lichtblauen Seidenkleid wirkte sie jungmädchenhaft, und da auf ihrem sonst so blassen, ein wenig bleichsüchtigen Gesicht eine Röte freudiger Erwartung lag, sah sie hübsch und liebreizend aus.

Das fand auch die Kaiserin Elisabeth, die ihre Schwiegertochter in gespannter Erwartung begrüßte.

»Alles wird wieder gut werden, Steffi«, sagte sie zuversichtlich.

Ehe die Kronprinzessin antworten konnte, trat der Kaiser Franz Joseph ein.

Kaum sahen die beiden Frauen sein Gesicht, da erschraken sie beide, und Elisabeth fragte angstvoll:

»Was ist dir, Franzl? Hast du wieder Sorgen?«

»Ich bin leider der Überbringer einer betrüblichen Nachricht, Sissi.«

Fassungslos starrte die Kaiserin ihn an.

Um den Mund der Kronprinzessin zuckte es spöttisch.

»Rudolf kommt nicht zum Diner?« sagte sie höhnisch. »Nicht wahr? Habe ich es erraten, Vater?«

Ausweichend zuckte der Kaiser die Schultern.

»Er hat mir soeben mitgeteilt, daß er plötzlich an einer Mandelentzündung erkrankt sei.«

Stumm und in ohnmächtigem Zorn ließ die Kronprinzessin den Kopf auf die Brust sinken.

Und eine Stunde später erfuhr sie, daß ihr Gatte in einem verschlossenen Wagen mit der Baronesse Vetsera nach Mayerling gefahren sei.

*   *
*

In rasender Karriere fuhr vor dem Hause der Hofburgschauspielerin Katharina Schratt eine Hofequipage vor. Graf Bombelles entstieg ihr und eilte die Stufen zur Wohnung der Schauspielerin empor.

»Melden Sie mich sofort dem gnädigen Fräulein«, rief er der

Zofe entgegen, die ihn bestürzt anschaute. »Ich muß das gnädige Fräulein sofort in dringender Angelegenheit sprechen.«

»Das gnädige Fräulein ist nicht zu Hause, Herr Graf. Sie befindet sich im Theater zur Probe.«

Ohne eine weitere Erklärung zu geben, ließ der Graf die Zofe stehen und stürzte wieder davon.

Kurz darauf stand er in der Garderobe der Schauspielerin Katharina Schratt gegenüber, die von dem Theaterdiener von der Bühne geholt worden war.

Verwundert über diesen Besuch schaute sie den Hofmarschall des Kronprinzen an.

»Was ist geschehen, Graf? Warum kommen Sie zu mir –?«

Bombelles sah totenblaß aus und hielt mit beiden Händen den Schminktisch der Künstlerin umklammert, um daran einen Halt zu finden.

»Sie müssen mir helfen, gnädiges Fräulein. Keiner sonst vermag es, denn Entsetzliches ist geschehen!«

»Mit dem Kronprinzen?«

»Er ist tot!« kam es tonlos über seine Lippen.

Katharina Schratt sank in einen Stuhl nieder. Minutenlang herrschte Schweigen zwischen ihnen.

Dann schüttelte Katharina Schratt den Kopf und murmelte: »Unfaßbar! – Wie konnte das nur geschehen?«

»Er ist freiwillig gegangen.«

»Allein?«

»Nein! Mit der Baronesse Vetsera.«

»O Gott!«

Wieder war es still. Bombelles begann aufs neue:

»Noch wissen weder der Kaiser noch die Kaiserin von dem entsetzlichen Unglück, gnädiges Fräulein – und keiner von uns Männern hat den Mut, den armen Eltern die furchtbare Nachricht zu überbringen. Aber sie müssen es doch erfahren. Und da Sie den Majestäten so nahestehen, bin ich zu Ihnen gekommen, um Sie zu bitten, diese schwere Mission zu übernehmen. Lassen Sie uns nicht im Stich – helfen Sie uns!«

Katharina Schratt saß wie erstarrt.

Sie hatte ihr Gesicht in beide Hände vergraben und gab sich ganz dem wehen Schmerz hin, der ihr Herz mitfühlend bei dem Gedanken zerriß, welch unsägliches Leid das unerbittliche Schicksal dem Herrscherpaar auferlegte.

Dann aber richtete sie sich auf und streckte Bombelles die Hand entgegen:

»Ich übernehme diese Mission, lieber Graf! Kommen Sie, bringen Sie mich nach der Hofburg.«

Am Arme des Grafen verließ sie das Theater. Sie wußte sich später kaum noch zu erinnern, wie sie in die Hofburg und in die Gemächer der Kaiserin gelangt war.

Verwundert trat ihr die Kaiserin gegenüber.

Ganz fest umklammerte die junge Schauspielerin die ihr entgegengestreckte Rechte.

»Majestät –!«

»Sprechen Sie, meine Liebe! Kann ich irgend etwas für Sie tun?«

»Nicht ich brauche Hilfe, Majestät, sondern – ich habe den Auftrag, eine schmerzliche Nachricht zu überbringen – in Mayerling – ist diese Nacht – ein großes Unglück geschehen –«

Die Kaiserin zuckte zusammen.

»Mit Rudolf?«

»Ja, Majestät.«

Elisabeth stöhnte auf: »Ist er tot –?«

»Ja. – Er hat zugleich mit der Baronesse Vetsera seinem Leben ein Ziel gesetzt.«

Kein Schrei – kein Laut kam von den Lippen der hohen Frau. Sie stand wie zu Stein erstarrt.

Jeder Blutstropfen war aus ihrem Gesicht gewichen, Totenstille lag im Raum.

Dann strich sich die Kaiserin mit einer müden Handbewegung über die Augen und schaute Katharina Schratt mit einem herzzerreißenden Blick an.

»Weiß es der Kaiser schon?« kam es wie ein Hauch über ihre Lippen.

»Es hat noch keiner den Mut gefunden, ihm diese Nachricht zu überbringen.«

»Wer hat sie überhaupt gebracht?«

»Graf Hoyes, Majestät. Er war mit dem Kronprinzen in Mayerling.«

»Rufen Sie ihn zu mir.«

Katharina Schratt ging ins Empfangszimmer, wo Graf Hoyes und Graf Bombelles in dumpfem Schweigen saßen und auf den Ruf der Kaiserin warteten.

Auf den Wink der Schauspielerin traten sie in das Boudoir der Kaiserin.

Sie fanden sie tränenlos.

»Majestät, dieses Unglück –« brachte Graf Hoyes mit erstickter Stimme hervor.

Elisabeth winkte mit müder Handbewegung ab.

»Ersparen Sie sich alle Klagen, Graf, sagen Sie mir nur, wie das Entsetzliche geschehen konnte.«

»Wir fassen es selbst nicht, Majestät. Seine Kaiserliche Hoheit der Kronprinz befand sich in glänzender Laune. Selten habe ich ihn so sorglos lachen hören wie gestern. Auch die Baronesse Vetsera sprühte vor Lebensfreude. Weder ich, noch der Prinz Philipp von Coburg, der ebenfalls Gast in Mayerling war, dachten daran, daß diese beiden jungen Menschenkinder Selbstmordgedanken hegen könnten. Wir waren sehr fröhlich, wie seit langem nicht. Gegen Mitternacht zogen sich der Kronprinz und Baronesse Vetsera zurück. Und dann – ersparen Sie mir, Einzelheiten berichten zu müssen, Majestät – dann haben wir am Morgen Seine Kaiserliche Hoheit den Kronprinzen

Rudolf mit einem Schuß in die Schläfe, die Baronesse durch einen Herzschuß getötet gefunden.«

Elisabeth hörte, das Gesicht in beide Hände vergraben, zu.

Dann richtete sie sich langsam auf.

Auch jetzt waren ihre Augen tränenlos.

»Er ist die letzten Stunden seines Lebens glücklich gewesen – mein Sohn – glücklich in der Liebe«, flüsterte sie. »Jetzt aber muß ich zum Kaiser gehen.«

Bei den letzten Worten wankte sie. Besorgt umfaßte Katharina Schratt die Kaiserin, und Elisabeth lehnte sich ganz fest auf den Arm der jungen Schauspielerin.

»Kommen Sie mit mir«, bat sie leise. »Wir beide stehen Franzl so nahe, daß wir in dieser schweren Stunde seines Lebens bei ihm sein müssen.«

Arm in Arm begaben sich die beiden Frauen nach dem Arbeitszimmer des Kaisers.

Kaum sah er sie eintreten, da schrie er ahnungsvoll auf: »Ist ein Unglück geschehen mit Rudolf?«

Elisabeth wankte auf ihn zu und schmiegte sich in seine Arme. Zärtlich strich ihre Hand über sein verstörtes Gesicht, und mit zitternder Stimme sagte sie:

»Fasse dich, Franzl! Gottes Hand ruht schwer auf uns!«

»Also doch ein Unglück mit Rudolf, Sissi!« stöhnte der Kaiser.

»Ja, Franzl! Unser Sohn ist freiwillig aus dem Leben gegangen.«

Franz Joseph sank in seinem Stuhl zusammen. »Das ist zuviel – zuviel!«

Unwillkürlich trat auch Katharina Schratt zu ihm, und so geschah es, daß beide Frauen in liebevoller Sorge ihre Arme um seine Schultern legten.

Minutenlang war Kaiser Franz Joseph wie betäubt, unfähig, einen klaren Gedanken zu fassen. Dann aber riß er sich aus der Erstarrung auf und bedrängte nun die beiden Frauen mit gehetzten Fragen.

Alle Einzelheiten wollte er wissen.

Wieder mußte Graf Hoyes Bericht erstatten.

Kaum hatte dieser nochmals die tragischen Einzelheiten in Mayerling geschildert, da wurde durch den diensthabenden Adjutanten die Kronprinzessin Stephanie gemeldet.

Ahnungslos über das furchtbare Unglück, das über das Haus Habsburg hereingebrochen war, erschien sie, übervoll vor Erbitterung gegen den Gatten. Schonungslos wollte sie ihn bei dem kaiserlichen Vater anklagen und alles berichten, was sie erfahren hatte.

Aber als sie die leidzerwühlten Gesichter des Kaiserpaares und das Katharina Schratts sah, starrte sie von einem zum anderen und stammelte:

»Was habt ihr? Weshalb seht ihr mich denn so seltsam an?«

Da trat die Kaiserin zu ihr, zog sie an ihr Herz und flüsterte: »Arme Steffi! Nun bleibt dir auch das Allerschwerste nicht erspart. – Rudi – ist tot!«

»Auf der Jagd in Mayerling verunglückt!« fiel der Kaiser plötzlich ein und warf seiner Gattin einen warnenden Blick zu.

Elisabeth verstand sofort und sagte schmerzlich: »Auf der Jagd in Mayerling verunglückt«, wiederholte sie, um der Schwiegertochter das Bitterste der Todesnachricht zu ersparen.

Entsetzt schrie Stephanie auf.

»Ist denn keine Rettung mehr möglich?«

Kaiser Franz Joseph schüttelte traurig den Kopf.

»Keine Rettung mehr, Steffi!«

»Mein Gott, was soll nun aus mir und meiner kleinen Elisabeth werden?«

Aufschluchzend sank sie in die Arme der Kaiserin.

»Alles hätte ich ihm verziehen, wenn er nur lebte, wenn er uns erhalten geblieben wäre. Ich habe ihn so sehr geliebt.«

Elisabeths Lippen zuckten herb.

»Auch wir haben ihn wie du geliebt, Steffi!«

Sie umfaßte die weinende Kronprinzessin und flüsterte ihr zu:

»Komm! Wir wollen den Kaiser jetzt allein lassen. Schwere Pflichten erwarten ihn.«

Und zu Franz Joseph gewandt sagte sie:

»Vergiß nie, daß ich alles, was auch kommen mag, mittragen helfe, Franzl. Komm zu mir, wenn du Trost und Rat brauchst. Ich werde zu jeder Stunde für dich da sein.«

Tiefbewegt nahm der Kaiser sie in seine Arme und hielt sie minutenlang am Herzen.

Still und bescheiden zog sich Katharina Schratt zurück. – In dieser schweren Stunde gehörte der Kaiser nur seiner Familie, da konnte nur eine ihm Trost geben – seine Sissi –.

Und in dieser Stunde, die ihm den tiefsten Schmerz seines Lebens gebracht hatte, fühlte Kaiser Franz Joseph wieder so ganz, daß sein Herz aufs innigste mit Elisabeth verbunden war, daß ihre Nähe allein ihm Trost und Kraft gab, diesen Schicksalsschlag zu ertragen.

— — — — — — — —

Noch eine war von der Todesnachricht, die mit Windeseile sich in Wien verbreitete, aufs tiefste erschüttert.

Maria Larisch – –

Zunächst glaubte sie, von einem wirren, entsetzlichen Traum genarrt zu werden, als sie durch ihre Dienerschaft die Schreckensbotschaft erhielt.

Offiziell wurde freilich nur von einem Jagdunfall berichtet.

Doch die Wahrheit über den Tod des Thronfolgers ließ sich nicht verbergen.

Maria Larisch raffte sich auf, kleidete sich an und fuhr nach der Hofburg. Sie ließ sich bei der Kaiserin melden, aber schon nach wenigen Minuten kam der Diener zurück mit dem Bescheid, daß Ihre Majestät den Besuch ihrer Nichte nicht empfangen wolle.

Maria brauchte lange, um das fassen zu können.

Sie, die bisher der Liebling der Kaiserin gewesen war, die das Vertrauen der hohen Frau besessen hatte – sie wurde nicht empfangen?

Völlig gebrochen, krank und elend an Leib und Seele kam die Gräfin von dieser Fahrt zurück.

— — — — — — — —

Unter den Trauergästen befand sich auch Erzherzog Johann Salvator von Toskana.

Tieferschüttert stand er an der Bahre des Jugendfreundes und starrte in dessen wachsbleiches Gesicht, das trotz des dicken, weißen Kopfverbandes, der die Wunde verdeckte, einen friedlichen Ausdruck zeigte.

Erinnerungen an frohe Jugendtage, die sie gemeinsam verlebt hatten, wurden wieder wach, so daß Johann Salvator darüber Zeit und Stunde vergaß.

Doch plötzlich spürte er, wie sich leise eine Hand mahnend auf seine Schulter legte, ein Offizier stand dicht neben ihm und flüsterte ihm hastig zu:

»Kommen Sie rasch hinter diese Säule. Niemand darf Sie sehen.«

Und ehe Johann Salvator noch recht wußte, wie ihm geschah, fühlte er sich beiseite gezogen und stand gleich darauf im Schatten einer der mächtigen Säulen.

Dann vernahm er leise, schleppende, näherkommende Schritte. Und da sah er die Kaiserin.

Sein Herzschlag setzte aus, so groß war sein Schmerz beim Anblick dieser tiefgebeugten Mutter.

Sie sah totenblaß aus. Marmorn wirkte ihr noch immer bildschönes Gesicht, unheimlich starr.

In ihren Händen trug sie einen Strauß langstieliger, halberblühter Rosen.

Dicht vor dem geliebten Sohn blieb sie stehen, beugte sich nieder, streichelte sein Gesicht, seine starren Hände und schob ihm dann sachte ihre Rosen zwischen die starren Finger. Kein Laut der Klage kam dabei über ihre Lippen. Auch jetzt noch waren ihre Augen tränenlos.

Leise, auf den Zehenspitzen schlich Erzherzog Johann Salvator aus der Kirche.

Erschüttert von diesem Erlebnis und niedergebeugt von der Trauer um den Jugendfreund ging er langsam durch die Straßen der trauernden Stadt, dem Bahnhof zu, wo er Milly erwartete.

Er konnte es fast nicht erwarten, sie endlich wieder einmal bei sich zu haben. Und als sie ihm dann gegenüberstand, zog er die Geliebte an sich. Sein Blick sank in den ihren, und während ein Lächeln gläubiger Hoffnung um seinen Mund auftauchte, sagte er leise: »Schau, Milly, der schmerzliche Verlust des Sohnes, der ohne jene Frau, der sein ganzes Herz gehörte, nicht weiterleben wollte und konnte, wird den Kaiser vielleicht doch zur Einsicht kommen lassen. Ich hoffe, er hat in diesen Tagen erkannt, daß kein Mensch ein Recht hat, zwei Herzen auseinanderzureißen, die vom Schicksal füreinander bestimmt sind. Das werde ich auch dem Kaiser sagen, wenn er mir Gelegenheit dazu gibt.«

— — — — — — — —

Nach der Beisetzung Rudolfs in der Kapuzinergruft kam dieser schicksalsschwere Augenblick.

Durch den Hofmarschall erhielt Erzherzog Johann Salvator die Mitteilung, daß der Kaiser nach den Trauerzeremonien alle Familienmitglieder des Hauses Habsburg um sich zu sehen wünsche.

Mit zagem Herzen stand Johann Salvator dann wartend im Kreise der Verwandten. Der Kaiser schien um Jahre gealtert. Beim Näherkommen richtete er seinen Blick auf Johann Salvator. Über sein Gesicht lief ein schmerzliches Zucken. Seine gütigen Augen verschleierten sich.

»Johann – unser Rudolf –!« kam es dann heiser über seine Lippen, und zitternd streckte er dem Freunde des Sohnes die Rechte entgegen.

»Unser Rudolf –« wiederholte Johann Salvator tiefbewegt, beugte sich dann über die zitternde Rechte des Kaisers und küßte sie.

Ein paar Herzschläge lang standen die beiden Männer Hand in Hand – Auge in Auge.

Dann wandte sich der Kaiser schluchzend ab.

Mit keinem der Familienmitglieder sprach er noch ein Wort. Allen drückte er nur stumm die Hände. Dann zog er sich in seine Gemächer zurück.

Erzherzog Johann Salvator aber eilte zu Milly.

»Er ist mit mir versöhnt, Liebes! Das große Herzeleid, das ihn jetzt heimgesucht hat, wird nun doch zum Vermittler zwischen ihm und mir werden. Noch einmal dürfen wir hoffen, daß alles gut wird, Milly.«

Und wieder schmiedeten die beiden Pläne über Pläne.

Aber vergebens wartete er darauf, daß der Kaiser ihn zu einer Aussprache rufen ließ.

Als mehrere Tage vergangen waren, trieb ihn eine seltsame Unruhe zur Hofburg.

Dort erfuhr er, daß das Kaiserpaar mit der Prinzessin Valerie nach Ungarn abgereist sei.

Johann Salvator entschloß sich, Wien ebenfalls zu verlassen und weiter zu warten.

Wochen vergingen, wurden zu Monaten.

Keine Nachricht vom Kaiser kam.

Er wagte es noch einmal, an den Kaiser zu schreiben, aber wieder blieb die Antwort aus.

Da wußte er, daß er alle seine Hoffnung begraben mußte. Und der schon einmal gefaßte Plan, Kapitän eines Handelsschiffes zu werden, nahm nunmehr feste Formen an.

Im September bestand er dann das Kapitänsexamen.

Er erwarb in Fiume das Segelschiff der österreichischen Handelsmarine »Sankt Margaretha«.

Durch eine Depesche rief er Milly nach Fiume.

Sie vermochte es zunächst noch nicht zu erfassen, daß nun alle ihre Träume und Wünsche erfüllt sein sollten. Mit ernstem Gesicht schaute sie den Geliebten an. Und wieder, wie schon so oft, fragte sie ihn:

»Und du wirst nie bereuen, soviel um deiner Liebe willen geopfert zu haben, Johann?«

»Nie, Milly, denn ich weiß, daß du allein das große Glück meines Lebens bist!«

* *
*

In einer endlosen Kette tiefen, schweren Herzeleides waren im Kaiserhaus Frühling, Sommer und Herbst vorübergezogen.

Unbeschreiblich waren der Schmerz und die Trauer der armen Eltern um den einzigen Sohn.

Tagelang blieb Elisabeth oft für die Ihren unsichtbar. Tagelang quälte sie sich mit bittersten Vorwürfen, daß sie nichts getan habe, um das Entsetzliche zu verhüten.

Doch es war, als hätte das Leid ihrer wundersamen Schönheit die letzte Vollendung gegeben. Jeder Zug ihres edlen Gesichtes spiegelte tiefstes Herzweh wider. Und ihre großen, wunderbar schönen Augen sagten jedem: Du nicht – keiner – keiner kann mir helfen!

Franz Joseph blieb in Wien und reiste viel umher, ruhelos – hierhin – dorthin –.

Endlich – als sich der Sommer seinem Ende zuneigte und Rudolfs Geburtstag – der erste Geburtstag, da er nicht mehr unter ihnen weilte – bevorstand, traf Elisabeth mit Valerie und ihrem Hofstaat in Wien ein.

Sie wollte Rudolfs Sarg in der Kapuzinergruft an diesem Tag mit Rosen schmücken, wollte in der Gruft beten, wollte an diesem Tag dem Toten ganz nahe sein.

Es gab ein erschütterndes Wiedersehen zwischen den beiden Gatten. Sie sprachen nur wenig miteinander, aber im Druck ihrer Hände, im Blick ihrer Augen fühlte und las einer vom anderen das unaussprechliche Herzeleid.

Doch als sie dann an Rudolfs Geburtstag seinen Sarg mit Hunderten von Rosen schmückte, als sie stundenlang Seite an Seite mit dem Gatten in der Gruft gekniet und gebetet hatte, überfiel sie wieder die Angst vor der Einsamkeit, die Scheu vor den Räumen, in denen sie einst mit den Ihren glücklich gewesen, und sie fuhr nach Bayern zu ihrer Mutter und zu Gisela.

Ein paar Tage verlebte sie in der Stille und Abgeschiedenheit von Possenhofen, dann reiste sie nach Wiesbaden und von dort nach Heidelberg.

Mehr als je trug sie Todessehnsucht in ihrem Herzen. Doch der Himmel erfüllte ihr diesen Wunsch nicht, obwohl sie auf der Rückreise von Heidelberg nach Wien nahe am Tode vorbeistreifte.

Der Hofzug, der sie zurückbringen sollte, entgleiste in der

Nähe von Frankfurt. Mehrere Wagen stürzten um und wurden zertrümmert. Doch der Salonwagen der Kaiserin, in dem sie und die Prinzessin Valerie sowie das Gefolge saßen, blieb unversehrt.

* *
*

Erzherzog Johann Salvator bereitete alles für seine Eheschließung mit Milly Stubel vor. Er hatte alle Hoffnungen auf ein Nachgeben des Kaisers aufgegeben, leistete nunmehr endgültig Verzicht, fügte sich in die Anordnung des Kaisers und verließ Österreich für immer.

In London fand dann die Trauung statt.

Ohne jeden Pomp ging die Feier vor sich.

Aber als Johann Salvator, der nun der einfache, schlichte Johann Orth war, mit seiner jungen Frau in das Hotel zurückkehrte, bildeten die Offiziere seines Schiffes Spalier. Auch einige englische Freunde des Erzherzogs waren erschienen, um ihm und seiner jungen Frau viel Glück auf dem Lebensweg zu wünschen.

Und so kam es zu einer frohen Hochzeitsfeier, bei der so manches Glas auf das Wohl des jungen Paares geleert wurde.

Oft, sehr oft tauchte Johann Salvators Blick dabei in Millys Augen. Sie waren wunschlos glücklich.

Wenn ihnen auch der Kaiser zürnte, die Mutter Johanns – die gütige Großherzogin von Toskana –, die hatte ihnen ihren Segen gegeben, und deren gute Wünsche begleiteten sie auf dem gemeinsamen Weg.

Vor ihrer Reise nach London hatten sie noch einmal ein paar wundersame, herrliche Tage in Schloß Orth verlebt. Und Johann Salvator hatte von seiner greisen Mutter keine lieberen Worte hören können als die, daß sie Milly ebenso liebe wie ihn.

War es also ein Wunder, daß die beiden Liebenden, obwohl die Hochzeitsfeier im allerbescheidensten Rahmen stattfand, leuchtende Augen hatten?

Während des Diners stieg die Stimmung so hoch, daß am Abend die kleine Gesellschaft in frohester Laune hinausfuhr aufs Meer, um die »Margaretha« aufzusuchen.

Johann Salvator hatte das Schiff nach England bringen lassen, wo es auf seine Seetüchtigkeit hin untersucht worden war und dann nach Chatam gehen sollte, um als erste Ladung Portland-Zement für Buenos Aires aufzunehmen.

Heute aber, am Hochzeitstage ihres Kapitäns, feierten auch die Matrosen. Sie hatten das Schiff mit Lampions festlich geschmückt und bereiteten ihrem Kapitän und seiner jungen Frau einen jubelnden Empfang.

Bis zum frühen Morgen saßen das Hochzeitspaar und seine Gäste dann noch mit den Matrosen zusammen. Doch schon nach zwei Tagen schlug für das junge Paar die Trennungsstunde. Obwohl Milly gar nicht damit einverstanden war, brachte Johann sie auf einen Passagierdampfer, mit dem sie die Reise nach Buenos Aires antreten sollte.

Endlich, nach langen Tagen des Hangens und Bangens gab es in La Plata ein Wiedersehen.

Und Milly erklärte dem geliebten Mann:

»Nun laß ich dich nie wieder allein reisen, Johann! Nun mußt du mich mitnehmen. Komme, was kommen mag –.«

Und da sie nicht nachließ mit Bitten, gab Johann nach, und Milly kam zu ihm aufs Schiff.

Am 10. Juli 1890 traten sie die Weiterreise an. Allerdings unter keinem günstigen Stern.

Am Tage vor der Ausfahrt erkrankte plötzlich der bewährte und erfahrene Kapitän Sodich, unter dessen Leitung Johann Orth sich bereitwillig gestellt hatte und von dessen praktischen Kenntnissen und Erfahrungen er noch viel lernen wollte.

So mußte Johann Orth schweren Herzens selbst das Oberkommando übernehmen.

Das teilte er vor der Ausreise noch seiner Mutter mit und bat sie, ihm Nachrichten nach Valparaiso zu schicken, das er als Ziel seiner Fahrt angab.

Doch die »Sankt Margaretha« hat dieses Ziel nie erreicht. Sie wurde noch bei den Falklandsinseln gesichtet, auch in den Hafen von Navarin lief sie noch ein, doch von da ab fehlt jede Spur.

Welches Ende sie genommen hat, ist nie zu erfahren gewesen. Die meisten vermuten, daß sie im Sturm am berüchtigten Kap Hoorn, das schon so vielen Schiffen und Menschenleben zum Verhängnis geworden, untergegangen ist.

Freilich erzählt sich die Legende auch, daß Johann Orth irgendwo in der Welt seine Zelte aufgeschlagen habe und nur deshalb keine Nachricht gibt, um in seiner Heimat, aus der er ausgestoßen wurde, als tot zu gelten. Dieser und jener Weltenbummler will ihn hier oder dort gesehen haben, aber er selbst hat nie mehr ein Lebenszeichen von sich gegeben.

— — — — — — — —

In der Heimat ging das Leben unaufhaltsam weiter.

Das Herz der Kaiserin Elisabeth, das so krank vom Leid war, blieb nicht stille stehen.

Gerade an ihr bestätigte sich eine Weisheit des Volksmundes: Der Mensch stirbt nicht an gebrochenem Herzen – Aber ihr Leben war kein Leben mehr.

Niemals mehr hat jemand sie nach dem Tod des Sohnes lächeln sehen.

Und nach der Hochzeit ihrer jüngsten und letzten Tochter fühlte sie sich noch einsamer und verlassener als je, so daß sie wieder auf Reisen ging.

Zunächst war Korfu ihr Ziel.

Dort in dem hohen Schloß am Meer wollte sie nur der Erinnerung an den geliebten Sohn leben.

Dort wollte sie ihm ein Denkmal setzen lassen, um eine Stätte zu haben, die ihr allein gehörte, an der sie für das Seelenheil des Toten beten konnte.

Sie ließ den italienischen Bildhauer Chiattone kommen und gab ihm den Auftrag, ein Grabmal zu schaffen.

Aus Marmor sollte eine abgebrochene Säule geschaffen werden, ein Genius sollte am Piedestal die Flügel schützend über das Bild des Toten breiten.

So bestimmte sie – ließ aber dann dem schaffenden Künstler freie Hand.

Sofort ging der Bildhauer mit seinen Leuten an die Arbeit.

Während dieser Zeit hielt es Elisabeth in Korfu nicht aus. Sie konnte das Klopfen und Hämmern an dem toten Stein nicht hören.

Sie floh nach Miramare, wo sie einst mit Franz Josephs Bruder Maximilian und mit dessen schöner, ehrgeiziger Frau Charlotte wundervolle Tage verlebt hatte.

Maximilian war schon lange tot – –

Und Charlotte führte hinter vergitterten Fenstern, bewacht von Irrenärzten, ein armseliges Leben.

Diese längst vertrauten Gedanken bedrückten Elisabeth aufs neue so sehr, daß sie sich auch in Miramare nicht wohl fühlte und weiterreiste.

Hierhin – dorthin – nirgends lange weilend – nirgends Ruhe findend.

Endlich, es waren noch nicht ganz zwei Monate vergangen, erreichte sie die Nachricht, daß das Denkmal in wenigen Tagen enthüllt werden könnte.

Da reiste sie sofort nach Korfu zurück.

Von Todesgedanken erfüllt, kam sie in Korfu an und verbrachte die Tage bis zur Denkmalsenthüllung in Hangen und Bangen.

Erst als ihr die Nachricht gebracht wurde, daß die Hülle gefallen war, eilte sie zu dem Grabmal. Sie hatte strengste Anweisung gegeben, daß kein Mensch in der Nähe sein durfte. Ganz allein wollte sie den ersten Anblick des Denkmals erleben.

Während Elisabeths Schritt anfangs beflügelt gewesen war, wurde er, je mehr sie dem Denkmalsplatz nahe kam, langsamer, schwerer und schleppender.

Und als ihr Blick dann das Denkmal traf, als sie unter den schützenden Flügeln das Bild des heißgeliebten Sohnes sah, da blieb sie wie erstarrt stehen.

Sie sah wachsbleich aus, als hätte die Hand des Todes ihr Antlitz gestreift. Ihre Augen aber brannten in Unruhe und Erregung und gaben kund, daß sie lebte.

Minuten vergingen.

Dann taumelte sie, wie aus einem schweren Traum erwachend, auf, eilte vorwärts, fiel auf die Bank, die vor dem Grabmal stand, nieder, umklammerte mit beiden Armen die Säule, schmiegte ihr Gesicht an das Bronzebildnis des Sohnes und weinte bitterlich.

*   *
*

Neues Herzeleid, neue Trauer kamen über das Kaiserpaar.

Johann Salvators Tod wurde immer mehr zur Gewißheit. Alle Nachforschungen nach ihm blieben vergebens.

Elisabeths älteste Schwester, die Fürstin von Thurn und Taxis, starb plötzlich an Herzschlag.

Dann folgte die Mutter, die greise Herzogin von Bayern, nach.

Mit starrem, leidzerwühltem Gesicht folgte Elisabeth den Särgen ihrer Lieben.

Und stets hatte sie dabei nur den einen Gedanken: Warum kann ich es nicht sein, die man zur letzten Ruhe bettet?

Immer menschenscheuer wurde sie.

Selten hielt sie es irgendwo lange aus. Und immer wollte sie allein sein, immer größer wurde ihr Hang zur Einsamkeit.

Die ganze Welt erfuhr gar bald, daß der Kaiser von Österreich nur selten im Jahr seine schöne Gemahlin sah.

Nichts konnte sie bewegen, in Wien oder in einem der in der Nähe liegenden Schlösser seßhaft zu werden.

»Sie ist eine Kranke«, sagten viele.

Doch wer das Glück hatte, ihr irgendeinmal – sei es auf einer Gebirgswanderung oder in einem Badeort – zu begegnen, wer je einmal die schlanke, wahrhaft königliche Gestalt, die in den hochgeschlossenen Trauerkleidern, die sie Jahr um Jahr trug und nur am Geburtstag des Gatten abzulegen pflegte, gesehen hat – der vermochte sie nie wieder zu vergessen.

Das Leid hatte ihrer Schönheit nichts anhaben können. Oder hatte es sie noch mehr veredelt?

Sobald es bekannt wurde, daß sie an diesem oder jenem Badeort weilte, wurde sie zur Sensation.

Viele wollten diese schönste aller Fürstinnen, die zugleich eine Märtyrerinnenkrone auf ihrem edlen Haupte trug, von Angesicht zu Angesicht sehen.

Dann geschah es, daß sich Menschenmassen vor ihrem Hotel ansammelten, daß Photographen Jagd auf die schöne Kaiserin machten und der Ärmsten keine Ruhe vergönnt war. Und wieder hetzte sie von Ort zu Ort.

Erst als der Zar und die Zarin von Rußland dem österreichischen Hof einen Besuch abstatteten, kehrte sie nach Wien zurück.

Als dann die Galawagen durch die Straßen fuhren, drängten sich die Menschen in lebensgefährlichen Massen. Alle wollten ihre Kaiserin sehen – und fast alle schauten nur nach Elisabeth, die liebreizend wie immer, dabei ernst und schwermütig im Wagen saß und nach allen Seiten grüßte, um für die begeisterten Zurufe zu danken.

Doch wer in dem blassen, schmalen, edlen Antlitz dieser schönen Frau zu lesen verstand, der mußte erkennen, welche übermenschliche Kraft es sie kostete, an diesen Festlichkeiten teilzunehmen.

Das gleiche war bei dem Jahrtausendfest Ungarns der Fall, das im Jahre 1896 in Budapest gefeiert wurde.

Elisabeth fühlte sich in jener Zeit sehr elend. Ein schleichendes Herzleiden hatte sich eingestellt.

Zwar klagte sie selten, aber die Ärzte hatten ihr doch Kuren in Kissingen und Nauheim verordnet.

Nun litt sie in den Wochen vor den großen Festlichkeiten an schmerzhaften Anfällen.

Ihre Umgebung, die in großer Sorge um sie war, konnte es sich nicht vorstellen, daß sie die Strapazen solcher Feiern würde ertragen können.

Doch Elisabeth wußte, wie sehr gerade die Ungarn sie liebten und ahnte, wie bedrückt diese sein würden, wenn sie bei dem größten und schönsten aller Feste, das das Land feierte, fehlen würde.

Mit heroischer Energie erfüllte sie an der Seite Franz Josephs alle Pflichten, die ihr die hohe Stellung auferlegte.

Sie saß an des Kaisers Seite auf dem Thron, eingehüllt in ein kostbares, schwarzes Spitzenkleid. Ein langer, schwarzer Spitzenschleier fiel unter der Krone hervor über ihr Haupt.

Während der vielen Reden, die zu Ehren des Tages gehalten wurden, hielt sie sich aufrecht, und keiner, der sie sah, ahnte, wie oft sie gegen eine Ohnmacht ankämpfte.

Wieder waren alle ihre Gedanken bei dem heimgegangenen Sohn.

Wie ganz anders würde sich dieses Fest gestaltet haben, wenn er noch lebte, wenn er an ihrer Seite stünde.

So aber nahm ein anderer diesen Platz ein: Erzherzog Franz Ferdinand, der nun, da sein Vater gestorben war, der nächste Anwärter auf den Thron war.

Sinnend ruhte ihr Blick auf ihm.

Mit ihm verband sie nichts – gar nichts.

Er war so ganz anders als die meisten Habsburger.

Als Elisabeth die Krone Ungarns wieder dem Schatzmeister zurückgab, ahnte sie, daß sie sie zum letztenmal getragen hatte.

* * *

Es war im September 1898.

Wieder hatte es die Kaiserin nach der Schweiz gezogen. Nach einer Kur in Bad Nauheim war eine sichtliche Besserung ihres Zustandes eingetreten.

Von allerlei Plänen erfüllt kam sie in Genf an und reiste sofort nach Mont de Caux weiter, von dessen lieblicher Lage sie so entzückt war, daß sie sofort an den Kaiser schrieb, er solle ihr die Freude seines Besuches schenken.

»Ich werde den ganzen Herbst über hier bleiben«, so erklärte sie ihren beiden Hofdamen. »Hier werde ich mich bestimmt soweit erholen, daß ich am 2. Dezember an dem fünfzigjährigen Regierungsjubiläum des Kaisers teilnehmen kann.«

Aber es sollte anders kommen, als sie erhoffte.

Es war am 10. September.

Elisabeth wollte mit ihrer Hofdame das Mittagsschiff nach Caux erreichen und verließ das Hotel. Da die Zeit ein wenig knapp geworden war, mußten sie ihre Schritte beschleunigen. Trotzdem schaute sich die Kaiserin einige Male orientierend um.

Als sie dabei den verwunderten Blick ihrer Begleiterin bemerkte, sagte sie lächelnd:

»Ich will mich nur überzeugen, ob die schweizerische Regierung meiner Bitte, von einer Bewachung meiner Person durch Geheimpolizisten, die für meine Sicherheit sorgen sollen, abzusehen, Folge geleistet hat. Sie wissen doch, liebste Irma, daß mir nichts schrecklicher ist, als ewig Polizisten hinter mir herlaufen zu sehen. Wer sollte mir denn auch etwas tun?«

Während sie noch umherschaute, wurde ihr Blick wieder von der zauberhaften Landschaft dieses Sees so gefesselt, daß sie stehenblieb und begeistert sagte:

»Wie schön ist es doch hier – wie schön! Ach, könnte doch der Kaiser kommen –«

Aber ihre Begleiterin, die vorausgeeilt war, rief:

»Majestät, das Schiffssignal! Wir müssen eilen, sonst erreichen wir den Dampfer nicht.«

Im gleichen Augenblick trat ein Mann, der auf einer Bank am Kai gesessen hatte, blitzartig auf die Kaiserin zu, versperrte ihr den Weg und schlug mit der Faust nach ihr.

Elisabeth schrie auf, ebenso die Hofdame, die bestürzt nach ihrer Herrin faßte und sie im Fallen auffing. Aber sie konnte die Bewußtlose nicht halten, sondern mußte sie in den Staub der Straße sinken lassen.

Doch noch ehe Hilfe herbeieilte, schlug die Kaiserin die Augen wieder auf. Rasch erhob sie sich, schüttelte den Staub von ihren Kleidern und drängte vorwärts nach dem Schiff, getrieben von dem Wunsch, jedem Aufsehen, das dieser unliebsame Vorgang erregen würde, zu entfliehen.

Stützend umfaßte die Hofdame die schlanke Gestalt ihrer geliebten Herrin und geleitete sie über die Schiffsbrücke. Gleich darauf stieß der Dampfer vom Ufer ab.

Schreie gellten noch hinter ihnen her. Man hatte den Mann, der nach der Kaiserin geschlagen, ergriffen.

Die Hofdame achtete kaum auf diese Zurufe, denn sie sah, daß ihre Herrin sich abermals verfärbte, fühlte, wie sie wankte, und bat mit beschwörendem Ton einige umherstehende Passagiere:

»Helfen Sie mir! – Einen Arzt – und Wasser – um Gottes willen, helfen Sie!«

Sofort faßten hilfsbereite Hände nach der Bewußtlosen und betteten sie auf eine Bank. Eine von den Damen, die neugierig umherstanden, meinte, man solle die beengenden Kleider öffnen. Als die Hofdame diesem Ratschlag nachkam und mit zitternden Händen das Kleid aufriß, kam eine andere herbei und erklärte, sich auf Krankenpflege zu verstehen. Sie rieb die Stirn der Kaiserin mit belebenden Essenzen und träufelte ihr auch einige Tropfen ein, so daß die Kaiserin sich langsam erholte und wieder die Augen aufschlug.

»Was ist mit mir geschehen?« hauchte sie, doch gleich darauf tastete sie mit einer schmerzhaften Bewegung nach der Brust und stöhnte: »Hier tut es mir weh – hier – mein Herz –«

Rasch lockerte die Hofdame die Kleider noch mehr, plötzlich verfärbte sich auch ihr Gesicht, und mit schreckensweiten Augen starrte sie auf das dunkelrote Blut, das unter dem Batisthemd der Kaiserin hervorsickerte.

Da wußte sie, daß Entsetzliches geschehen war.

Ohne sich einen Augenblick zu besinnen, eilte sie zu dem Kapitän und schrie:

»Jene Dame dort – es ist die Kaiserin von Österreich – Bubenhände haben ein Attentat auf sie verübt. Aber sie darf nicht sterben – kehren Sie um, damit sie an Land gebracht werden kann – vielleicht können Ärzte noch helfen – retten –«

Der Kapitän drückte bewegt die Hände der Gräfin, dann gab er sofort den Befehl, den Dampfer zu wenden.

Die Hofdame wußte sich später kaum noch an alle Einzelheiten zu erinnern, die dann gefolgt waren.

Auf einer Bahre wurde die Kaiserin vom Schiff ins Hotel getragen. Von Minute zu Minute wurde sie schwächer. Und als der Arzt kam, sprach er sofort das grausame Wort aus: »Hoffnungslos!«

Bald darauf schlossen sich die schönen Augen der Kaiserin für immer.

* * *

Entsetzen erfaßte die ganze Welt, als diese Todesnachricht bekannt wurde.

»Kaiserin Elisabeth in Genf durch den Dolchstich des Italieners Luigi Luccheni ermordet –«, so lauteten die Depeschen.

Franz Joseph brach aufstöhnend zusammen, als man ihm die furchtbare Kunde überbrachte.

Es dauerte lange, ehe er das Entsetzliche fassen konnte.

Niemand vermochte es überhaupt zu fassen, daß ein Mensch Hand an diese Frau hatte legen können.

Das Schrecklichste aber war, daß der Mörder beim Verhör gestand, es sei gar nicht seine Absicht gewesen, die Kaiserin zu treffen. Er habe ein Attentat auf den Herzog von Orleans geplant, aber dieser sei ihm immer wieder entkommen – und irgend jemand aus hohem Hause habe er töten müssen, weil er alle Fürstlichkeiten hasse – weil er Anarchist sei –, und da sei ihm die Kaiserin von Österreich über den Weg gelaufen, und ihr habe er den Dolch ins Herz stoßen müssen. – Verzweifelt rang Franz Joseph die Hände, als er diesen Bericht las.

Aber die Kaiserin Elisabeth, deren Name in diesen Tagen in der ganzen Welt genannt wurde, mit der man überall tiefstes Mitleid empfand, lag mit einem stillen, zufriedenen Lächeln auf dem Totenbette.

Am 13. September nachmittags zwei Uhr trat Elisabeth von Österreich ihre letzte Reise an.

An manchem Ort, durch den sie einst als Braut gekommen war, mußte der Zug anhalten, weil Hunderte, Tausende herbeiströmten, um der toten Kaiserin einen letzten Blumengruß zu bringen. Überall wehten Trauerfahnen – überall erklang Trauergeläut.

So kehrte die Kaiserin heim.

Franz Joseph stand aufrecht im Vestibül der Hofburg, um den Trauerzug zu erwarten.

Doch als die Träger den Sarg aus dem Wagen hoben und die Steinstufen emportrugen, da wankte er und preßte aufstöhnend seine Hand vor die Augen.

Mit fest aufeinandergepreßten Lippen folgte er dann dem Sarg in die Kapelle nach.

Neben ihm gingen weinend seine beiden Töchter Gisela und Valerie. Unwillkürlich tasteten sie nach den Händen des Vaters und hielten sich daran fest.

Endlos lang erschien Franz Joseph der Weg bis zur Kapelle. Endlich stand der Sarg vor dem Altar.

Leise erklang die Orgel.

Mit schwankenden Schritten trat Franz Joseph, das Haupt tief gebeugt, an den Sarg heran, um durch das im Sargdeckel eingelassene Glasfenster einen letzten Blick auf die geliebte Tote zu werfen, um den letzten, den allerschwersten Abschied zu nehmen.

Und als er seine Sissi mit wachsbleichem, starrem Gesicht auf den weißen Seidenkissen liegen sah, als es ihm mit aller Gewißheit klar wurde, daß er nie mehr in diese schönen Märchenaugen schauen, nie mehr ein liebes Wort aus diesem Mund hören würde, da brach er über ihrem Sarg zusammen.

»Sissi – meine Sissi –«

Erschüttert wandten sich alle, die Zeugen dieses wehen Schmerzensausbruches waren, ab.

Ringsum hörte man nur Weinen, das im dumpfen Echo von den Wänden widerhallte.

Erzherzogin Valerie raffte sich als erste auf und trat auf den Vater zu. Liebend umfaßte sie ihn, beugte sich dicht an sein Ohr und hauchte:

»Nun ist sie für immer heimgekehrt! – Nun wird sie nie mehr von uns fortgehen!«

Langsam richtete sich Franz Joseph auf und wiederholte: »Nie mehr fortgehen – für immer heimgekehrt.«

Und es schien, als sollte ihm diese Gewißheit zum Trost für die Jahre des Alleinseins werden.

Mit allen ihr gebührenden Ehren wurde die tote Kaiserin in die Kapuzinergruft zur letzten Ruhe getragen. Neben dem Sarkophag des Sohnes erhielt sie ihren Platz.

Und oft, sehr oft kam Kaiser Franz Joseph, dessen weiterer Lebensweg noch so unendlich viele Leidensstationen hatte, zu seinen toten Lieben.

Um mehr als zwanzig Jahre hat er die geliebte Frau noch überlebt. Doch sein Herz hat einzig und allein bis zum letzten Atemzug seiner Sissi gehört.

*   *
*